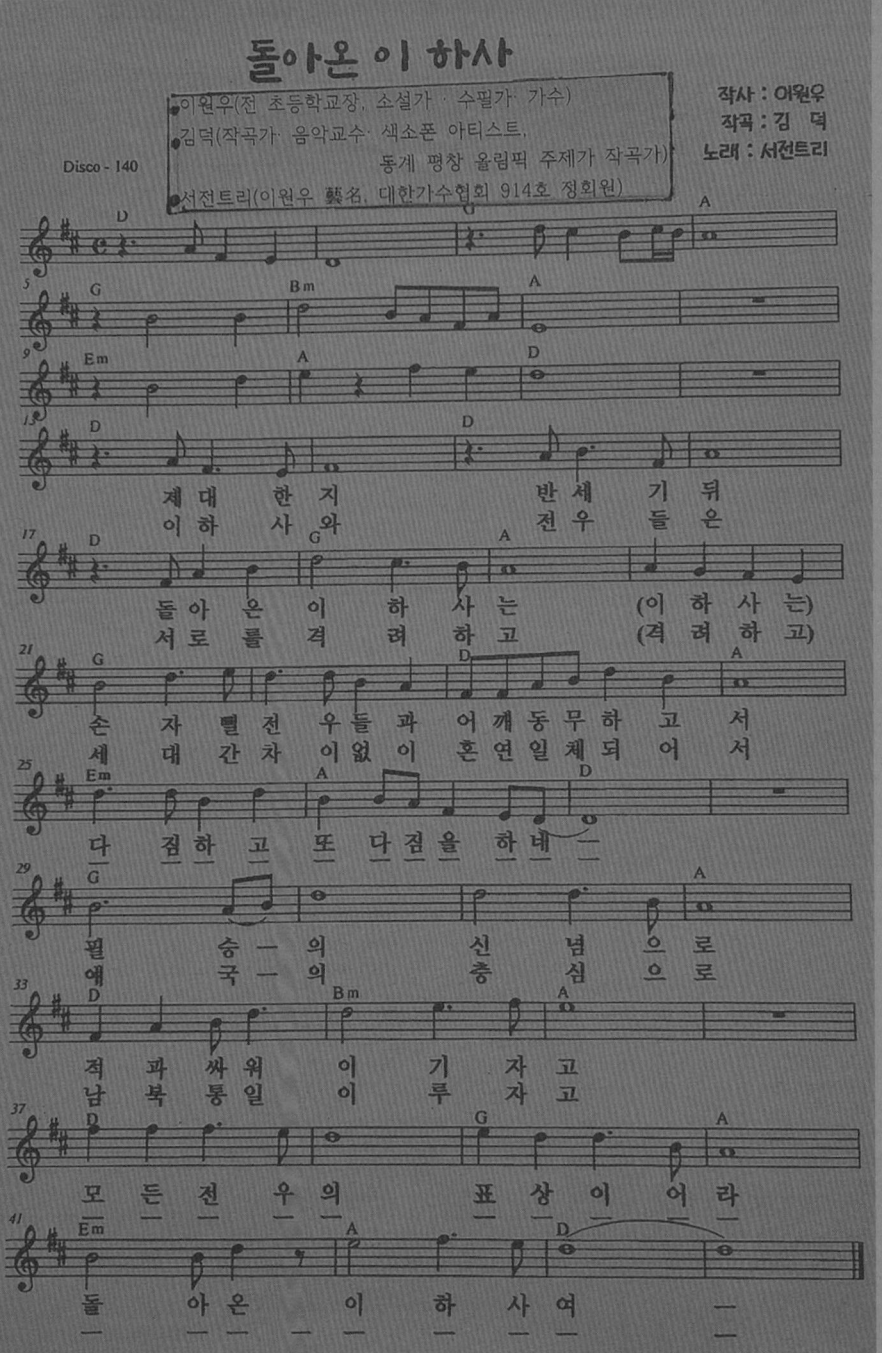

돌아온 이 하사
−노무현이 남긴 부등호

돌아온 이 하사
−노무현이 남긴 부등호

이원우 소설

도화

| 작가의 말 |

절필을 선언한다?

81년도에 첫 수필집을 내고, 이어 83년도에 『한국수필』로 데뷔하였으니 문인이랍시고 공식적인 글을 쓴 게 44여 년 만이다.

그 전으로 거슬러 올라가면, 1974년 초등 교사들의 교육 전문지 『새교육』의 수필 3회 천료薦了까지 이야기하게 된다. 그 몇 년 사이에도 꾸준히 활동하여, 『수필문학』(故 김승우·김효자 발행)의 첫 관문을 통과했으나, 그 잡지가 경영난으로 문을 닫게 됨으로써 좌절을 겪기도 한다. 97년도에 다시 『한글문학』을 통해 늦깎이 소설가가 되었다. 내가 생각해 봐도 참 복잡한 과정을 거쳤다.

25권의 졸저를 묶어냈다. 지금까지 말이다. 수필집 15권, 소설집 6권, 논픽션 1권, 기타 3권 등이다. 그 모두를 거의 자비로 출판했으니 손익계산서를 살펴보면, 가관이라며 혀를 끌끌 차게 된다. 나이가 들수록 문재가 부족하다는 자괴지심에 빠지니 슬프다.

 이 졸저가 세상에 모습을 드러낼 때쯤 여태껏 모든 걸 바쳐온 글쓰기에서 손을 뗀다? 아쉽고 섭섭하긴 하지만, 그리 큰 충격은 없다. 내게는 또 다른 탈출구인 가수歌手가 있으니까. 대한가수협회의 정회원 경력은 10년 남짓이라 짧다 해도, 나는 어느 동료들보다 많은 노래를 불렀으니, 그 요체要諦는 이 졸저의 본문 군데군데에서 꿈틀거린다. 내 유튜브 채널 『돌아온 이 하사』도 매체가 되리라.

 노무현,

 그는 우리나라 16대 대통령이었다. 그와 나는 지척咫尺인 진영과 삼랑진이 고향이다. 진영과 삼랑진은 '별난 사람'들이 많이 사는 곳으로 기억된다. 그 지리적 여건이 졸저에서 큰 영향력(?)을 행사한다.

 그와 나 사이의 그 나이 차이가 하나의 묘한 함수 관계로 작용해 왔다. 그는 개띠이고 나는 말띠이다. 견마지로犬馬之勞란 사자성어가 그와 나를 묶은 하나의 끈이었다 해도 과언이 아니리라.

 나는 그와 나를 떼려야 뗄 수 없는 사이로 규정짓는다. 만약에 말이다. 그가 두 살만이라도 먼저 이 세상에 태어났더라면? 그는 상업고등학교가 아닌 사범학교 혹은 교육대학에 진학했으리라.

그렇다면 둘은 동직同職에 있었을 테고, 나아가서 한 학교에서도 근무했을지 모른다. 불행한 죽음은 없었을 테고….

어쨌든 그는 스스로 목숨을 끊었다. 생전이든 사후든 그와 적잖은 관계를 맺었던 나는 그를 진단하고 싶었다. 그러면서 중얼거렸다.
"나는 그와 별다른 정서를 이어왔다. 애증愛憎의 역사다. 그걸 소설로 쓰자!"
그러나 많은 장애가 있었다. 먼저 소설은 픽션이어야 한다는 명제에 너무 집착하다 보면, 실상實狀이 설 자리가 없을 것 같아서였다. 그렇다고 해서 있었던 일을 그대로 곱씹어 적는다 치자. 사자 명예 훼손 운운하는 회오리에 휩쓸릴 수 있지 않은가 말이다.
본래는 12편 모두를 노무현 이야기만으로 꾸리려 했다. 각 잡지에 발표한 것만으로도 충당充當이 가능했다. 그러나 고심 끝에 21년 동안 매주 토요일 오후 무료로 운영했던 노인학교와 군 안보 강사 이야기를 각 4편씩으로 대체하는 쪽으로 결론을 내렸다. 그래도 어디든지 노무현의 그림자는 얼씬거린다.

다시 가수 이야기,
나는 가수로서 할 만큼 일했다. 부산 노래 19곡을 2회에 걸쳐 취입한 건 많은 화제를 불러일으켰다. 사직 야구장에서의 내 애국가 선창先唱은 그 자체만으로도 가수들의 부러움을 산다. 현충원에서 임들에게 바치는 노래를 부르는 유일한 가수라는 별칭도 얻었다.

그러던 차에 나는 귀인을 만났으니, 동계 평창 올림픽 주제가를 작곡한 김덕 교수다. 짧은 교유交遊 기간에 그와 나는 의기투합해서 노래 하나를 만들기로 했으니, 이름하여 '돌아온 이 하사'다. 현충원에서 일사병으로 죽을 뻔했을 때 비몽사몽간에 내가 가사를 창작했는데, 그가 곡을 붙여 준 거다. 머지않아 나의 타이틀곡으로 고고의 성을 울릴 것이다. 몇 번 내가 가사를 손보지 않을 수 없었는데, 최종 합의된 전문을 여기 옮긴다.

제대한 지 반세기 뒤/ 돌아온 이 하사는('이 하사'는 *코러스)
손자뻘 전우들과 어깨동무하고서/ 다짐하고 또 다짐을 하네
필승의 신념으로 /적과 싸워 이기자고

이 하사와 전우들은/ 서로를 격려하고(격려하고 *코러스)
세대 간 차이 없이 혼연일체 되어서/ 다짐하고 또 다짐을 하네
애국의 충심으로/ 남북통일 이루자고
모든 전우의 표상이어라/ 돌아온 이 하사여
모든 전우의 표상이어라/ 돌아온 이 하사여

본래의 책 제목은 『노무현이 남긴 부등호』였다. 그러나 몽중夢中에 나타난 노무현이 내게 넌지시 일러 주는 말이, 이래서 바꾸기로 한다.

"『돌아온 이 하사』로 바꾸시지요. 『노무현…』은 부제副題로 하시고요."

이는 거짓이 아니다. 그의 꿈을 열흘에 한 번 정도는 꾼다. 그와의 이런 관계는 내가 숨을 거둘 때까지 지속되리라. 그의 기일忌日 전후에 성당에 위령 미사를 봉헌하는 걸 나는 여간해서 잊지 않는다.

절필은 의미가 클 것이다.

작가 대신 가수로서의 삶에 매달리려는 결심은 차라리 처연하다고나 하자. 이러다가 행여 본격적으로 작사作詞까지 손대는 싱어송라이터가 된다면? 아서라 김칫국부터 마시지 말자.

2025. 2.
저자 이원우

차례

작가의 말 _ 절필을 선언한다?

| 1부 |

노무현과의 호형호제 시비 / 12
공군비행학교 습격 사건 후일담 / 35
장군차將軍茶와 노무현 이야기 / 61
그 대통령이 학자녀學子女가 될 뻔했다 / 83

| 2부 |

부산 부산 부산 / 106
'서당書堂'과 '저승 노인학교'의 사제師弟 / 131
요강, 이승·저승을 관통貫通하다 / 155
저승 노인학교『'욕' 사전辭典』/ 177

| 3부 |

장기臟器 기증 실패(?)기 / 204
돌아온 이李 하사의 한 / 225
현충원, 그리고 '비목' / 248
저승으로 가는 감사패感謝牌 / 270

| 1부 |

노무현과의 호형호제 시비

그 뒤로도 마지로가 강서노인학교에 나갔음은 물어보나마나. 매주 목요일 오후다. 아주 특별한 일이 있는 날을 제외하고서 말이다. 예를 들어 교장 회의가 열리는 시간대라면 어쩔 수 없이 거기 참석해야 하니 노인학교에는 '결근'일 수밖에 없었다.

다른 것은 다 좋은데 교통편이 힘들었다. 강조하면 되레 진부하게 들릴지 모르지만, 그는 운전도 할 줄 모르고 차도 없었으니까. 콜택시를 불러야만 했는데 그게 쉬운 노릇이 아니었다. 학교가 변두리에 있어서였다. 그러나 입 밖으로 내는 혼잣말은 항상 이거였다. 내가 좋아 하는 일이고 숙명인데, 아무려면 어때? 어차피 내가 호사豪奢를 누리려는 건 아니니까.

어쨌든 목요일과 토요일에 어김없이 두 노인학교에서 각 한 시간 및 두 시간을 보낸다? 그건 미친 짓인지도 모른다. 저러다 쓰러질지도 모른다고 식구들이나 동료들이 걱정할 지경이었다.

그러나 그는 괘념치 않았다.

그래도 그렇지 노래 부르랴, 춤추랴, 『명심보감』이며 전래동화 풀이하랴 등등의 그가 맡은 노인 학교에서의 임무(?) 총화總和는 제삼자의 눈에도 버거웠다는 게 맞다. 그리고 또 하나, 왜 나이 들면 어린애가 된다는 말이 있지 않은가? 그는 걸핏하면 삐치기를 밥 먹듯 하는 일흔 살 이상의 학생들 비위 맞추는 일도 일상으로 삼아야만 했다. 그러니 토요일 오후 다섯 시, 자기 노인학교(덕성토요노인대학) 문을 닫고 나설 때는 거의 파김치가 되었고 말고. 여기까지가 '덕성토요'라는 현판을 내걸고 그런 지 이미 18년이 지나고 있을 즈음의 이야기다. 강서노인학교에서의 수업 내지 강의 경력 또한 도합 4년 반과 교집합을 이룬다.

그러니 그는 남들이 보기에는 그저 무모한 사람이었다. 그 이상도 이하도 아니었으리라. 그의 삶이 점점 외톨이로 전락하는 모습을 보고 측은지심을 느끼는 사람인들 왜 늘어나지 않았으랴. 그의 기막힌 삶의 단편斷片 하나를 더 들먹여야 하겠다. 그는 토요일 오후나 일요일 애경사에 철저하게(?) 참석하지 못했다, 강산이 두 번이나 변할 세월 동안이나. 욕먹기 십상이었지만, 그래도 남들 앞에서는 짐짓 줄곧 큰소리를 쳤다.

"일요일은 대신 집에서 문 밖으로 나가지 않는 게 원칙이야. 나도 살아야 하거든? 하지만 그 패턴은 남들로부터 욕을 얻어먹게 할 수밖에 없는 주범이기도 해. 무엇보다 5촌 조카의 결혼식에조차 참석 불가야. 해서 따돌림 받기는 십상이고. 게다가 '축하금'을 계좌로 이체할 줄 모르니 엎친 데 덮친 격이고말고. 궁여지책으로 현금을 졸저拙著 속에 넣어 등기로 보내면서 살아왔으니 소가 들어도 웃을 일? 무게를 달아 우편 요금에 해당되는 '우표'를 붙여서 우체통에 넣으면 등기로 처리해 주는 것 정도는 나도 알아. 아슬아슬한 공존共存이지."

물론 일리가 있긴 하다. 하지만 그 지론(?)에 수긍할 이웃이나 동료가 얼마나 되었을까? 영원히 의문 부호를 하나 달아 두자.

이쯤에서 덕성토요노인학교의 태동 시절을 되돌아보는 것도 의미가 크리라. 이왕 내친김이니 적어보자. 86년도에 덕성초의 교실 한 칸을 빌려 문을 열었던 게 그 시초였다. 학구 내 노인들을 매주 토요일 오후 모셔다가 민요를 가르치고 싶다고 했더니, 학교장이 당장 단박에 오케이 사인을 보내 주는 게 아닌가! 자기가 하고 싶은 일인데, 마지로가 먼저 운을 뗐다며 칭찬을 마구 쏟아부어주는 그분 앞에 마지로는 고개를 조아리고 허리를 굽혔다. 꾸려나갈 그의 자신감은 부임하기 남의 노인학교에서 3년 강사 경력을 쌓은 덕분이었다. 그는 마흔 곡이 넘는 민요를 거기서 익혔던 거다. 유년 시절도 고향에서 '밀양 아리랑', '양산도' 등과 더불어 자라왔고.

그래 스무 평짜리 자기 교실에다 '덕성토요경로교실'이라는 패찰을 붙였다. 그 스무 평 공간이, 훗날 '덕성토요노인대학'으로 진화하게 되는 첫걸음일 줄 누가 짐작이나 했을까. 그 자신마저도 예외일 수 없었다.

첫날부터 민요를 들이대었다. 열기가 뜨거웠다. 삽시간에 소문이 퍼졌다. 부산 시내 어디서든 학생(?)들이 몰려들었다. 신문 보도도 잦았다. 그러자 왕복 세 시간 이상 걸리는 용두산 공원에서도 국악國樂하는 노인들이 네댓 명 몰려오는 게 아닌가. 그 좁은 공간에 120명 이상의 학생들이 넘쳐흘렀다. 잊히지 않은 광경이다. 여학생 중 반의 반이 비녀를 꽂고 등교했던 것. 물론 한 번 자리에 앉으면 일어서지도 못한다. 화장실? 그런 건 걱정 않아도 되더라. 그들은 언필칭 '알아서 긴다'였으니….

다시 강조하지만 학교장이 너무나 인간미 넘치는 분이었다. 토요일 오후를 반납하고 학구 안팎의 노인들을 모셔다가 민요와 동요 등을 가르치겠다는 마지로 교사의 의견! 언뜻 어느 교장이라도 찬성 쪽에 방점을 찍겠지만, 그건 아니다. 무슨 사고라도 나면 감당하기 어렵기 때문이다. 그런데 그분은 마치 불감청이언정 고소원이기라도 한 듯 선뜻 그러라고 했던 거다.

어쭙잖은 이 동기 하나가 말이다. 엄청난 결과를 몰고 온다. 마지로로 하여금 남은 교육자 생활 동안 매주 토요일 오후에는 노인학교에서 두서너 시간씩 보내게 만들었으니…. 자그마치 21년, 그 이상도 이하도 아닌 전무후무한 기록의 출발은 그랬다.

이야기를 되돌린다. 마지로는 그 교실을 계속 사용할 수 있다는 학교장의 배려로 북구청에 서류를 내었다. '노인대학 개설 등록 서류'였다. 이윽고 그게 통과됨으로써 북구청 2호인 진짜 노인대학의 책임자(학장)으로 취임하게 되는 거다. 초등학교 건물 안의 대학大學? 이웃과 학부모들은 웃으며 박수를 보냈고말고. 어쨌든 단 1원도 회비 따위를 안 받는다는 조건이며 방침을 우선 내걸었다. 만약 그가 수익성이 있는 일을 한다면, 그건 공무원법에 위배되는 거다. 그는 자신에게 묻고 다짐을 받았다. 수시로 터지는 자문자답自問自答.

"너, 공무원은 두 가지 직업을 가질 수 없다는 것쯤 알고 있지?"

"그럼 알고말고. 잘하면 나중에 승진하여 교장이 될 수 있음을 알고 있어. 그 영광을 위해서도 교사와 '학장'의 역할이 상충되지 않도록 노력해야지. 특히 돈으로 말썽이 난다면 안 돼!"

여느 평교사와는 달리, 교사와 학장, 수필가라는 직함 내지 신분 등을 적은 마지로라는 명함도 지니고 다녔다. 그걸 받아든 이는 고개를 갸웃거리기 일쑤였고.

덕성토요노인대학은 타의 추종을 불허할 정도로 단연 인기를 얻은 노인여가시설 겸 노인교육기관으로 발돋움했다. 김치나 술을 팔고 춤을 가르치면서 '노인학교'라는 이름을 붙이는 사이비가 수두룩할 때여서, 그의 '노인교육기관' 운운은 참으로 묘한 정서를 지역사회에 뿌리내리게 했다. 교사 자격증을 가진 자가 가르치는 노인학교는, 그만큼 처음부터 권위(?)를 은연중에 갖게 마련이라며 마지로 자신마저 착각하기도 했다. '20평과 120명의 콩나물 교실', 그 최악의 조건이었지만 결코 불행의 조건은 아니었다. 오히려 당사자들에겐 그 반대였다 할까?

공군 전투비행단 Y·J 부사관을 비롯한 B 북구문화원장, L 경성대학교 이과대학장(노인대학 부학장으로 자청), R 색동어머니회 부산지회장, S·J 바이올리니스트, H 피아니스트, O·C 플루티스트, K 색소포니스트 등등의 자원 봉사자도 몰려들었다. '달빛 고움악단'이 모습을 드러낸 순간이었다. 어린이들이 와서 갖가지 재능을 발표하기도 했고.

공군 제5전투비행단 부대 K 준위가 이끄는 군악대(임의 단체)가 공연을 오면 170명의 노인들이 교실을 가득 채우고 복도까지 점령했다. 연일 기자들이 몰려들었다. 텔레비전 구성작가며 피디, 기자들도…. 옆 교실을 비워야 할 때인들 왜 없었겠는가?

세월이 후딱 흘러갔다. 그런데 세 번째 부임한 L 교장이 브레이크를 건 것이다. 이미 다른 학교 교감으로 나간 사람이, 남의 학교 교실에서 떠들고 하는 게 거슬린다는 것. 한겨울에 그는 학생들을 거리로 몰아내었다. 백세 이쪽저쪽 노인들도 그 교장의 안중에 없었다. 마침내 그 못된 교장은 나라 밖에까지 망신을 당할 뻔했으니….

유네스코 전국 대회를 부산협회에서 주최 주관한 적이 있었다. 일본 오노다시市 민속 무용단을 초청, 공연을 관람을 할 기회를 전국의 유네스코 가족들이 가졌다. 대단한 인기였다. 그랬더니, 그쪽에서 덕성토요노인학에서 한 번 더 공연하고 싶다고 희망했다. 숙박 및 기타 경비는 전부 자기들이 부담하겠다는 조건으로 그걸 마다하는 건 오히려 예의가 아니다. 마지로는 대회 사회를 보고 있으면서 결심했다. 좋다, 내가 이것만은 관철시키자. 양국 간의 우의 증진을 위해서라도!

노인학교는 몇 주째 나이트클럽 비슷한 데서 수업을 하던 참이었다. 그 업소는 밤이 되면 술손님을 맞는 장소 아니던가? 그야말로 해괴망측한 사회상 하나를 교장이라는 작자가 연출했으니 모두의 분노가 하늘을 찌를 듯했다. 그에게 고개를 숙이고, 마침 방학이기도 하니 교실 문을 몇 시간만 열어 달라고 애걸복걸했으나 L 교장은 끝내 거절했다. 그러나 죽으란 법은 없는 모양, M 전의원의 개인 문화원 공간을 빌려서 2차 공연을 노인 학생들로 하여금 감상하게 할 수 있었다. 우리 측에서는 색동 어머니회가 입체 구연동화로 화답했고.

아무튼 이 사건으로 교장에 대한 여론이 악화 일로를 걷게 되었다. 그러나 그는 교육감의 압력까지 견뎌냈으니, 그 배짱 하나는 알아 줄 만했다고 하자. 여기서 잠깐 거듭 언급, 마지로가 학생들로부터 회비를 징수하고 거기서 수당이라도 챙겼더라면? L 교장은 마지로를 고발하기라도 했으리라. 그만큼 그는 집요했다.

몸서리쳐질 정도로….

그런저런 우여곡절 중에서도 마지로를 도와 준 사람이 둘 있으니, J 국회의원(북 강서갑)과 K 구청장이었다. 둘이서 그의 딱한 사정을 알고 협의, 특별교부금인가 뭔가 하는 예산 1억 3천 9백 만 원을 확보, 경로당 2층에 조립식 건물을 올려 준 것이다. 연면적 34평, 의자 180개, 최신 앰프, 기타 집기 등. 관계자들과 학생들은 그렇게 마침내 최고 수준의 노인학교의 주인공이 된 것이다. 단 토요일 오후만 문을 열고 평소에는 비운다. 누구든 활용을 하려면 그의 허락을 얻어야 한다.

해가 바뀌었다. 마지로가 외근을 끊어 놓고(근무 상황부에 자필 사인만 하면 된다), 학구를 한 바퀴 돌다 보니 마침 퇴근 시간이 가까워져 있었다. 며칠에 한 번씩 그는 외근부에 기록을 해 놓고 자전거를 타고 소위 '학구 순회'를 하는 게 습관이었다. 조그만 안전사고라도 미연에 방지하고자 함이 그 목적임은 물어보나 마나. 그리고 나간 김에 경로당 한두 군데를 방문했다, 노인들과 어울려 십 원짜리 고스톱을 치기 위해서다. 잔돈 주머니도 마련해 갔고 일어설 땐 그걸 그대로 두었고.

마지로는 학교로 돌아갔다 귀가하기엔 너무 빠듯하다고 느꼈다. 자전거를 학부모의 상점에 맡기고, 김해에서 나오는 버스를 타기로 했다. 그런데 불암동에서 그는 뜻밖에 삼랑진 출신 선배를 만난 거다. 선배가 말을 건넸다.

"어어, 마 교장. 승진했다면서. 축하하오."

"예, 형님, 여긴 어쩐 일로 오셨습니까?"

선배는 거기서 농약 상회를 열고 있다고 했다. 도매란다. 마지로는 등잔 밑이 어둡다더니 그것도 모르고 있었다며, 겸연쩍은 표정을 지었다.

어쨌거나 그는 마지로를 가게 안으로 끌어 들였다. 삼랑진 구舊 철교 밑에서 조개를 잡는 아주머니들을 찍은 큰 사진이 벽에 걸려 있었다. 선배는 직접 커피를 끓이는가 싶더니, 뜬금없이 청조회(부산중고등학교 동창회) 북구 강서구 지회 월례회에 꼭 나간다고 했다. 그러곤 마지로더러 거기에 앞으로 얼굴을 내밀어야 하지 않겠느냐는 권유를 잊지 않았다.

마지로는 얼버무리듯 대답했다. 자긴 부산 중학교를 겨우(?) 졸업했고, 부산사범학교를 거쳐 교육자의 길로 접어들었지만, 출세한 사람이 많은 부산중고등학교 동창회에 주눅이 들어 있었다고…. 어쩐지 이질감을 가진다고도 토로했다. 실제 북구 청조회 회원들 상당수는 의사며 사업가이고, 고위 공직자도 많다. 그러니까 일종의 자격지심 탓이란 걸 고백한 거다. 그러자 선배가 보인 반응이다.

"여보, 교장이 농약 도매상 주인보다 못하오? 다음에 나오시오. 그건 그렇고 당신 신임 한나라당 북강서을 지구당 위원장을 아냐?"

모른다는 대답을 할밖에. 그러자 선배는 이번에 위원장에 임명된 친군데, 부산중고등학교 동창이라는 것. 마지로가 통산 14회니 3년 후배란다. 서른아홉 살에 충청북도 지사를 지낸 인물이라는 바람에 감탄사를 마지로는 내뱉었다. 선배는 자기가 당黨의 일을 보는 터, 며칠 새 그 후배를 보낼 테니 인사나 나누라고 이야기했다.

그와 H 위원장의 만남은 그렇게 이루어지게 되었다. 나흘째 되는 날 오후 한나라당 북강서을 지구당 H 위원장한테서 전화가 왔던 거다. 마침 오후에 시간이 난다고 했더니 그가 교장실로 들르겠다고 했다. 마지로는 석간수石間水를 길어 놓은 게 있어 녹차를 대답하리라 마음먹고 기다렸다. 대여섯 벌 있는 다기 중에서 가장 좋은 걸 골라 탁자 위에 얹어 두었다.

똑똑 노크를 하고 들어선 그는 퍽 몸을 사렸다. 혼자였다. 90도로 허리를 꺾어 인사를 하는 그에게 마지로는 맞은편 의자에 앉기를 권했다. 그는 공손했다. 마지로가 상사上司이기라도 하는 듯 대했다. 녹차 한잔하고 나서는 약간의 침묵 끝에 마지로더러 '형님'이라 부르게 해 달라는 게 아닌가? 자기 보고는 하대를 하라고도 했다.

잠시 망설이다 마지로는 고개를 끄덕여 긍정했다. 마지로는 삼랑진에 살 때부터 그 '형님'이란 호칭이 체질화되어 있었기 때문이었으리라. 그 고장의 청소년들에겐 그게 하나의 문화(?)였다. 경전남부선 진영, 구포 등 청소년들도 그랬었다. 좀 별나다는 공공연한 소문이 있던 두 역에서 타고 오르내리던 청소년들도 마찬가지였다. 두어 살 나이 차이라면, 그 서열(?)을 곧잘 인정했던 거다.

그래서 지금 마지로 앞이 세 살 아래인 도지사 출신인 후배와의 사이에 새로운 '형제'가 탄생하게 된 거다. 여러 가지 화두로 제법 긴 시간을 흘려보냈다. 이윽고 위원장은 마지로의 노인학교와 강서 노인학교 이야기를 들었다고 덧붙였다.

그러다가 H 위원장은 이상하다는 표정을 짓는가 싶더니 왜 교장석이 따로 없느냐고 물었다. 마지로는 그 사연을 설명했다. 북구청장 배褒 선배의 전언이라며 말이다.

"'시장이 구청장실에 오면 구청장은 자기 자리를 내어준다. 구청장이 동장실에 와도 마찬가지다. 하나 문교부 장관이 교장실에 왔을 땐 다르다. 장관은 교장석을 탐하지(?) 않고…."

거기서 요절복통할 일이 일어났다. 마지로가 자신도 모르게 교육부장관 이름을 들먹이고, 욕을 퍼붓고 말았다. 그자를 증오하는 소리가 하늘을 찌를 듯하다고 목에 힘을 주고 말한 것.

"아니 형님, 그 무슨 말씀입니까? 우리 당 총재님을 그렇게 욕하시다니…."

순간 마지로도 소스라치게 놀라는 표정을 지어보일 수밖에. H

위원장이 당연히 오해할 만했다. H 위원장의 당 총재와 마지로가 꼬집은 교육계 해악의 장본인인 교육부 장관의 이름 초성이 'ㅇ, ㅎ, ㅊ'이다. 여간 주의하지 않으면 둘을 혼돈하기 십상이었기 때문이다. 마지로는 얼버무리며 웃었다.

사실 그 무렵 교장들에게 교육부 장관의 인기는 땅바닥에 떨어져 있었다. 아니 그는 초중등학교 모든 교원들의 원망의 대상이었다는 게 맞는 표현이었고말고. 그가 초중등 교육공무원의 정년을 65세에서 62세로 단축시키는 데 쐐기를 박은 장본인이었기 때문이다. 마지로 자신만 해도 그랬다. 그가 아니었으면 8년 동안 교장으로 근무할 수 있었는데, 그가 들어 5년 반 끝에 물러나게 만들었으니 하는 말이다. 62세라면 한창 때 아니었던가? 대신 ㅇ 총재는 교원 정년을 되돌린다는 약속을 해 오고 있는 터였다. 어쨌거나 그 극명한 오해는 두고두고 화제가 될 수밖에. 그 뒤로 자연스럽게 둘의 만남이 이어졌음은 물론이다. 동창회에도 꼭꼭 나갔으니 '조우遭遇'는 자주 이루어졌고.

게다가 말이다. 중언부언하지만 그의 노인학교의 인기는 날이 갈수록 치솟았다. 한데 방학도 공휴일도 없이 매주 토요 오후 문을 여는 거기는, 엉뚱하게도 정치인들에게는 '표밭'이었다. 많은 기초 및 광역 의회에 진출하려는 '정치 지망생'들이 거기 발걸음을 했다. 한 번 얼굴만 내밀어도 다중多衆 상대로 유세하는 것만큼의 효과를 얻을 수 있었으니까.

그렇게 몇 달이 또 지나갔다. 새 학기가 시작된 지 얼마 안 지난 어느 날 H 위원장한테서 전화가 왔다. 강서 노인학교 개학식이 3월 20일에 열린다는 거다. 목요일 오후 두 시. 마지로는 그 사실을 이미 들어서 알고 있었다. 프로 야구 롯데 전 감독 아버지 K 옹翁의 전언이 있어서였다. 강사 대표로 마지로가 참석해야 한다고 덧붙인 건 K 옹이나 H 위원장이 마찬가지였다. '꼭'이라는 부사를 연거푸 동원한 것도 동일했다. N 위원장(후보)이 나온다고 했다. 이하 '위원장'을 '후보'로 대체해서 이야기 전개한다. 마지로는 참석을 한다는 약속을 하고 중얼거렸다. 참 재미있게 되었군 그래!

약속한 시간에 노인 학교에 나갔다. 그날따라 학생들은 빈자리가 없을 정도, 아니 보조 의자를 들여놓아야 할 만큼 많이 모였다. 내빈석을 보니 구청장이며 구의회 의장 등이 앉아 있다. 약간 떨어져 유일한 강사 대표 마지로 자리가 마련되어 있었다. 그 옆으로 시의원 및 정당 관계자, 동장, 비서 등의 모습도 보였다.

주인공이랄 수 있는 N·H 후보가 들어섰다. 당연히 마지로도 일어서는 둥 마는 둥 하는 엉거주춤한 자세로 인사를 건넬밖에. 그런데 H 후보가 일부러 큰 목소리로 침묵을 깨던 것!

"형님, 오늘 강의 멋지게 하십시오. 강사 대표로 혼자 오셨으니 당연하지요."

학생들은 H 후보의 말을 듣고 고개를 끄덕이며 입가에 미소를 흘렸다. 마지로의 비중을 인정하게 하는 하나의 증표였다 해도 결코 지나친 표현은 아니리라. 마지로는 미소를 지었다.

N 후보의 반응이 약간은 묘했다. 순간 고개를 약간 갸웃거리는가 싶더니, 겉으로 볼품도 없는 마지로에게 시선을 한 번 던지고는 애써 태연한 표정을 지은 거다. 괴짜일시 분명한 초로初老를, 정적政敵이 형님이라 부른다? 뭐 이런 의아심 같은 게 그의 얼굴에 묻어났다 하자. 하나, 뭔가 심상치 않은 것 같은 분위기에 장내가 휩싸이기 시작하는 걸 눈치 챈 N 후보는 이윽고 일어서 마지로에게 허리를 굽혀 인사를 했다. 자연스럽게 둘은 명함을 주고받는다.

이어서 식이 시작되었다. 마지로가 무대에 올라가 반주에 맞춰 애국가 제창을 지휘했다. 선창先唱을 겸했음은 물어보나마나. 물론 4절까지다. 이윽고 마지로가 내려와 제자리를 차지하자 사무국장이 내빈을 소개했다. 일고여덟 명 되었다. 그리고 하는 말
"오늘 강사 대표로 가락초 교장 선생님이 오셨습니다. 마이크를 교장 선생님께 넘깁니다."

우레와 같은 박수가 터졌다. 잇따른 함성喊聲과 뒤섞여 교실 안 분위기가 바야흐로 용광로와 진배없다. H 후보와는 달리 그런 현장이 처음인 N 후보는 당연히 어리둥절해 할 수밖에. 명함을 봐서 좀 전에 알게 되었지만, 저 교장이란 자가 일과 중에 학교는 비워 두고 여긴 왜 왔단 말인가? 그는 이런 혼란에 빠졌겠지, 아

마도.

 H 후보는 수행비서 등과 함께 먼저 일어났다. 다른 일로 말미암아 같이 더 있지 못하게 되었다며 학생들에 송구하다는 인사말을 공손하게 건넸다. 그러곤 뒷문 쪽으로 걸어 나가면서 마지로에게 일부러 그런다는 오해를 받을 정도로 약간은 큰 소리를 질렀다. 형님, 수고하이소!

 다른 내빈이나 기관장들도 더러는 나가고 더러는 남고…. 드디어 마지로의 수업이 시작되었다. 마지로는 N 후보에게 앞으로 나오라는 사인을 보냈다. 그는 N 후보를 소개했다.

 "오늘 제가 귀한 분을 모시고 수업하게 되었습니다. 한데 우리 둘은 그 옛날 만난 사이인지 모릅니다. 후보님은 진영중학교, 저는 부산중학교 출신인데, 우리 둘의 당시 주소지가 엎어지면 코 닿을 데인 진영과 삼랑진이었으니까요. 이웃이었다는 말이지요. 제 친구가 62년도 후보님의 모교 진영대창초등학교에 근무했습니다. 해서 자주 들렀는데, 어느 해 방학 때 학생들이 반창회를 한다며 교실을 빌리려 많이 몰려들었습니다. 행여 그때 첫 만남이 있었는지도 모르지요. 후보님 두 분이 행정고시, 사법고시 출신임도 대비가 됩니다. 하하 그건 그렇고…. 오늘은 후보님과 둘이서 '외나무다리'를 선보이지요. 후보님의 애창곡 중 하나인 줄 압니다."

 N 후보는 일어나 학생들 앞으로 나왔다. 마지로가 먼저 두 마

디를 목청에 실었다. ♪복사꽃 능금 꽃이 피는 내 고향…♪ N 후보가 받는다. ♪만나면 즐거웠던 외나무 다리…♪

둘의 '외나무다리'는 거기서 끝을 내야만 했다. 학생들이 가세한 데다가, N의 노래 실력이 마지로에 비해서는 너무나 차이가 났기 때문이다. N 후보는 마치 다른 여지가 없다는 듯, 춤을 택했다. 아니 그건 학생들의 은근한 바람이었는지 모른다. 마지로가 보니 N 후보의 춤은 '프로'에 한참이나 못 미치는 것 같았다. 프로? 그런 데에 어울리는 춤은 한국 노인들의 전매특허라 할 수 있는 '관광 춤'을 가리킨다. 강산이 두 번이나 바뀔 세월 동안 줄곧 보아 오던 노인들의 그 관광 춤사위는 마지로가 너무 잘 알았기에 느끼는 간극? 뭐, 그 정도로 해 두자. 하여튼 2절은 마지로와 노인 학생들의 제창齊唱일 수밖에, 처음부터 끝까지 말이다.

곧이어 N 후보는 정말 듣도 보도 못한, 유익한 정보(?) 하나가 마지로의 입에서 나왔다.

"오늘 제가 우리나라 노인들이 '아리랑'보다 더 즐겨 부르는 노래가 뭔지 후보님께 알려 드리고자 합니다. 다음에 노인들 특히 여기처럼 대부분이 할머니들이 모인 장소에서는 미국 민요 '클레멘타인'을 부르도록 하십시오. 1910년 한일 합방 뒤 어떤 연유에서인지 잘 밝혀지진 않았지만, 부녀자들 사이에서 이 노래가 유행하기 시작하여 작금에 이르기까지 그 세(?)가 꺾일 줄 모르거든요. 여학생 여러분이 여남은 살 때부터 애창하던 노래입니다.

노무현과의 호형호제 시비 27

후보님이 만약 제 제안을 따른다면 노인들이 굉장히 좋아하실 겁니다."

그러고 나서 마지로는 '클레멘타인'을 열창한다. '외나무다리'는 비교가 안 될 정도로 가사며 음정 박자가 척척 맞다. 목소리의 총화도 훨씬 크고.

♬넓고 넓은 바닷가에 오막살이 집 한 채/ 고기 잡는 아버지와 철모르는 딸 있네/ 내 사랑아 내 사랑아 나의 사랑 클레멘타인/ 늙은 아비 홀로 두고…♬

N 후보는 가락에 맞춰 다시 춤 흉내를 냈다. 노인 학생들은 가가대소를 터뜨렸고. 마지로가 원어로 Clementine을 부르려다 그만두었다. N 후보의 영어 실력이 그리 좋지 않다는 얘기도 이미 들었던 터, 그를 궁지에 몰아넣고 싶지 않아서다.

마지로와 N 후보는 그날 둘 다 수확이 만만찮았다. 계량하지는 못하지만 천칭 위에 올려놓아도 어느 쪽으로 기울지 않을 정도로 어금지금했다는 짐작은 할 수 있다. 그런데 돌발 상황이 이어진 것이다. 분교장分校場 학구 거주 여학생 몇 명이 입을 모아 하는 항의(?)다.

"아이고 교장 선생님, 우리 경로당에는 언제 고스톱 치러 나올랍니꺼?"

마지로는 소스라치게 놀랐다. 아니 그런 표정이라도 지어 보여야만 했다. 십 리 떨어진 둔치도 경로당까지 가기 힘들어 예의 그 '노인들과의 고스톱 친교'를 이래저래 미루어 오던 참이었다. 한데, 원수는 외나무다리에서 만난다 하더니, 그렇게 딱 걸려버린 거다. 하나, 궁하면 통한다 하더니 섬광처럼 떠오는 게 있어, 얼른 만들어낸 대답이 이거다.

"앞으로 한 달 내에 제가 경로당으로 가겠습니다. 아예 일요일로 날짜를 잡아서…. 실컷 놀아 보입시더. 대신 오늘 기가 막힌 노래를 하나 선사하지예, 황금심의 노래 중 '낙화 유정'!"

🎵낙화유수 뒷골목에 누구를 찾아/ 정든 고향 다 버리고 흘러온 타향/ 하룻밤 풋사랑을 화투장에 점을 치니/ 내도(來到) 날짜 애태우며 매조 날짜 애태우며/ 기다리는 여자라오…🎵

'낙화유수'는 예상한 것보다 엄청난 반향을 불러일으키고도 남았다. 노인 학생 특히 여학생들은 한에 사무치기라도 한 듯 짐짓 슬픈 표정을 짓고 여기저기서 일어나더니 군무群舞—그 특유의 '관광춤' 말이다—에 휩쓸렸다. N 후보가 더욱 작아 보였다. '화투장에 점을 치는'! 그들에게는 그게 한 시대의 문화였다 해도 과언이 아니었으니 그 얽히고설킴은 어쩌면 예정한 장면인지도 모른다.

폭풍우가 지나가고 학생들이 자리에 앉았다. 그러자 학교 앞에서 자라탕을 전문으로 하는 죽림회관 사장의 어머니가 마치 결심이라도 한 듯 전혀 의외의 말을 하는 게 아닌가? 후보님, 고맙습니데이. 부탁이 있는 기라예. 후보님도 우리 선상님께 '형님'이라 카면 안 되겠습니꺼?

다시 박수. 아흔 살 최고령 노인 학생의 의견에 거의 만장일치로 동의한다는 뜻임은 두말할 나위가 없다. 표 앞에 장사 없다는 것쯤은 삼척동자라도 안다. 어떤 후보라도 입버릇처럼 중얼거린다. 표가 된다면 무슨 짓인들 못 하랴! N 후보도 결코 예외가 아니었다. 그가 고뇌의 표정을 보인 건 순간이었을 뿐 이내 풀고 마지로에게 다가가 입을 연 거다. 형~님!

그리고 노인 학생들 쪽으로 몸을 돌려 마치 큰일이나 한 듯이 선언(?)했다. 자기도 오늘부터 마지로 교장 선생님을 '공적'인 자리가 아닌 곳에서는 '형님'이라 부르겠다고. '호형호제呼兄呼弟'하는 사이가 됐다는 주석까지 달았다. 노인 학생들은 떠들썩한 반응을 보였다. 그러나 그건 잠시뿐 마지로가 N 후보의 귀에 대고 나지막하고 작은 목소리를 전한 거다.

"불가합니다. 그 사자성어는 갑장이든지 나이가 한 살 정도 차이가 나는 사람끼리 상대를 존경하고 자기를 낮추는 뜻으로 쓰는 말입니다. 후보님보다 제가 네 살 많지 않습니까?"

마지로의 '호형호제론'에 N 후보는 고개를 끄덕였다. 뭔가를 하나 배워 기쁘다는 표정도 지어보였다. 반면 마지로는 생각을 이어 나갔다. 그러나 한 살 차이 두 후보 아니 정적끼리의 '호형호제'는 어찌 멋지지 아니한가? 마지로 42년생, H 후보 45년생, N 후보 46년생이거든?

이래저래 시간이 50분쯤 흘렀다. 애쓴 N 후보에게 은근히 연민의 정이 생긴 마지로가 혼자 노래 부를 기회를 주고 싶었다. 인지상정의 발로라고나 할까? 마이크를 잡은 N 후보가 감사하다는 목청을 돋우려는데 뭔가 조짐이 이상하다. 제목을 물어봤더니 그의 대답이 '허공'이다. 마지로는 만류했다. 만약 그대로 두었다면 아마 그는 낭패를 보았으리라. '허공'은 마지로 선배 정풍송이 작사 작곡한 노래인데, 그 저변엔 민주화의 열망을 깔아 놓았던 터다. 보수색이 짙은 노인 학생들에게는 그게 거부 요인일 수밖에 없으니까. 마지로의 절묘한 배려이고말고.

마지로의 노인 학교는 그야말로 부산이라는 광역시 전체에 엄청난 반향을 불러일으키며 승승장구를 거듭했다. 특히 언론 매체에서 관심을 기울이고 취재 경쟁을 벌였다. 부산 시내에서 학생 수나 교육과정, 강사 및 자원봉사자들의 참여도 등까지 따져 보면, 타의 추종을 불허한다 해도 과언이 아니라는 호평도 싣더라.

그런데 그토록 성황을 이루는 노인 학교 위치가 정말 희한하고 묘한 위치에 자리를 잡았으니, 세간의 관심을 받기에 더욱 충분했다. 소위 게리맨더링(Gerrymandering)! 그 '선거구 조정제조'는 큰 파문이고도 남았다. 선거에서는 단 몇십 표로 당선이 좌우되기도 한다. 근데 그 조건을 마지로의 노인학교가 상당 부분 쥐게 되었으니, 물론 섣부른 진단이긴 하지만.

부산 북구 강서갑 선거구(1)와 북 강서을 선거구(2). 세월이 많이 흐른 지금 그때의 상황을 정확히 기억해 내지 못해서 오류가 있을지 모르겠다만, 그 개략이라도 적어 보자. 그 직전까지 1선거구는 구포 1·2·3동, 만덕 1·2·3동과 덕천 1·3동을 포함한다. 2선거구는 강서구 전체와 화명 1·2 동이다. 그런데 2선거구의 선거권자가 기준에 약간 미달한다. 그래서 덕천 2동은 따로 떼어 2선거구에 갖다 붙였다.

주지하다시피 덕성토요노인대학은 덕성초등학교의 교실을 빌려 쓰고 있다. 그러다 보니 주소지인 덕천2동 학생들이 가장 많다. 그런데 그 선거구는 북 강서을에 포함되어 있다. 이웃인 덕천 1·3동은 북 강서갑이고…. 마지로는 가끔 중얼거렸다. 마치 절해고도인 느낌이야. 하지만 가족을 포함해서 학생들이 몇 백 표를 좌우하는 걸? 그 결과가 참 재미있을 거야!

국회의원 출마자와 참모들은 거기가 '황금어장'임을 안다. 덕성토요노인대학에는 북구와 강서구 전체에서 노인 학생들이 모여들고, 그들 개개인이 표를 갖고 있는 거다. 그걸 간파한 H 후보와 같은 당 후보는 자주 노인 학교에 들렀음은 물론이다. 둘은 아예 때론 동부인同婦人까지 하더라. 노인 학생들은 열렬히 환영하였고. 그런데 이상하게도 N 후보는 한 번도 얼굴조차 내밀지 않는 게 아닌가? 그렇다고 해서 초청할 수도 없는 노릇이다. 천하의 N 후보가 그런 면에서 보면 좀 둔하다는 느낌을 여럿에게 주더라고 얼버무린다.

다시 본래대로 이야기를 되돌린다. 인사를 하기 전에 통과 의례가 있었다. 부부가 손을 잡고 '부산 노래'를 한 곡 부를 것! 그건 마지로가 '부산 노래'를 취입한 가수여서다.

이어서 둘의 본격 유세가 시작되었다. 마지로는 합동 유세 장소에 두 번 가 봤다. 한 번은 합동, 한 번은 N 후보 단독. 그의 다음 임지任地가 되고 만 명덕초등학교 운동장에서였다. H 후보는 지역감정을 부추기는 듯한 발언을 했다. 누가 등을 두드리기에 돌아봤더니 J 의원이다. J 의원은 마지로에게, H 후보가 뭔가 잘못 짚고 있다고 했다. 마지로도 고개를 끄덕였고. 반면 N 후보는 항변이라도 하듯 '지역 화합'을 강조했다. 마지로가 H 후보에게 실망하는 순간이었고말고. 대신 H 후보의 무기는 '경로사상'의 우위인지도 모른다는 생각을 마지로는 했다.

며칠 뒤 저녁 무렵 그가 사는 금곡동 어린이 놀이터에서 N 후보의 단독 유세가 열린다는 홍보를 듣고 나가 봤다. 연설이 끝나고 나서 비교적 가까운 앞자리에 앉은 그를 발견하고 N 후보는 들릴락 말락 할 정도로 형님이라 불렀다.

선거 결과 H 후보가 이겼다. 상당한 표차였다. 북 강서갑·북 강서을 공히. 특히 덕성토요노인대학 학생들의 영향이 있었다고 마지로를 비롯한 노인대학 관계자들은 분석했다. 제삼자들인들 그걸 두고 어찌 견강부회牽强附會한다고 폄훼하랴! 자기 학장을 보고 더 적극 형님이라 부르는 후보에게 몰표를 주자는 노인 학생들의 합의(?)는 가상하다고 해야 하지 않을까?

H 후보(의원)는 그 뒤로 두 번이나 더 당선되었다. 물론 여전히 그는 마지로를 형님이라 불렀다. 마지로는 식물 교장으로 몇 년 동안 사경을 헤매다가 정년퇴임했다. 그리고 부산을 떠났다. N 후보는 대통령에까지 올랐다가 퇴임한 뒤 스스로 이승을 하직했지만, 끈질긴 인연으로 인해 사후에 그와 교감交感을 이어오는 참이다. 무대는 진영의 그의 생가나 사저私邸가 아니라, 그의 모교와 도로 하나 사이에 둔 김해 진영노인대학이다. 그리고 부엉이 바위 및 '김해장군차金海將軍茶' 밭!

H(대통령실장 지냄)와 통화한 지도 오래지만, 그의 친구들로부터 마지로는 형님 소리를 가끔은 듣는다. N에게도 어쩌면 그런 친구가 있을지 모른다는 막연한 기대를 마지로가 갖는 건 웬 까닭일까? 그는 혼잣말을 가끔 한다. 이왕이면 그가 변호사면 좋겠다.

공군비행학교 습격 사건 후일담

마상수,

군을 떠나서는 한시도 살 수 없는 노병. 코로나가 아니면 언제든 큰 군악대의 반주에 맞추어 육군가와 해군가, 공군가 및 해병대가를 부르고 녹화하여 그 영상을 자기 유튜브에 올리는 게 소원인 예비역 하사(육군). 허풍이라고? 물론 느낌에 젖는 것은 각자의 자유다.

다만 그는 기록을 하나 갖고 있다. 제대한 지 반세기 만에 타의 추종을 불허할 만한 일들을 해 왔으니, 군부대 독후감 쓰기, 안보 강연 등을 두서너 해 계속해 왔다는 거다. 참, 노래 지도도 빼놓을 수 없겠지. 반세기 전의 군 생활 추억담 들려주기도 주요 프로그램이었다.

아내보다 아홉 살 많은 그다 보니, 처남 둘 다 나이로 치면 손아래였다. 불행하게도 둘은 병과 사고로 저세상으로 먼저 떠났지만, 묘하게도 그들은 해병대 출신이었다. 해병대에의 남다른 호감은 당연하다 하자. 그들은 생전에 만나기만 하면 '도솔산가'를 우렁차게 부르곤 했다. 아, 오늘 이 자리에서 재현하는 착각에 안 빠지고 어찌 견디랴. 그 목소리와 특유의 '반동'은 누구의 강권이나 부탁, 혹은 요청에 의해선 터져 나오지 않았으니 말이다. 말하자면 자연발생이었다고나 할까?

마상수, 그가 징집 영장을 받아 입대한 것은 65년 3월이었다. 앞을 잘 못 보는 엄마 혼자 형님 댁에 남겨 두고 떠나려니 참으로 발걸음이 떨어지지 않았다. 거주지 삼랑진과 훈련소가 있는 창원은 지척이라 그나마 그게 약간의 안도감을 주었지만….

그는 그전 폐결핵을 앓았었다. 보건소장은 X 촬영 결과를 판독하면서 걱정 하나를 보태 진단을 했다. 뭐 심장이 비대해져 있다던가? 2년 연기를 해 가면서까지 치료를 받고 군복을 입었으니, 조금 늦은 나이였다. 삼랑진 후배 대여섯과 함께였다. 그는 후배들과 한 내무반에서 생활할밖에. 후배들은 그를 깍듯이 형님 대접을 했다. 진영進永 출신도 비슷한 수數였다.

입대 후 1년 수개월이 지났다. 그는 당시 사단사령부 부관참모부 상벌계 일을 보았다. 상병 계급장을 달고…. 표창장을 쓰는 게 주된 업무였다. 결핵은 완치되었고 아무 증상도 없었다. 심장 비대증? 꾸준히 운동만 하면 걱정 없다는 군의관의 권유로, 아령을 사서 틈만 나면 그것과 더불어 지냈다. 옛날 국무총리를 지낸 분의 아령 운동 체험을 직접 들은 바 있어 그걸 기억해 가면서 말이다. 덕분에 사단 사령부 전우들 가운데 팔씨름 1등을 할 정도로 그의 온몸이 근육질로 변해 있었다.

자주 드나드는 인근 세탁소 주인의 딸이 서른이 가까웠으면서 결혼을 못 하고 있었는데, 그 연선蓮仙이라는 서너 살 연상의 여인과 서로 좋은 감정을 갖게 되었다. 연선의 아버지는 본래 진영역 앞에서 여인숙을 겸한 대중음식점을 열고 있었더란다. 장사가 시원찮은 바람에, 연선의 고모가 사는 의정부 101보충대 앞에서 만두 전문점을 개업했다. 병사들과 면회객들을 상대로 한…. 그러나 그 또한 실패하고 말았더란다.

통신대대 옆에 군 장병들을 대상으로 하는 세탁소가 비었다는 소문을 듣고, 그걸 인수해 운영해 오던 터였다. 연선은 한쪽 다리를 잘 못 쓰는 장애인이었다. 하지만 미인이었다. 연선은 일찍이 중학교 교사 자격증을 수여하는 지방의 2년제 사범대학을 졸업한 뒤, 진주의 어느 사립중학교 음악 교사로 몇 년 근무했었다고 했다. 연선의 아버지가 60대 초반이었고, 그와 동갑인 부인의 친정이 삼랑진이었다. 정말 기가 막히는 인연 앞에 마상수는 오히려 숙연해졌다 하자. 연선은 마상수에겐 참 후한 인심을 썼는데, 이런 재미있는 추억도 있다.

사실 군복을 본인이 세탁하고 풀을 먹이고 다린다는 건 병사들에겐 진짜 부담스러운 일이었음은 보나 마나! 마상수도 마찬가지였다.

그에겐 사단장이 특별한 은인이었다. 표창장이나 상장으로써 장병의 사기를 진작시키는 걸, 지휘 방침의 한 가지로 삼는 사단장의 기대에 부응하려는 그를, 그분이 특별히 아꼈다. 밤낮으로 떨어지는 상훈 업무! 땀을 뻘뻘 흘리면서 그걸 해낸 뒤, 부상을 타러 사단장실로 올라가면 사단장이 십 원짜리 지폐를 대여섯 장 건네주기도 했으니까. 그걸로 세탁비가 충분했다.

적절한 표현은 아니지만, 떡고물(?)도 만지게 되었는데, 당번병이 가끔 라이터를 그의 바지 주머니에 몰래 넣어 주는 것. 그건 워낙 인기가 있었으니, 인사과와 행정과의 부사관 등이 현찰과 맞바꿈 마다하지 않았을 정도였다. 물론 선임들에게는 빼앗기기도 했지만.

그런 정도의 여유가 생긴 그는 세탁소와는 현찰 거래(?)였다. 자신이 이가 득실거리는 내복 따위도 직접 삶지도 않았고, 전투복과 함께 세탁소('진영 세탁소'였다.)에 맡겼다. 때로는 모아 둔 '세탁비누'를 여남은 개씩 가져가면 그걸 현찰로 바꿔 주기도 했다. 그 돈으로 토요일 오후 외출을 나가 의정부 시내 극장에서 오래된 영화 한 프로를 관람하고 나왔다. 그런 뒤 시내를 좀 걷다가 분식점에서 사리 두 개와 달걀을 넣어 끓인 라면을 정말 배부르고 맛있게 먹을 수 있었다.

상벌계 후임이 들어와서 상수에게는 약간의 시간 여유가 생겼다. 지금 와서 생각하면 정말 어수룩한 경계 상태였다 하겠는데, 본부중대와 운전 교육대 사이엔 철조망 등 경계가 없었다. 그 사이엔 냇물이 흘렀다. 수량水量도 제법 많아 징검다리가 아니면 건너다니기가 힘들 정도였고. 그 사이의 약간 비탈진 스무 평쯤 되는 공터에 세탁소가 자리 잡고 있었던 거다. 땅을 북돋아 조성한 언덕배기. 장병들의 편의를 봐서 사령부에서도 눈감아(?) 주었으니, 피차가 득을 봤다고 해도 무방하겠다.

연병장 지휘대 뒤편에 있는 휴게실이 둘의 데이트 장소가 되기도 했다. 부관부 전우들의 세탁물을 일부러라도 마상수가 거두어, 보따리에 싸 내려가서 휴게실에서 연선에게 건네주면 며칠 뒤, 다시 그 휴게실에서 만날 수 있었으니….

세탁소에는 오르간이 한 대 있었다. 연선은 그걸 연주하면서 꾀꼬리 같은 목소리에 미국 민요 등을 실었다. '금발의 제니'를 연선은 좋아했는데, 원어로 정확하게 소화했다. I dream of Jeanie with the light brown hair/ Borne like a vapor on the summer air/ I see her tripping wear the bright streams play/ Happy as the days that dance oh her

건반과 연선의 목소리는 한데 어울려 묘한 감성을 불러일으키고도 남았다, 장병들은 매료되었고. 게다가 연선은 휘파람을 잘 불었다. '금발의 제니'를 음정 박자 하나 안 틀리고 제삼의 악기라는 '휘파람'으로 허공에다 뿜어내는 거다. 그 입술에서의 '금발의 제니'는 마상수로 하여금 차라리 처연한 느낌에 빠지게 하였다. 잘 안 되었지만, 그도 그 흉내를 내어 열심히 그걸 연습하였다. 연선을 만나면, 낯을 붉히며 그도 휘파람을 불었다.

아무튼 그와 연선은 그리 길지 않은 기간이지만, 서로에게 마음을 주고받았다. 아마도 세월이 흘러 그도 제대하고 연선도 복직復職하면, 둘은 영원한 반려자로 맺어질지 모른다는 기대까지 은근히 했다 하자.

그런 어느 날이었다. 관보가 날아들었다. 모母 위독 급래!

휴가를 얻어 완행열차를 타고 내려가는데, 눈물이 앞을 가려 밤새 계속 손수건으로 훔쳤다.

그런데 집에 도착해 보니 그게 아니었다. 엄마가 4월 초파일 큰엄마 손을 잡고 절에 가다가 미끄러져 넘어지는 바람에, 왼쪽 손목을 부러뜨린 거란다. 하지만 당신은 자식 걱정한다고 그 모진 통증을 참고 치마폭에 그걸 감춘 채 며칠을 버텨냈다는 게 아닌가?

엄마가 자꾸 울기만 하는 걸 본 형님이 까닭을 물어본즉 일이 그 지경에 이르렀던 것! 병원에 갔으나 이미 팔이 부러진 채로 굳어져 가는 중이었다. 시퍼렇게 멍이 든 채 말이다. 삼랑진 전체에 병원이라곤, '삼랑진 의원' 하나뿐이어서, 전문적인 치료를 받을 수도 없었고….

그러던 어느 날, 울다가 엄마가 형님에게 한 말,

"야야, 상수가 보고 싶데이. 상수한테 연락해라. 내가 팔 좀 다쳤다 아니가."

해서 부랴부랴 관보를 쳐, 상수로 하여금 휴가를 얻고 귀가하게 했던 것.

하여튼 위독한 건 아니라서 안도는 했다. 그래서 그는 닷새쯤 엄마와 함께 집에서 지낼 수 있었다. 엄마의 그 인고忍苦는, 차라리 무지막지하다는 걸 그는 깨달았다.

사흘째 되는 날이었다. 그는 그를 찾아온 선배 문유태 형을 만나게 된다. 악명(?) 높은 해병대를 제대했지만, 그도 세상사와는 죽이 맞지 않은 듯 떠돌이 비슷한 생활을 하고 있었다. 왕년에 그는 주먹이라면 경부선에서 둘째가라 할 정도였다. 하지만 의리로 뭉친 사나이였다.

그와의 일화 하나,

몇 년 전 여름 방학 때, 그는 경북 보경사에서 상좌 노릇을 한다면서 마상수더러 한번 다녀가라고 했다. 마상수도 심적으로 괴로운 일이 있어 그의 말을 듣고 경내에 있는 여관(극히 드물게도 그 여관만은 그 '특혜'를 누리고 있었다.)에서 묵기로 했다. 원고지를 들고 가서 이런저런 잡문을 끼적거리는 일로 며칠을 보낸 것.

둘째 날 초저녁이었다. 그가 마상수를 찾아온 것은…. 느닷없이 밤이 이슥해지거든 절로 오라는 거다. 왜 그러냐고 다시 물었으나, 긴 설명 없이 무조건 자기 말대로 하라고 윽박지르듯이 명령조의 말투를 쏟아낸다. 마상수는 가벼운 옷차림을 하고 열두 시가 되었을 무렵 절 마당에 들어섰다. 그런데 갑자기 자지러지는 듯이 들리는 비명! 그는 한달음에 스님들의 숙소 가까이 달려갈밖에. 불 꺼진 방 안에서 누가 누구를 심하게 두들겨 패는 듯한 소리가 들렸다.

"이 새끼 주지한테 빌붙어 고자질이나 하고. 중이라도 의리가 있어야지. 맛 좀 봐라."

유태 형의 목소리였다. 이어서 아이고 나 죽네 하는 비명이 들리고. 난장판이 따로 없었다.

유태 아니 그 선배는 무슨 불만이 많은 모양이었다. 그 상세한 내용을 알 길 없는 마상수는 여관에서 잠을 청했으나, 눈조차 붙일 수가 없었다. 이튿날 날이 밝기 무섭게 마상수는 그의 짐을 꾸려 여관을 떠나고 말았다. 끝내 여관방에서 술에 취해 곯아떨어져 드르렁거리는 유태 형을 깨울 생각조차 하지 않았음은 물론이다.

그런 유태 형은 태어난 싸움꾼이었다. 실제 주먹으로 치면 삼랑진 구포 진영을 통틀어 으뜸이라 해도, 과언이 아니었다. 어느 날 통학 열차를 타고 오는 도중 우리한테 무용담(?)을 들려주고 있었다.

그 이야기가 어찌나 재미있는지 주위의 학생들이며 승객들이 모여 열심히 듣는다. 그런데 물금勿禁쯤 기차가 지나갈 때였다. 얼른 보아 운동깨나 한 듯한 덩치 큰 해병대 수병水兵 두서넛이 입을 모아 한마디 한 것이다.

"야, 학생! 좀 조용히 할 수 없어?"

"…."

이내 기차는 터널로 진입했다. 몇 초 동안의 짧은 순간에 가방을 후배들에게 맡긴 유태 형은 수병들 앞으로 다가가더니, 오른쪽 주먹을 수병 한 명의 얼굴에 날렸다. 한 방에 상대는 쓰러지고 말았으니 낭패다. 입가에 피가 흘렀다. 한데 유태 형의 오른쪽 검지에 상대의 앞니가 한 개 박혀 있는 게 아닌가!

아수라장이 되고 말았다. 객차 안에 수병들이 여기저기 앉아 있었으니까. 그들은 우르르 몰려왔다. 그들이 일제히 입을 열었다.

"저놈 죽여. 학생이 해병대를 때려?"

그러나 유태 형은 버텨내었다. 수병 여럿이 달려들었지만, 발길이며 주먹질로 맞받아친 거다. 그리고 원동역에 열차가 닿자 재빨리 내려 고삐—화물칸을 개조하여 간이 의자를 설치한 대신 출입문이 없다—로 옮겨탔다. 그 공간은 다음 역 아니면 누구도 들어올 수 없다.

닭 쫓던 개 지붕 쳐다보는 꼴이 되고 만 수병들은, 객차에서 20

여 명으로 세를 불려 다음 삼랑진역에서 유태 형을 잡기로 할밖에. 그거야말로 얼른 보아 독 안에 든 쥐라고 믿었겠지.

하지만 그건 수병들의 계산 착오였다. 마지막 터널을 지나 커브에 접어들어 기차가 속도를 약간 줄이는가 싶었을 때, 유태 형은 기술(?)을 발휘하여 뛰어내리고 만 것! 지나간 얘긴데 무임승차 단속에 걸리기 직전 통학생들은 그런 것쯤 누워서 떡 먹기였다. 정도의 차이가 있었을 따름이지 그 느릿느릿 달리는 완행열차에서는 하나의 문화(?)였다 하자. 특히 그 시절 '진해콩' 따위를 파는 잡상인들은 서커스 단원처럼 묘기를 부렸다.

그렇다고 해서 일이 쉽게 끝날 리는 없는 법. 소문所聞이 이미 퍼진 직후라, 유태 형은 집까지의 시오리 길에 군데군데 깔린 헌병대와 경찰 등의 병력에 붙잡혀 가서 경을 치게 된다. 무수히 폭력을 당한 것은 물론, 격파 연습하느라고 단련한 오른쪽 주먹의 볼록 튀어나온 살점을 펜치로 뜯기는 수모까지 당하고 만다. 얼마 뒤에 만난 그의 전언이 기가 막힌다.

"이번에 공부 좀 했어, 나한테 맞은 수병이 뭐라는지 알아?"

"뭐랍디까?"

"나더러 징역을 살아도 몇 년 살 텐데, 혼자서 여러 명을 상대하는 그 기백에 놀라서 놓아 주었다는 거야. 그는 복싱 선수였어. 38회 전국 체육대회 미들급 동메달리스트!"

유태 형은 입맛을 쩝쩝 다시더니,

"그러면서 그날 수병들이 학생 하나를 얼른 제압하지 못한 게 부끄럽다는 거야. 자성한다던가? 그라고 말이다. 떼를 믿고 남에게 위해를 가한다는 건 비겁하다고 하더라. 그 양반 대단한 철학을 가졌더라."

"얼굴에도 상처가 좀 있네요."

"뭐 이것쯤 견뎌내야지. 대단한 선배라, 그를 형님이라 부르기로 했어. 헌병憲兵이야."

유태 형이 묻는다.

"휴가 왔다면서?"

"예 형님, 엄마가 다쳤습니다."

며칠 있을 거냐기에 일주일 휴가를 얻었다며 귀대 일자가 사나흘 남았다고 했다. 그러자 유태 형은 내일 자기하고 공군 부대 근처에 좀 갔다 오잔다. 마상수가 군에 입대해 있는 동안, 유태 형은 결혼했다면서 덧붙였다. 옛날처럼 술집에 나가는 아가씨가 아니라, 평강 마을에서 농사짓는 집 규수인데 하도 참해서 청혼했더라는 것, 결국 면사포를 씌워 주는 데 성공했더란다. 근데 처가妻家에서 농사짓는데 일손이 조금 부족하다는 거다. 마상수도 심심하던 차 좋다고 했다. 한데 뜻밖의 제안을 유태가 했다.

"그라고 오다가 진해까지 내리자이, 거기 암자에 내 친구가 있능기라. 하룻밤 자고 오면 어떻겠노? 니 초임지가 진해 아니가?"

그게 저 유명한 '김해 비행장 습격 사건'을 직접 목격하는 단초

端初가 될 줄이야. 어쨌든 유태 형과 마상수는 김해 평강 마을 공군비행학교 입구에 있는 유태 형 처가에 갔다. 조생종早生種 벼를 재배하고 있어서 일찍 베어야 했던 거다. 물론 기계에 의존하지만, 그래도 자질구레한 일이 많았다.

종일 일손을 거들고 둘은 진해鎭海행 마지막 버스를 타게 된다. 1966년 8월 7일 오후 일곱 시 무렵이었다. 둘은 덕두 정류장에서 버스를 기다리고 있었다. 땀 흘리고 일한 뒤 깨끗이 씻은 덕분에 기분이 매우 좋았다. 통학 시절 기차 안에서 그렇게 기를 쓰고 부르던 '경상도 아가씨'도 흥얼거렸다. ♬**사십 계단 층층대에 혼자 우는 나그네/ 울지 말고 속 시원히 말 좀 하세요/ 피란살이 처량하게 동정하는 판잣집에/ 경상도 아가씨가 애처로이…**♬

3절까지 '경상도 아가씨'는 둘의 입에서 이어졌다. 그러고 나서 삼랑진 출신 유명 가수 남백송 선배의 히트곡, '전화 통신'도…. 상수가 말했다.

"형님, 그 시절 통학하는 중고등 학생들도 '헤이빠바 리빠 우찌아나 부기…' 하면서 해병대 노래를 좋아했다 아닝교? 그 노래 참 신바람 나는데, 형님 해병대 출신이니 한 번 불러 보이소."

마치 기다리기라도 했듯이 유태 형이 '곤조가'를 목청에 올렸다. 처가 식구들이 들으면 곤란하다는 것쯤 눈치챈 둘은 어느새 대문 밖으로 나와 농로를 따라 걷고 있었다. 사실 그랬다. 그때도 그랬고 지금도 그렇다. ♬**오늘은 어디 가서 신세를 지고 내일은**

어데 가서 땡깡을 놓나 / 때리고 부시고 마시고 싸워라 헤이빠바리빠…

버스는 제 시간에 도착하지 않았다. 중참을 넉넉하게 챙겨 먹기 때문에 배는 고프지 않았다. 이윽고 버스가 꽁무니에 먼지기둥을 달고 덜컹거리며 달려와 멎었다.

둘은 비좁은 버스에 힘겹게 오른다. 버스가 출발하려는 찰나였다, 공군 장교 3명이 헐레벌떡 달려온 것은. 셋 다 소위 계급장을 달고 있었다. 그런데 이미 버스에 타고 술에 취한 채 노래를 부르고 야단이었던, 해병대 장교(역시 소위) 일고여덟 명이 시비를 건 것이다. 아니, 아예 공군 장교들이 승차하지 못하게 방해한 것이다.

공군 장교들은 다시 땀을 흘리며 억지로 버스에 몸을 밀쳐 넣었다. 해병대들은 다시 공군 소위들을 조롱했다. 어깨를 치며 모자를 빼앗아 던지곤 했다. 소름이 돋는 말을 곁들였다. 귀관, 귀관! 죽고 싶어?

차 안에서 승객들이 웅성웅성했다. 군軍이 다른 소위들이 집단 패싸움? 승객들의 표정이 묘해졌다. 흥미 있는 구경거리이기도 하지만, 군인들끼리의 '주먹다짐+발길질'이라니 눈살을 찌푸리게 하고도 남기 때문이다. 승객들은 입을 모았다.

"저기 무슨 우사고? 같은 수數라면 모르지만, 8:3이라니 저거 해병대 맞나? 더구나 장교가…."

수모를 당하는 공군 장교들도 몹시 화가 난 듯, 얼굴이 붉으락푸르락 달아올랐다. 조용할 리가 없었다. 고성이 오갔다. 공군 장교들로 봐서는 중과부적이었지만 몸싸움은 계속되었다. 바야흐로 초여름, 땀 냄새인들 왜 진동하지 않았으랴. 승객들도 모두 투덜대고 있었다. 버스는 그 등쌀에 도중에 몇 번 멎었다. 정류소가 아닌 데서도. 순간 유태 형이 마상수에게 한 귀엣말.

"해병대, 참 개병대가 됐네. 다음 정류장에서 다시 시비가 붙으면 내가 해병대 한두 명을 쓰러뜨릴 끼다. 내가 해병대 제대한 게 부끄럽다. 일찍이 없던 우사를 저넘들이 하는구나."

웅천에 닿기 전에 다시 소란이 일어났다. 해병대들이 공군에게 계속 수모를 주고 있었다. 공군도 지지 않았다. 와중에 해병대 소위의 팔꿈치가 유태 형의 얼굴을 스치는 순간이었다.

"야, 해병대 장교들! 나 해병대 부사관 출신이야. 나이는 귀관들보다 몇 살 많다. 이게 뭐꼬? 다음 정류장에 내리자, 우리!"

승객들이 박수를 보냈다. 버스가 멎자 해병대 소위 중 하나가 유태 형에게 달려들었다. 하지만 다음 순간 그는 길가에 나둥그러지고 말았다. 태권도 공인 4단, 산전수전 다 겪은 천하의 진정한 싸움꾼인 유태 형은 현란한 주먹질과 발길질을, 마치 영화 속의 한 장면처럼 펼쳐 보였다. 승객들은 차라리 매료되어 있었다 하자.

해병대 장교들은 유구무언이었다. 그도 그럴 게 해병대 장교가, 해병대 출신 예비역 부사관한테 맞았다? 상상의 세계에서조차 존재할 수 없는 일이었으니까. 누워서 침을 뱉어도 그렇게 뱉어서는 안 된다. 상수는 그 옛날 유태 형이 기차 안에서 수병을 때려눕히던 광경이 머릿속에서 되살아났다. 입가에 번지느니 회심의 미소였을밖에.

그 다음은? 그런 소란 끝에, 한 버스를 타고 진해로 간다는 건 우스꽝스러운 일일 것 같아서 둘은 정류장을 벗어났다. 이내 둘은 공군 장교들 20명 가량 탄 닷지(Dodge) 버스가 도착하는 걸 멀리 떨어져 물끄러미 바라보았다. 해병대 장교 8명이 그들로부터 집단 폭행을 당했음은 물어보나 마나.

둘은 대신 진영으로 돌아와 대창초등학교에 4년째 근무하고 있던, 마상수의 동기 동창 수복을 만났다. 방학이라 당연히 부산 집에 갔으려니 싶었는데, 교육 자료 만드느라 자취방에 있었던 거다. 마상수와 수복은 학창 시절 판박이라며 서로 닮았다는 소문이 자자할 정도였고 성정性情 또한 비슷했다. 아 참, 수복은 짧은 군 복무를 마치고 의가사依家事 제대를 한 지 몇 개월 되었다. 그동안의 안부를 묻고 회포를 풀었다. 수복도 유태 형과 이내 친해졌다. 그가 말했다, 한두 시간이 그렇게 지나고서 말이다.

"우리 중국집에 가서 저녁 먹는 게 어때? 오랜만에 명창 상수의 노래도 한 번 들어보고 말이야. 유태 형님도 기차 통학 출신이니 반半 가수이실 테고…."

셋은 동시에 박수를 터뜨렸다. 수복은 자기가 사겠다고 했다. 참, 지나간 그 시절을 풍속도로 지금 다시 그려봐도 그럴 테지만, 수복은 어느새 유태 형을 깍듯이 '형님'으로 호칭하고 있었다. 중국집에 가면 두서너 시간씩 지내는 건 음식 때문 아니라, 식후 계속되는 음주 가무(?)와 젓가락 장단 탓이었다. 셋은 어느새 그걸 기대하고 있었으리라.

수복은 앞서서 시장으로 발걸음을 옮겼다. 저 멀리 제법 큰 중국집 하나가 시야에 들어왔다. 익산루益山樓! 셋은 식욕을 느끼며 걸음을 재촉했다. 단골인 듯 주인과 수복은 간단하면서도 정감이 넘치는 인사를 주고받더라. 셋은 구석진 방 하나를 달래서 들어가 자리 잡았다. 벽에 거의 나체인 여배우 그림이 일행을 내려다보며 미소를 짓고 있었다. 수복은 지금 돈을 버는 사람이 자기 혼자뿐이라는 걸 자랑이라도 하려는 듯 마구 음식을 시켰다. 탕수육, 팔보채, 양장피 등 안주에다가 배갈…. 그리고 식사는 따로 각자의 취향이나 입맛에 맞는 걸 물어보고 주인에게 주문했고. 끝내 자장면 곱빼기로 통일됐지만…. 셋은 게걸스럽게 그것들을 먹어 치웠다. 이윽고 빈 그릇을 치우라 이르고선 분위기부터 노래방―지금의 노래방과는 개념 자체가 다르다―으로 꾸몄다. 하나만 들먹이자. 탬버린보다 그 기가 막힌 타악기(?)가 있었다. 사이다병에다 젓가락과 숟가락 따위를 넣고 다리 사이에 넣어, 박자에 맞춰 뛰면 기가 막힌 소리를 내는 것이다.

기차 통학 시절 항상 그랬듯이 '이별의 부산 정거장'이며 '굳세어라 금순아', '경상도 아가씨' 등 2/4박자 폴카 곡부터 쏟아내기 시작했다. 음악 아니 노래 공부를 조금 한 마상수는 중얼거렸다. 희한하지, 가사는 슬픈데 부르면 신나는 춤곡! 알다가도 모를 일이거든?

삼랑진 출신 남백송의 '향기 실은 군사우편'도 비슷한 노래다. 내친김에 진짜 트롯(Trot, 외래어 표기법으로는 '트로트'가 옳음)인 그의 '방앗간 처녀'를 골라 다음 순서로 터뜨리려는데, 갑자기 요의를 느낀 마상수가 잠시 일어나 화장실을 찾았다.

볼일을 보고 나오는데, 홀 안에 장교 셋이서 식사를 하고 있다. 한데 너무나 놀랍게도 일행은 마상수의 부대 마크를 어깨에 달고 있지 않은가? 너무나 놀랍고 반가워 알은체를 하려는 순간 등을 보이고 앉아 있던 덩치 큰 소위가 돌아앉으며 얼굴을 보이는데 아, L 소위다. 26사단 228 포병대대 소대장으로 있는! 상수의 입에서 저도 모르게 튀어나온 말! 형님, 여기 어쩐 일입니까?

L 소위 쪽에서 더 의외라는 반응을 보였다. 마 상병, 내가 묻고 싶은 말이오. 우리 정말 상상 못 할 일의 주인공이 되었구려!

L 소위의 잇는 말인즉슨, 둘의 조우遭遇야말로 '세상에 이런 일이'를 능가하는 사연이다. 이 중국집 주인이 자기 숙부라는 게 아닌가? 거기다가 덧붙이는 말이 더욱 혼란을 부추긴다. 이번에 부대를 옮겼다며 그 준비 기간에 작은집을 방문하게 되었다는 것,

동석한 소위가 벌어진 함박만 한 입으로 쏟아놓은 복음福音이 그 야말로 경천동지하고도 남을 경사다. L 소위의 종형수從兄嫂가 이번에 네쌍둥이를 출산해서 지금 지역사회가 떠들썩한 축하 분위기라는 것, 그것도 모두 남자애란다. 특히 성주 이 씨인 L 소위의 사촌 이내에 자손이 적은 터, 그의 종형수는 효부孝婦 소릴 듣게 되었다나?

1년여 전, L 소위와 마상수가 모母부대에서 처음 만났었다. 부관부에 배치받아 업무를 익히고 있을 무렵, 진영 출신인 인사과장 K 대위가 마상수를 데리고 인사참모처로 갔다. 보좌관 S 보좌관에게 인사를 시키기 위함이다. 한데 보좌관 앞에 얼른 보아도 신임인 소위 셋이서 약간 긴장한 자세로 서 있는데, K 대위를 본 보좌관에게 경례를 올려붙이더니, '공격' 구호 끝에 형님 운운하는 게 아닌가? 어리둥절해 있는 마상수 앞에 우연의 일치치곤 진짜 우연의 일치가 현실로 펼쳐진다. 180센티미터 가까운 키에 우람한 체격을 가진 소위가 어쩐지 안면이 있는 거다. 의아심보다는 반색이 드러나는 표정을 마상수가 보냈다. 상대도 마찬가지.

이윽고 연습이 끝나고 사단장에게 신고를 마친 세 소위가 도로 내려왔다. 포병 하나, 보병 둘. 인사과장이 앞장서 10분이면 되니, 세 소위에게 부관부 인사과로 가서 커피 한잔이라도 하고 가라고 권했다. 그렇게 다시 얼굴을 마주친 L 소위와 상수는 희미한 기억을 되살린다.

둘의 나이는 두 살 차이, 삼랑진과 진영에서 알아줄 만한 사람은 알아주던 모범생. 한쪽은 부산중학교와 사범학교, 다른 한쪽은 익산중학교와 진영중학교, 개성중학교를 거쳐(부모를 따라 학적을 자주 옮겼다.) 진주에서 어느 실업고등학교를 졸업했다. 둘의 기차 통학 방향이 다르지만, 경전남부선 열차를 부지런히 탔었기 때문에 우연의 연속이 필연으로 이뤄지게 되었다는 결론(?)을 얻어 내고 둘은 웃었다. 그로부터 마상수는 L 소위를 형님으로 깍듯이 대했지만, L 소위는 마상수에게 절대 하대下待하지 않았다. 그런데 진영에서 조우 아닌 해후를 하게 되었으니 어찌 인연의 소중함을 들먹이지 아니하랴.

수복의 자취방에 들어와 드러누워 있으려니, 온갖 상념에 빠져들지 않을 수 없었다. 진영이란 이 고장이 정말 자신에게 앞으로 어떤 인연이며 삶의 과제를 안겨 줄까 싶어 적이 두려웠다고 고백하자, 잠결에 그는 고소를 날렸다. 퇴짜를 맞았지만, 혈서로 사랑을 고백한 한 해 후배인 여학생도 진영 출신이었다. 삼랑진 역전에서 '송죽松竹'이라는 미장원으로 제법 이름을 날리는 재종 형수도….

그 이튿날인가? 해병대 장교들은 부대를 이탈하여 공군 비행학교를 습격한다. 주동자는 전오봉 소위, 마상수와 갑장이다. 비행학교 당직 사관은 이양호 대위, 양측에서 많은 부상자가 나타났음은 불을 보듯 뻔했고. 급기야는 해병대 소위 하나가 목숨을 잃고 만다. 우리 군 특히 해병대의 불행한 흑역사로 기록되는 사건이고도 남는다. 비행기까지 파손되었으니 더 말해 무엇하랴! 후문에 의하면 해병대 소위 자그마치 120명이 손목시계 등을 차표로 맡기고 기차를 탄 채 비행학교를 습격하러 떠났더라나? 진영에서도 몇몇 승차했겠지.

참 기구하지만, 그로 말미암아 상수는 5672부대, 아니 비행학교와의 인연을 정말 소중하게 이어가게 된다. 그 어마어마한 사건의 현장에서 자칫하면 자신이 사병으로 현역 복무 중이면서, 타군 초급 장교들의 피 튀기는 싸움에 휩쓸릴 뻔했다? 만약 상수도 그 예사롭지 않은 위력을 가진 주먹으로 해병대 소위를 때려 눕혔다면, 10일 영창에 구금되었든지 군법 회의에 회부되어 실형을 살았으리라.

며칠 뒤 의정부시 변두리에 삼류 극장이 하나 있었는데 개봉한 지 수년이 지난 서부극을 상영 중이었다. 귀대 시각이 제법 남은 터, 마상수 상병은 두리번거리다가 거길 들어섰다. 유곽遊廓이 바로 옆에 있어 거기서 나온 잠자리 날개 같은 옷을 걸친 아가씨들이, 대낮인데도 극장 안에까지 자리를 차지하곤 놀다 가며 유혹을 했다. 뭘 사 들고 선임들에게 신고해야 하는가를 걱정하다 보니 아가씨들에게는 눈길을 보낼 겨를조차 없었다. 게다가 말이다. 다음 날 아침이면 연선을 만날 수가 있는 터, 연선에게 예의를 지키기 위해서도 아가씨들을 애써 모른 척해야 했다. 엄마가 휴가 중 한 말도 기억났다.

"야야, 제대하거든 참한 아가씨 만나 결혼하래이. 떡두꺼비 같은 아들 하나 안겨 주면 원도 한도 없겠다이."

극장 밖으로 나오니 제법 시간이 흘러 있었다. 근처 대중음식점에서, 라면 하나를 시켜 먹고 양주행 버스를 기다리고 있었다. 한데 백차가 하나 멎은 거다. 병장 계급장을 단 헌병이 하나 내리더니, 상병인 마상수에게 되레 먼저 경례를 붙인다. 그러면서 하는 말이다. 형님!

몇 달 전에 본부중대에서 둘은 치고받은 적이 있었다. 부관부 식탁은 별도로 마련되어 있어서 다른 부서나 중대 병사들이 앉지 않았는데, 그걸 제대로 모르는 헌병憲兵이 거기 떡하니 자리 잡고 식사 중이었던 거다. 그걸 본 마상수 상병과 시비가 붙었다. 마상수 상병이 주먹을 날리고, 상대가 되받아치는 바람에 둘 다 키대로 뻗은 적이 있었다. 상대는 일등병. 불문율―부관부 병사 식탁에 다른 부서 병사들이 앉지 못한다―을 그가 알 턱이 없었으니 일어난 해프닝이었다. 두 참모도 알았지만 없었던 일로 했다. 그 뒤로부터 그 헌병은 마상수 상병을 형님으로 대접했던 것, 진영 대홍초등학교 졸업생이다. 대창과 대홍은 다른 학교다. 참 계급장은 둘 다 상병이다. 헌병들은 당시 가짜 계급장을 달고 다니기도 했음을 상기할 필요가 있겠다.

"어디 갔다 오시는 모양이지요? 타요. 중대로 돌아가려던 참입니다."

"고맙소."

이래서, 백차를 타고 위병소까지 호강하면서 온 마상수 상병! 기분이 너무 좋아 휘파람까지 날리면서 내무반을 열었는데, 어쩐지 분위기가 심상치 않다. 내무반장 I 하사에게 거수경례로 신고하는 순간, 팔이 내려오기도 전에 내무반장이 한마디 건넨다.

"들었는가?"

"무슨 말씀이십니까?"

"연선 씨가 사흘 전에 이승을 떠나고 말았다네."

"아니 무슨 청천벽력 같은 말씀을…."

몇몇이 가까이 와 있는 가운데, 내무반장이 하는 말이다. 마상수 상병이 휴가를 떠난 지 하루 만에 양주에 폭우가 쏟아졌다는 것, 특히 사단사령부에는 양동이로 퍼붓다시피 할 정도였더란다. 냇물에 북한이 보낸 전단傳單 등도 섞여 있었다나? 다행히 비는 이틀이 안 되어 그쳤다. 수량도 줄었다. 한데 징검다리의 돌이 두 개 없어졌다.

연선은 병참 참모 보좌관이 부탁한 급한 세탁물을 보자기에 싸서 냇물에 들어섰다. 하지만 장정이라면 능히 건널 수 있을 정도인 그 냇물은 연선에겐 무리였다. 늘 다니던 데라 한 발 한 발

옮기며 중간쯤 왔을 때, 징검다리 하나가 뽑혀 나간 움푹한 곳에 그만 체중을 빼앗기고 만 것, 한 시간 뒤 2킬로미터 가량 떨어진 곳에서 연선의 사체가 발견되었다는 게 아닌가? 장례는 이미 간단하게 치렀다고 했다. 마상수의 입에서 튀어나온 말이다. 아, 가장 소중한 진영 사람이 하나 떠났구나.

그는 어쩌면 삶의 의미였던 연선을 그렇게 여의고 만다. 실성할 정도로 상심이 컸던 그는 의무중대에서 신경안정제 등을 받아 타 먹었지만, 그렇게 큰 효과를 얻지 못했다. 그러던 그를 정상으로 돌아오게 한 것은 Jeannie With the Brown Hair였다고 주위에서들 말하기 시작했다. 연선의 부모가 딸이 쓰던 오르간을 마상수에게 넘겨주었는데, 내무반에 비치하곤 토요일 오후나 일요일 혹은 공휴일에 상수가 연주하는 데까지 배려하는 것.

덕분에 부관부는 물론 인사처 병사들은 포스터의 이 미국 명곡을 누구나 부를 수 있게 되었다. 마상수는 연선 생각이 나면 영어로 절창絶唱했다. 연선과의 추억이 생각나서였으리라. 그뿐만 아니다. 그는 어디서든 허밍과 휘파람으로 이를 연주했다. 눈시울을 적시면서…. 휘파람 실력이 엄청나게 향상되어, 훗날 세계 휘파람 챔프 황보서(세계의 내로라하는 실력자들과 겨뤄 우승)와 협연을 하게 되었으니 선연이 상수의 삶에 너무 큰 영향을 입혔다 하자.

전화위복? 글쎄다 사람이 어떻게 그렇게 함부로 입을 놀리겠는가? 다만 생각하면 숙연해진다는 중얼거림을 그는 아직 일상에서 떨어뜨리지 못하고 있다. 그리고 말이다. 그가 평생 노래와 함께 되는 몇 가지 이유 중의 하나가 연선과의 만남 및 헤어짐이기도 하다.

　다시 그 옛날의 싸움 현장. 그 공군비행학교(5전투비행단)는 마상수의 일생에 큰 영향을 미쳤다. 부산에서의 교사, 교감, 교장 시절을 부대 가까이서 보냈고, 부대 부사관의 지원이 있었기에 21년이란 세월을 노인학교를 운영하며 보냈다. 매주 토요일 오후였다. 80년대 중반부터 이날 이때까지 단 한시도 잊지 못하는 인연을 이어왔으니 욕먹을 각오로 판단하면, 기네스 기록에도 등재 가능하리라. 공군 장교와 해병대 장교의 패싸움으로부터 40년이 흐른 그제도 전 단장 K 장군과 통화를 했으니 실로 감개무량할밖에. 한국전쟁문학회의 유일한 해병대 장교 출신 김 대령과도 수시로 연락을 주고받는다. 그는 육군 출신이지만, 공군과 해병대를 특별히 사랑함을 자부하는 거다. 자신의 노인대학 및 강서 노인대학과의 그 수많은 인연도 그렇다. 전대미문이라 해도 결코 과장된 표현이라 꾸짖지 못할….

　"육해공군은 각기 다른 군을 소중하게 여겨야 한다. 육군, 해군, 공군, 해병대는 장군에서부터 이등병에 이르기까지 서로 전우애로 뭉쳐야 한다."

그동안 참 많은 군과의 인연을 쌓아왔다. 마상수는 일흔의 나이를 넘기고 모부대母部隊와 육군 최전방 1사단 1*연대의 장병들을 대상으로. 오르내리며 안보 강연을 해 왔다. 마흔 시간을 훌쩍 넘겼다. 가슴 아픈 일은 모부대 사령부 진입로를 걸어서 들어갈 때마다 연선과의 애틋한 추억임은 두말할 나위가 없다.

그러다 보니 이등병에서 대장까지 급기야는 전前 국방부 장관까지 만났다. 예비역과 현역을 합해서 하는 말이기도 하다. 백선엽과 같은 생년이지만, 건강은 더 좋은 장경석 예비역 장군을 만나 인터뷰하기도 했다.

마지막 맺는말이다. 진영 출신인 노무현은 그에게 철저한 애증(?)의 대상이다. 한 자연인으로의 입장으로 보면 말이다. 그의 군 생활의 면면을 찾아보았다. 노무식이라는 예비역 장성이 12사단 대대장으로 있을 때, 통신병으로 노무현이 전입했더란다. 굉장히 성실하게 복무했다더라. 어쨌든 노무현을 지나치도록 폄훼할 생각도 미화할 생각도 없다.

다만 단순한 맺음이 아니라 결론 하나는 이렇다.

"모든 군인은 내 전우다. 그가 죽었든 살아 있든…. 육군이든 해군이든, 공군이든 해병대든 마찬가지다. 이등병이든 대장이든! 내 아이도 공군이었다. 사정이 있어 군에 못 간 사람도 그가 군을 사랑하면 내 전우다. 모든 전우의 가족도 전우다. 그러니 노무현과도 전우 사이다. 특히 그는 진영을 대표하는 인물이다. 애증은 다른 차원의 문제다."

　연선과 몇몇을 노무현과 같은 반열에 올려놓으려다 포기하는 까닭을 아는 사람은 알리라.

장군차將軍茶와 노무현 이야기

적어도 열흘에 한 번 정도는 노무현 꿈을 꾼다, 요즈음에 와서 말이다. 이러다가 내가 곧 죽어 그와 조우遭遇하는 건 아닌지 적이 걱정되고말고. 월여月餘 전만 해도, 잦기는 했어도 그 정도는 아니었는데…. 어쨌든 말이다. 그와 얽히고설킨 인연이 남다른 것을 전제前提하면 이럴 수도 있으리라. 이 별다른 이 생리 현상 말이다.

한데 꿈 이야기를 그대로 털어놓으면, 듣는 이 중 더러는 이러더라.

"당신 허풍은 심하기도 하군그래, 쯧쯧."

차라리 나는 유구무언有口無言일밖에. 입에 게거품을 품을 만큼 나는 한가하지 않으니까. 다만 글로써는 적을 수 있다. 오늘도 그래서 시간을 낸다.

가끔 그가 상병이 아닌, 하사 계급장을 단 베레모를 쓰고 나타

나는 거다. 내가 묻는다. 당신 언제 진급했느냐며, 그윽한(?) 눈빛으로 바라보면 그는 말없이 씩 웃으며 거수경례를 올려붙이기 예사다. 그 옛날 어느 사단에 상병으로 복무했다는 얘기를, 당시 그의 대대장 노무식(장군으로 예편)에게 들었던 충격 탓일까? 노무현과 하사라니 도무지 어울리지 않는다.

수행遂行도 아닌데 꿈에 관한 대부분을 묵언默言하려니, 조금은 아니 사뭇(?) 괴롭다. 아내에게조차 일일이 고해바치기 힘들다. 듣기 좋은 꽃노래도 한두 번이라 하지 않았던가? 자꾸 겨냥하다가는 마침내 내가 혹여 정신줄을 놓은 사람 아니냐는 치부를 아내로부터 받게 될지 모른다. 그 또한 두려운 일이고말고.

덧붙여서 밝히자. 노인 학교, 군부대, 차 생활 등이 내 꿈의 주된 소재(?)임을 말이다. 특히 공군 장군들이 많이 등장하기도 한다. 이상하게도 초등학교 교편 잡던 시절 모습은 거의 없다.

그 꿈 이야기다. 그끄저께 밤에 꾼….
나는 몽중夢中에 노무현을 또 만난 것이다. 교장 강습 수료를 하는 교원대학교 대강당에서였다.

우수한 성적을 받고 수료자들에게 상을 주는 차례였다. 한데 그 직전, 나는 얼굴이 술 취한 사람처럼 불콰하게 달아올라 있었다. 나는 어느 정도 수상을 예견하고 있었기 때문이다. 은근하지만 눈앞에서 현실로 나타나리란 확신에 가까운…. 심약한 나는 눈을 지그시 감고 내 이름이 불리기를 기다리고 있었다. 가슴이 사뭇 떨렸다, 도무지 제어할 수 없을 정도로!

그러나 호명이 전부 끝나도 서로 상相 자며, 베풀 장張 자는 물론 성씨인 자두 이李 자조차도 사회자의 입에 오르내리지 않았다. 땅이 꺼지는 듯한 한숨을 쉴 수밖에. 나는 은근히 부아가 치밀어 올라 견디기 힘들었다(여기서 李는 '오얏'이 아니라 '자두'다. 새삼 들먹이지 않아야 하는데, 이러다니 불미스럽다. '오얏'은 틀린 말).

엉뚱하게 나는 우리 경주 이씨의 조상인 휘諱 표암 할아버지께 화살을 돌렸다.

"할아버지, 제가 그렇게까지 당신께 기도하듯 매달렸었는데, 끝내 팽개(?)치시다니 너무 심하지 않으십니까? 공부도 정말 열심히 했습니다. 반드시 나이가 들어서 그런 게 아니어도, 암기 과목은 자신이 고만고만하지만, 명색이 작가인데 모든 과목이 서술하는 식의 평가라 자신만만하게 써냈었습니다. 그 결과가 이렇게 비참(?)하다니 원망스럽습니다. 장군 차茶는 또 얼마나 씹었습니까?"

그런데 그 자체며 앞뒤의 정황엔 상당한 근거가 있었다고 하자. 내가 대변하는 심정으로 상술詳述하고 싶을 따름이다. 기억을 더듬어 적어 본다. 그날 내가 받은 점수는 뒤에 밝혀졌지만, 97.000이었으니 자격연수 성적으로는 내게 전무후무한 기록이었다.

 그런데도 앞서 비참하다 운운한 것은, 이 글을 읽는 사람이 행여 있다면 그에게 뉘앙스를 강하게 심어 주고 싶어서이다. 상을 못 받은 것이 그만큼 내게 충격이었다는 점을 강조하기 위한 고의故意였을지 모른다는 것이 정직한 표현이고말고.
 내 못된 성정을 여기서 드러내지 않을 수 없다. 부산의 수강생 중 아무도 상을 받지 못했다는 사실! 그게 내게 오히려 크나큰 기쁨(?)으로 다가온 것이다. 내가 못 먹는 밥에 재라도 뿌려야 직성이 풀리는 그런 심사?
 나라는 인간의 특정 부분의 승부에 대한 집착은, 설명할 재간이 없을 정도로 추하달 수밖에. 평범한 사람 수십 명이 모인 자리에서, 가수인 내가 노래로 1등을 못 하면? 그날 잠을 설치는 것쯤 일상日常으로 굳어진 것도 양념 삼아 덧붙여본다.
 실제 그날 나는 내가 상을 못 받았는데, 부산에서 수상자가 나왔다 치자. 그 억울함(?)에 짓눌려 쓰러지기라도 했을지 모른다고 고백한다. 나는 부산은 물론 전체 수강생 중에서 유일하게 소설과 수필을 쓰는 현역 작가였으니까. 자신이 만만했다고 다시 한번 고백한다. 이 '전체全體에'는 모든 시도市道가 포함된다.
 게다가 말인데, 또 다른 필요충분조건이 있었다. 나는 군에 있는 동안 모필병毛筆兵으로 복무했기 때문에, 한글 궁체로 남에게 돋보일 정도의 글씨를 쓸 수 있었다. 게다가 초중등 교사 전체를 대상으로 한, 밀양시 교원 예능 경진 대회 서예 한글 부문에서의 최우수 2회의 입상 실적도 있지 않은가?

너무 억지라고 남들이 나를 윽박질러도 맞는 말인 걸 어쩌나. 내가 특별히 머리가 좋은 편이란 근거도 없고, 초인적인 노력을 기울이는 편도 아니었으니 말이다. 옛날 사범학교에 입학한 데다가 졸업할 때 우등상을 받은 걸로 봐선 그저 중간을 약간 상회하는 IQ를 가졌다는 정도는 자타가 공인한다 치자.

그러나 교사 교감 시절, 나는 부지런함과는 거리가 먼 삶을 살았다. 가르치는 일의 본질을 떠나 학교 울타리 밖을 기웃거리기 예사였으니 어찌 나를 훌륭하거나 실력 있는 교육자로 여겼으랴. 문학이나 노래, 노인 학교, 구정 자문위원회(세계화 추진위원) 등에 매여 있었다.

또 있다. 예를 들먹인다. 공군5672부대 초급장교와 부사관 등이 매주 토요일 오후 노인 학교에 나와 하는 자원봉사, 그게 민군 유대 강화에 기여寄與하는 덕목임을 홍보(?)하느라고 언론 기관에 자주 드나들었다. 나아가 5672부대와 육군 향토사단의 호국문예는 물론 북구청 모든 문예 행사의 심사위원장을 도맡아 맡으면서까지 곤욕을 치렀다.

그 모든 것들이 교장 승진 자격연수 특히 평가 시에 도움이 될 수밖에 없다고 주장한다면? 이율배반이 될지 모르지만, 사실이었음을 어찌 실토 내지 고백하지 아니하랴.

시험은 가로로 점선이 그어진 백지에다 무엇무엇을 논하라, 혹은 무엇무엇에 대한 주장 혹은 생각을 말하라는 식으로 치러진다 했다. 다시 말해 객관이 아닌 주관인 서술敍述 형식이라는 것이다. 나는 자신이 있었다.

게다가 말이다. 암기 능력 따윈 하나도 필요 없는, 오픈 북 테스트 즉 교과서(교재)나 참고서 등을 펼쳐 놓고 그걸 토대로 기술해 나간다는 것이다. 난 첫 시간부터 쾌재를 불렀다. 혼잣말을 했다. 좋고말고! 내가 명색이 문인 아닌가? 내가 남들보다 문장력 하나만은 앞선다고 할 수 있지. 우수한 성적을 얻는 것은, 그래서 수료식 때 단상에 올라가는 것은 '떼논당상'일시 분명하고도 남겠지!

그러면서 나는 『우리말 사전』이며 『영한사전』과 『한자 옥편玉篇』까지 준비를 해 갔다. 그냥 한글만 쓰는 것보다는 영어 단어나 한자를 섞으면, 유식(?)하게 보이리라는 은근한 기대가 나를 부추긴 거다. 옥편도 행여 한자를 쓸 필요가 있을 때 활용하기 위함이었다. 영한사전 또한 마찬가지. 옥편보다 빈도수가 낮지만, 행여 인명人名을 끌어다 왔을 경우 스펠링을 틀려서는 되레 감점減點의 요인이 되리란 기우杞憂 혹은 노파심老婆心 때문이었다.

그때까지의 나 자신은 교원 자격연수 성적이 그리 나쁜 편이 아니었다. 한데 좋다고는 할 수 없었다. 교감 승진에는 등수等數보다 절대 점수, 요컨대 92~3점 정도가 되어야 유리했던 거다. 천만다행으로 밀양에서 마산까지 버스 편을 이용하면서, 1급 정교사 자격연수를 받았는데, 코피 터지도록 공부를 열심히 한 덕분으로 우리 반(1반)에서 당당히 1등을 했다. 점수는 높지 않아서 89점쯤 된 걸로 기억된다.

2반 1등이 90점, 내 그 점수는 직위를 바꾸는 데 별 도움이 되지 못했다. 이어서 받은 교감 자격연수 성적이 중간 정도밖에 안 되어 곤욕을 치렀다. 해서 교육의 꽃이라는 교장 자격연수 점수만은 상대적으로 우위여야 했다.

한데 97.000! 그 성적표를 내놓고 식구들 앞에서 가문의 영광이라며 허풍을 떨었다. 부산에서 1등일 거라며 떠벌이기도 했다. 물론 식구들은 박수를 보내 주었고….

그러나 그 97.000은 실제 적용엔 별 의미가 없었다. 90점만 되어도 자격증을 받은 해의 다음 학년도에 승진할 수 있었다는 뜻이다. 해서 말인데, 그건 계륵鷄肋 아니면 '빛 좋은 개살구'에 지나지 않았다 하자. 다만 생애 마지막 점수가 97점이라는 건 상징적인 의미가 있었다.

수강 생활 당시로 되돌아가 보자. 다른 건 몰라도 나는 수강 중 결석이나 지참遲參 따위와는 담쌓고 내 자리를 지켰다. 아무리 졸음이 오는 시간에도 나는 항상 각성覺醒 상태에 있었으니 그것 하나만은 타의 귀감龜鑑이었다고 지금이라도 자랑할 수밖에. 차茶, 즉 녹차 덕분이었다고. 우스개 삼아 강조하자. 2급 정교사로 출발하여 연수를 수도 없이 받았지만, 즐겁다거나 기쁘다는 생각으로 임해 본 적이 없었는데, '교장 자격' 때만은 달랐다! 거듭 말하지만 차, 차가 있어서였다. 그것도 친구가 보내 준 김해 장군차將軍茶.

나는 녹차 마시기 즉 끽차喫茶를 10년 이상 계속해 오던 참이었다. 오죽하면 '석간石間'이란 다인호茶人號까지 갖고 있었을까? 출판 기념회를 열면서 아무것도 내지 않고, 녹차 한 잔씩만 대접하기 일쑤였을 정도였으니, 내 아집과 편견은 차라고 해서 예외일 수가 없을밖에. 차 맛은 물에 좌우되는데, 바위 틈에서 나는 샘물 그걸 석간수石間水라 한다. 거기에서 두 자를 따와 아호로 삼은 거다. 바위 사이에서 스며져 나오는 물을 길어다가(?) 달인 녹차 맛은 실로 형용할 수 없을 정도로 좋다.

교감 시절에 클럽 활동 부서를 자임하여 일찍이 유례가 없었던 애견부愛犬部까지 운영해 와서 적잖은 파장(?)을 일으켰던 내가 아닌가? 친구이기도 한 장학사가, 우리 집 애견 영국산 요크셔테리어 프로다(Froda)를 데려다가 목욕을 시킨 다음, 털을 뒷손질하는 법까지 가르치는 걸 보고 혀를 내두르기도 하더라. 심지어는 녀석의 항문을 짜는 법까지 어린이들이 내 안내대로 따라

하는 현장에서, 장학사의 놀라는 눈빛이 오랫동안 잊히지 않았음은 물론이다.

나는 그 무렵부터 혼자서 큰소리를 치곤 했으니….

"좋다, 내가 승진하면 반드시 다도부茶道部를 부산 시내에서 처음으로 만든다. 그것도 교장인 내가 직접 지도하기로 하고…. 일고여덟 명으로 조직하면 다기 두 벌은 학교 재정으로도 구입하기에 명분도 서고 말이야."

아무리 그리 꿈이 벅차더라도 연수 중에 '차 생활'을 할 수는 없었다. 물리적으로도 불가할뿐더러 남들의 손가락질을 감당할 수가 없어서였다. 연수원 내 방(2인 1실)에서는 더더구나 그런 사치스러운(?) 짓이 용납되지 않았던 거다. 지금까지도 커피포트까지 사용 금지한 그 조치는 옳았다고 판단한다. 차 달일 물을 끓이다가는 화재는 물론 화상 염려가 있어서였을 것이다. 클래스메이트 이름이 노무영이었던 걸로 기억하는데 그는 차 따위엔 관심이 없었다.

그러나 궁하면 통하기 마련이다. 나는 숨을 쉬는 한 그 차를 내 입에 머금었다. 이른바 '다적茶積'에 심취해 있었으니, 세 개의 작은 봉투에 마른 찻잎을 넣어 다니면서 일정 시간에 입에 털어 넣어 침으로 녹이고 마침내 그 전부를 식도食道로 넘겼으니 말이다. 교장 자격연수 당시에는 평소보다 그 습관을 더 철저히 이어나갔다.

그 효험은 즉발即發이어서, 모든 상당수의 동료가 꾸벅꾸벅 졸아도, 나 혼자(?)만은 더욱 정신이 산뜻해지는 것이었다. 그들이 다가와 무어냐고 물어도 처음엔 함구했다가 나중에 하나씩 나누어 줘 봤지만, 고개를 절레절레 흔들고 말더라. 몹시 쓰게 느껴지기 때문이고말고! 내게는 그 맛이 때론 꿀맛이기 예사인데….

그런데 여기서 '다적'에 대한 부정否定 견해를 안 밝힐 수 없으니 서글프다. 조악한 우리말 사전을 보라. 거기엔 이렇게 풀이되어 있기도 하니까 말이다. 차를 너무 좋아하다 보니 마른 찻잎을 지나치게 씹어 먹다가 생기는 질병, 얼굴이 누렇게 변한다.

그렇다면 누가 물을 수도 있겠지. 그런 사람 보았느냐고. 나는 대답하리라. 단연코 없다!

하지만 행여 고갤 끄덕이는 한의사 정도는 있을지 모르겠다.

어쨌든 성적표를 당일 받은 건 아니고 추후 서면 통보로 97.000이라는 걸 알았다. 꿈과는 시차가 많이 난다. 어쨌든 나는 몹시 혼란에 빠졌다. 겉으로 드러난 점수야 어디에 드러내 놓아도 손색이 없었지만, 패배 의식 비슷한 것에 지배를 당하고 있었으니까. 그때까지도 부산에서 누가 1위를 했는지 그 사실이 밝혀지지는 않았다. 나는 여전히 나 자신이라고 믿었다. 그리고 중얼거렸다. 1위가 문제야, 예수도 1등이 꼴찌가 되고 꼴찌가 1등이 된다고 했었지!

그래 가끔은 자문자답自問自答하기 일쑤였으니….

"네가 1위를 자신하는 모양인데 또 다른 그거라도 있는 겐가?"

"있지."

"뭔데?"

"내가 말이야. 가끔은 노래까지 불러가면서 수강생들에게 좋은 인상을 주지 않았는가?"

"하긴 그래. 초중등 합동 연수가 대강당에서 열렸을 때 큰 악단이 와서 위문 공연을 했는데, 천 명이 넘는 수강생 중에서 너 혼자 무대에 뛰어 올라가 Oh Danny Boy를 독창하기도 했으니, 그거 또한 교수들에게 좋은 인상을 주었을 테고…."

"그건 네 생각이고."

"그럴까?"

내가 '답할' 차례에 나는 상대인 또 다른 나에게 말했다.

"평가 채점은 누가 하는지 알지?"

"그야 교수가 하겠지."

"아니야. 그 많은 양을 어떻게 교수가 한다는 말인가?"

"그럼?"

"조교(?)들이 한다더구먼."

"한데 그건 또 왜?"

"내가 한자를 섞어 쓰고 사자성어 등을 인용해 가면서 답지를 작성한 것까지는 좋았지만, 조교助敎들 중 한자를 제대로 모르는 친구가 더러 있으니 그게 감점을 불러왔을지 모르는 일!"
"그런가? 허허."

어쨌거나 내게 신나는 일이었다. 이상 덮을 게 없을 정도의 조건에서 치르는 서술식 평가 말이다. 문장력 상대적으로 뛰어나겠다, 글씨는 최고 수준이겠다, 타 수강생들과는 확연히 달리 양질의 카페인을 섭취했겠다!

나의 여유는 거기서 그치지 않았다. 모든 평가지를 글자로 가득 채우되, '끝' 자를 그야말로 맨 끝에 써넣었다. 물론 공문서 '끝'을 정확하게 표기하듯이 말이다.

듣기나 보기에 모두가 한가한 시간을 보내듯 하는 모습을 연상할지 모르겠는데, 천만의 말씀이다. 도중에 쓰러지는 수강생도 있더라. 그러니 워낙 긴장해서 자신의 손으로 글씨를 못 써서 대학원 학생들이 대필하는 경우가 더러 있었음을 강조해 무엇하랴.

그러나 1등을 못 한 까닭은 이 순간에 밝혀지는 것 같다. '젠체하는' 습관 혹은 성정! 아직도 고쳐지지 않는 이 결점 말이다.

어쨌거나 덕분에 나는 강습을 마친 다음 학기에 승진 발령을 받았다.

그때도 부산 시민 중 5대 괴짜 중 하나로 가끔은 회자膾炙되는 나였으니, 차 생활은 더욱 극성으로 치달을 수밖에. 그게 나중에 죽음으로까지 이어지는 결과로 이어질 줄은 나 자신조차 모른 채 말이다.

계획대로 나는 클럽 활동 부서로 '다도부'를 조직해서 내가 직접 어린이 일고여덟 명을 가르쳤다. 매주 수요일 오후에 말이다. 어느 날 국회의원 예비 후보 H 전 충북 지사가 들러서 하는 말이다.

"형님, 다시 화제를 하나 만드시는군요. 전에는 애견부로써 신문 지상에 이름을 장식하시더니…."

"허허, 그런가? 운명인가 보오."

여기서 잠깐 형님? 당연한 호칭이다. 그가 중학교 3년 후배니까.

그는 행정 고시 출신으로서 일찌감치 입신양명하여 정부 요직을 두루 거친 친구다. 가끔은 강요(?)에 의해 내가 하대를 해야 할 만큼 자신을 낮추기도 한 인물이었다. 책으로 한 권을 묶을 만큼 그와의 교유의 폭이 넓었으며 그 흔적이 계량 불가지만 두터웠다고 할 수밖에.

그가 처음 맞붙은 후보가 노무현이었다. 둘은 한 살 차이였던 것으로 기억된다. H가 한 살 연장이다. 정적이 아니고 사이가 좋았더라면 문자 그대로 호형호제呼兄呼弟했으리라, 두말하면 잔소리고말고.

우리 셋이 처음 조우遭遇한 것은, 투표일을 한 달쯤 남겨 놓은 3월 중순의 어느 날이었다. 강서노인학교 개학식장에서 서로 얼굴을 마주친 거다. H는 당연히 나를 깍듯이 형님으로 예우했고, 노무현도 어리둥절한 표정이면서도 귀엣말로 나와 그 '호형호제' 하자고 하다가 타박을 맞았다. 나이 네 살 차이라면 절대 불가한 호칭이 바로 그것이다.

그날 끝내 그가 나지막이나마 내게 형님이라 하지 않을 수 없었던 건 노인 학생들의 압력 때문이었지만, 아무려면 어때? 지금 생전 그의 친구인 어느 변호사가 나를 형님으로 부르니까 말이다. 오십보백보라는 말을 한 번 생각해 본 필요가 있다 하겠다.

승부는 예상보다 큰 표 차이로 판가름이 났다. H가 노무현을 누른 것이다. 그 뒤의 일인데, 이런 소문이 날개를 달고 퍼뜨려지더라. 노후老朽교실을 전면 개축할 예산이 확보되어 있어서 그걸 집행할 날을 기다리고 있었다. 영도에 그 대상對象 학교가 있었다던가? 한데 내 바로 이웃인 D 학교를 전면 개축하는 선에서 마무리 지어지는 것이었다. 그러나 아무런 후유증이나 말썽이 없었다. 후문은 이렇더라. 힘센 여당의 부총재까지 지낸 사람이, 그 정도의 영향력을 행사하지 못한다면 그게 이상하지!

아무튼 그 뒤로부터는 우리 셋이 함께 만나지는 못했지만, H와 나는 수시로 얼굴을 맞대었다. 내리 삼선三選이라는 게 그리 쉬운 일도 아닌데, 그는 거뜬히 그걸 해내었으니까. 그동안 나도 학교를 옮겼고, 교장실의 다른 장식을 없앤 대신 대대적(?)으로 전통 찻집처럼 내부를 꾸몄다. H는 동부인同夫人하여 가끔 교장실로 찾아왔다.

그뿐만 아니라 정부 교부금인가 뭔가 하는 돈 1억 3천9백만 원을 들여 경로당 2층에 34평짜리 공간(노인 학교)을 올려 주었는데, 거기에도 수시로 드나드는 것이었다. 게리멘더링에 의해 투표권이 있는 수백 명의 노인 학생이 모이는 그곳은 황금어장이었는데도 노무현은 발을 한 번 들여놓지 않았다.

내가 H에게 큰소리(?)친 것처럼 노무현에게도 그럴 수 있었는데, 그런 소망이 수포로 돌았으니 지금 생각해도 안타깝다. 선거구는 북강서갑과 북강서을로 나누어져 있었다. 전자가 둘의 대결장이고, 후자는 H와 같은 당의 J 의원의 철옹성鐵甕城이라 그도 수시로 노인 학교를 방문했음은 물론이다. 1억 3천9백만 원의 예산은 H가 아니라 J의 배려에 의해서였다. K 구청장과 힘을 합해서 마련한 것이었음은 물론이다.

교장으로서의 나는 가외인 내외적 압력 몇 개로부터 시달린다. 기상천외의 짓을 해야 하는…. 그 생각들을 돌이키면 지금도 아찔하다. 손해 보는 셈이 뻔하지만, 이왕지사 아닌가? 적어 보자.

뭐니 뭐니 해도 중언부언하지만 노인 학교다.

아무도 그 기록을 경신하지 못할 현직 교육자의 덕성토요노인대학! 정식으로 구청에 등록된 유일한 '노인 교육 기관'이었음을 자부한다. 다른 데는 회비를 받아 운영했지만, 나는 일체의 경비를 쓰지 않았음은 추억하는 것으로 그 시종을 갈음하자. 총 21년이었다.

너무 심하다는 비난을 받을까 봐 다른 데에 비교적 널리 알리지 않았었던 비밀스러운 얘기. 워낙 가난해 장례를 모실 여유가 없는 유가족을 위해 '노인학생 장례비' 모금 운동까지 벌였으니 그 또한 기록 아니고 뭐랴. 1구좌에 3만 원씩 했는데 위법이고도 남은 건 뒤에 알았다.

정작 학교 내에서의 교육 활동보다 울타리 바깥에서 이뤄지는 여러 일 중에서 문학, 그것도 수필과 소설에 매달리는 것 또한 정상을 벗어난 짓이었다. 교장 승진 전에 나는 열다섯 권이 넘는 책을 묶어냈던 거다. 두 권에 한 번씩은 출판기념회라는 모험을 함으로써 출판비를 건졌으니 일종의 불가항력이었던 셈이랄까?

거리에서나 구청 지하실 대회의실에서 노래 부르고 걸핏하면 콘서트를 여는 기행도 남의 눈살을 찌푸리게 했으리라. 회갑 때 처음 시작한 그 일은 더하기 15를 해야 한다. 어지간한 괴짜 놀음이다.

이제 노무현과의 인연 특히 거기 관련된 차, 정확하게 말하면 장군차에 이야기를 보충하고, 그 기억을 되살림으로써 얽히고설킨 총화의 막을 터뜨리려 한다. 글쎄 그 내용물이 고스란히 몇 마디 결론에서 드러날지는 미지수지만….

장군차는 중언부언하지만 대단한 품질을 가진, 세계적인 차다. 다른 건 차치하고라도 확실히 맛이 뛰어나다. 차의 오묘한 그 맛을 몇 마디 말로 나타낼 도리가 없으니 세계 품평회에서 연전 연승한 사실이 그걸 증명한다고 하자.

나도 교장 승진 이후에는 여러 제다製茶 회사에서 내 놓은 차를 사다가 엄청나게 마시다가 마침내 '과유불급'을 체험했다. 극심한 현훈증眩暈症을 앓았는데, 거기다가 공황장애 비슷한 증상까지 느꼈다. 정신과 치료를 받았으니 더 말해 무엇하랴. 마침내 카페인이 든 음료는 일절 입에 대지 않는다는 각오를 하고 실천에 옮긴 지 얼마 만에 부산을 떠나게 되었다.

듣기 좋은 꽃노래도 한두 번이란 말이 있다. 난 못났다. 해서 남들에게는 잠시 우스갯거리는 되고도 남을 만한 삶의 수준을 여기 늘어놓으면 날 아는 사람은 콧방귀를 뀌고도 남으리라. 무슨 이야기냐고? 나는 술도 못 마신다, 담배도 못 피운다, 사교춤도 못 춘다, 바둑도 못 둔다, 당구도 못 친다. 거기에다 운전도 할 줄 모른다. 그러니 이웃이나 동료들조차 나더러 '천연기념물天然記念物' 대접을 하는 것은 어쩌면 당연하고말고. 고스톱도 민폐 끼치기 일쑤고 몇 푼 잃으면 화부터 내니 그 자리에도 어울리기 힘들다. 참 외롭게 살았다.

그러다가 여기 타관에 온 거다. 일부러 이제야 적는데, 노래 하나만은 타의 추종을 불허할 정도라 규모가 큰 기념회 같은 데는 초청 여부를 따지지 않고 가서 열창했다. 일일이 적지 못함이 안타깝다. 대표적인 것 하나만 적으라면, 창군 이래 처음인 '예비역 하사 옛 부대 장병 초청 콘서트'다. 덕분에 Daum에서 '오늘의 인물'로 선정해 주는 게 아닌가! 같은 날 이재용도 뽑혔으니, 그 영광 하나로 모든 걸 상쇄시키고도 남는다. 어디 술 잘 먹는다고 옛 부대 장병들이 모여들기야 하겠는가? 그 밖에도 비슷한 사례가 있지만, 넘기자.

그래도 건강이 좋아졌는지 약간의 카페인은 섭취해도 괜찮아지는 게 아닌가? 그래 커피도 한잔 정도는 입에 댔고, 발걸음이 인사동 근처에 걸음할 때엔 전통 찻집을 찾기도 했다. 작 적응해 나가는 것 같았다. 몇 년 그렇게 지냈다.

그러다가 나는 전립샘암에 걸려 수술을 받게 된다. 수술 외에는 다른 방법이 없다는 진단 하에 아예 그 화근禍根덩어리를 드러내 버린 것이다.

아닌 게 아니라 그로부터 화장실에 가는 것 자체가 기쁨일 정도로 신나는 생활을 계속할 수 있어서 좋았다. 지하철 화장실 소변기 앞에서 유유자적悠悠自適 소피를 노면서 옆에서 끙끙대는 장년 노년 남자들을 보면서 회심의 미소인들 어찌 아니 지으랴.

그러나 그것도 그리 긴 세월로 이어지지 않았으니, 아무리 케겔 운동인가 뭔가를 열심히 해도 요실금이 오는 게 아닌가? 그렇다고 해서 다시 비뇨기의학과를 찾기도 무엇해서 조심 또 조심하면서 몇 년을 식구들도 눈치채지 못하게 지내왔다. 제법 불편을 느낀다는 게 솔직한 표현이고도 남는다.

그 정도가 약간의 커피나 녹차를 끊는 명분이 될 수는 없었다. 난 혼자 고민하다가도 마음을 다잡곤 했다.

"차라리 욕을 먹고 말자. 사나이가 '진짜 천연기념물' 소리를 듣는 게 뭐 부끄러운 일인가?"

그렇다. 술이나 담배 따위 못 하는 것에서부터, 자동차 운전대 한 번 잡아 보지 못한 게 무슨 큰 흉허물은 아니다. 까짓 요실금은 아직 남에게 들키지 않았으니, 한갓 기우로 여기기로 했다.

한데 세상사 내 마음대로 되는 게 아니어서 며칠 전 그만 크게 우세를 당하고 말았으니, 간단히 설명하면 이렇다. 근래 나는 주간晝間 보호 센터라는 데서 노래 부르는 것으로 작은 봉사 활동을 하고 있다. 모인 이들은 대개 인지 장애를 가졌다. 그런데 워낙 신이 나서 '노들강변'을 신나게(?) 부르며 사이사이를 도는데, 어떤 할머니가 내 귀를 자기 입에다 끌어당기더니 말 하는 게 아닌가? 아저씨, 쉬했어요!

나는 깜짝 놀라 손끝을 짐작이 가는 곳에 대어 보았더니 아니나 다르랴. 거기가 약간 축축하지 않은가? 그래도 시치미를 떼고 몇 곡을 완창하고 물러섰다. 그로부터 나는 깊은 고민에 빠져들어 헤어나질 못하고 있으니 낭패다. 전립샘암 수술 후의 지나친 카페인 섭취는 이뇨 작용을 크게 하는 탓으로 요실금이 자연히 따른다는 사실을 망각하다니 나도 참 서글프다.

나는 지금 명분 하나를 찾고 있다. 커피나 녹차(장군차를 말함이다)를 그만 마시자는 결심을 굳히는 데 있어서의 함수다, 약간은 단순한.

유성에 사는 월남전 영웅 P 장군과의 경우를 들어 보자. 장군은 나보다 아홉 살 연장이다. 잠꼬대가 심한 것도 키가 작은 것도 나와 비슷하다. 부인과의 나이 차이가 심한 것도 …. 전쟁문학상을 받은 것도 들먹여야 하겠다. 장군이 소설가로서 선배지만, 문인과 문인의 사이에 등호를 넣는 것 또한 마찬가지.

정말 닮은 점을 아래에 적는다. 장군은 17세에 소위로 임관하여 6·25에 참전參戰을 해서 포천 전투에서 크게 다친다. 적의 사단장에게 발견됐으나 우여곡절 끝에 남하에 성공한 뒤 앞서 말한 대로 월남전에서 생사를 넘나들었다. 나 또한 만 20세에 교사로 임용되어, 42년 동안 교단에 머무르면서 죽을 사선에 머문 시간이 적지 않다.

단순한 희망이 아니라, 1백세를 넘기고 이 세상을 떠나자는 것 또한 실현 가능성 면에서 일치한다. 한번 결심하면 여간해선 굽히지 않는 것 또한 타의 추종을 불허한다니 위에 적은 것들의 총화總和는 어긋남이 별로 없다고 확신한다.

장군과의 며칠 전 대화를 인용한다.

"이 하사는 술을 어느 정도 마셔요?"

"1년에 소주 한 병 정도면 충분합니다."

"담배는?"

"담배는 입에 대기조차 않습니다."

"우리 이렇게 해요!"

"…."

"담배는 그러니까 나와 일치하니 됐고. 술 말인데, 그것도 1년에 한 잔도 안 마시자는 것으로 약속할 수 있겠어요?"

"그럼요. 철저하게 지키겠습니다, 충성!"

"됐어요. 나이와 계급의 차이가 있지만 전우도 벗이지요. 유붕이 자원방래하니 불역낙호아라 했으니, 봄 되면 다시 여기 유성에 놀러 한번 오세요. 내외분 같이."

"알겠습니다, 장군님. 충성!"

자, 이번엔 내가 전화를 걸어 뭐가를 권유할 차례다.

"장군님, 커피 좋아하십니까?"

그의 대답이 어떨는지는 짐작 불가하다. 장군이 애음愛飲하는 정도가 아니라면 둘이 같이 평생 기피忌避해야 할 것에 술 담배에다 카페인이 든 음료까지를 포함하고 싶다. 건강에 지장이 있는 것이니 나의 강권(?)이 과연 통할지 모르겠다. 따지고 보면, 나는 가수로서 카페인과 담을 쌓아야 한다는 나 혼자만의 근원이 되레 더 큰 비중을 차지하는지 모르겠지만…. 카페인은 몸의 수분을 목청에서도 빼앗아 간다!

장군과 함께 봄에 대창초등학교와 진영 노인대학에 가 보고 싶다. 운전해 줄 사람을 구했다. 마을버스 모범운전 기사인 H 팀장이다. 노무현의 흔적이 거기 있어서다. 부엉이바위며 노무현의 사저를 둘러싼 장군차 밭도 답사 현장이다. 장군차에 대해서는 친구 J형이 설명할 것이다. 얽히고설킨 일화가 한둘이 아니다, 그가 가진. 노무현의 사저 둘레를 장군차 나무로 둘러싸이게 한 친구가 그다.

그 대통령이 학자녀學子女가 될 뻔했다

'학자녀'? 세상에 그런 말이 있나 싶을 거다. '학부모'를 모르는 사람은 없는데, '학자녀'는 그 반대다. '학자녀'를 아는 사람은 인구의 1%도 안 되리라는 추정을 해 본다. 억지로 탄생한 신조어新造語이기 때문이다. 물론 어떤 『사전』에도 등재되어 있지 않은 어휘(?)다.

여기서 이 말을 한번 풀이해 볼 필요가 있다.

유치원이나 학교에서 가르침을 받는 어린이(혹은 초중고등학교 학생, 나아가 대학생, 대학원생)의 보호자가 '학부모'임은 두말할 나위가 없다. 반드시 아버지 어머니가 아닌, 형이나 백부모伯父母와 형 혹은 누나 등이 학비를 대고 돌보아 준다면 그들이 학부모다. 물론 후자後者들은 그리 흔하지 않지만….

'학자녀'도 그렇게 접근하면 쉽사리 그 개념이 정립될 거다. 학생의 자녀 혹은 그들의 그 배우자配偶者! 바로 노인 학생의 경우다. 당사자는 학교에 다니고 그 뒷바라지는 자녀(혹은 배우자)들이 하기 때문이다. 올림픽이 우리나라에서 열릴 무렵, 그 노인 학교가 우후죽순처럼 생겼음을 상기해 보자. 신고만 하면 누구나 문을 열 수 있는 게 바로 그 노인 학교였다.

불가사의하게도 그 책임자는 사회의 저명인사로 신분이 수직상승垂直上乘했고, 이윽고 학교급學校級도 바뀌어 '노인대학'이 되곤 했다. '학자녀'는 노인 학교 혹은 대학에 관계되는 그런 사람 중, 일부 호사가好事家들의 입에서부터 오르내렸다는 결론을 내리자.

그러나 학자녀라는 실체實體가 분명 있다. 다만 복잡다기한 사회에서 그 구성원 일부만이 체험하는 터라, 일반인들이 보거나 느끼지 못할 따름일 뿐이다. 여기 강산이 세 번 변할 세월 동안 노인 학교 운영했거나 거기에서 가르친, 보기 드문 괴짜 **돌내**와 관련된 일화 등을 묶는다.

그는 노인 학생들의 스승(선생님)이었다. 지금 비록 낯선 타관에 살고 있지만…. 한때는 '항도의 마도로스'란 애칭으로 B 시에서 중년과 초로初老 시절을 보낸 남자였다, 이젠 늙었다.

그의 노인 학교 관련 일화가 엄청나다. 약간 거짓말을 보태 표현하면 전국 방방곡곡에 그의 기행奇行이 알려져 있다. 그건 자연스러운 결과일는지 모른다. 그래서 가끔, 그 옛날 일상日常의 일

거수일투족을 소개할 기회를 가지는 건 당연하다. 몇 년 전 제주도에 딸린 '우도牛島'를 끝으로, 그는 노인대학 '수업(강의)'를 위해 전 시도市道에 다 들른 기록을 세운다.

물론 돼지 멱 따는 소리를 면한 수준의 가수이자 국악인인 그가, 내놓는 프로그램은 대중가요나 민요 등이다. 초등학교 교원 42년 경력의 소유자라 가곡이며 동요도 가르친다. 하지만 전자前者 둘이 후자 둘 보다 인기임은 물어보나마나였다.

그것들에 못지않게 그의 전래 동화구연도 한몫했음을 강조해야겠다. 그 속에 온갖 것이 녹아 있으니, 권선징악의 덕목이며 사후 세계의 이모저모도 섞어 희석稀釋시키고는, 학생들의 귀를 솔깃하게 만드는 것이다. 그 외에 잡다한 세상살이 이야기를 덧보탠다. 때로는 코미디언이 되어야 했다. 그의 입에 약간의 음담패설을 섞어야 금상첨화다. 그러나 역시 화룡점정은 노래임을 다시 강조해 무엇하랴.

그러는 가운데 알게 모르게 사제지간師弟之間의 관계가 정립되는 거다. 가끔은 아주 사소한 일로 삐치는 학생들을 달래는 데도 그는 애를 써야 했다. 그 학생을 위해 별다른 배려를 조건반사적으로 해야 한다. 그게 지도 기술이다. B시에서 유일하게 교사 자격증을 갖고 노인 학교를 운영하는 그의 권위(?)였다 해도 무방하겠다.

그래서 그런지 학생들의 입에서 무시로 튀어나오는 말이다.

"한번 선생님은 영원한 선생님이라예!"

그가 노인 학교와 관계를 맺은 게 총 30여 년이다. 직접 운영한 것이 초등학교에 재직하던 21년간(무료, 매주 토요 오후)이었다. 나머지는 정년퇴임 후의 10년인데 남의 노인 학교에서, 시간당 5만 원 정도를 받고 강사로 지냈던 거다. '전반기'와 '후반기'로 나누었다면 누구나 쉬 이해되리라.

후반기 때는 지하철과 기차 그리고 버스와 택시를 번갈아 타고 왕복해야 하는 경우가 더러 있었다. 가끔은 여섯 시간 이상이 소요되었고, 수당 5만 원으로써는 차비와 가락국수 한 그릇으로 점심을 때우는 데도 모자랐다.

밀양 성당 노인대학이 특히 생각난다.

거긴 학생의 종교를 입학 조건으로 삼지 않았다. 시내 전역, 그러니까 시골 구석구석에서까지 학생들이 모여들 수밖에. 불교 신자도 적지 않았다. 30리 떨어진 그의 집성촌集姓村 일가친척들이나, 옛날 고향의 이웃도 찾기 예사였음도 강조할 필요가 없으리라.

그의 부모는 생전 불교 신자였었다. 기세 후 반세기 고향 선산에서 잠들었다가 **돌내**가 가톨릭 신자인 덕분에 천상낙원天上樂園이라는 봉안당에 유택을 마련하고 있다. 유택에 누워 있는 두 분은 온통 백발인 아들의 강의를 다 들을 수 있어 흐뭇한 미소를 지으리라.

거기서도 예의 그 '한 번 스승은 영원한 스승'이라는 명제가 통한다. 결코 뒤죽박죽이라는 부사副詞가, 발붙일 틈새나 겨를이 없는 그런 노인 학교였음을 다시 한번 강조하자. 실제로 그랬다. 피차가 사제師弟로 예우해 오는 동안에, 어느새 학생은 시나브로 나이 더 들고 병마와 싸우게 된다. 이윽고 그만 입적入寂 하거나 소천 혹은 선종, 별세로 이승을 떠나는 거다.

그러니 '저승 노인 학교'가 있다는 그의 믿음은 변치 않는다. 저승이 어떤지는 그 자신도 모른다. 다만 어떻게든 그 학생들과 해후하리라 믿고 있는 거다. 천주교 신자로서 주님께 죄를 짓는 것인 줄 모르지만 지금 그의 믿음으로써는 어쩔 수 없다.

여기서 잠깐, 그는 30년 동안 상상할 수 없을 정도의 수업(그냥 예사롭게 시간만 때웠다는 폄훼를 받지 않으려고 쓰는 말)을 했다. 후반기에는 부산 교구 은빛 사목지원단장司牧支援團長을 맡아서 천주교 노인 학교 강사 발굴 및 지원 업무를 계속해 왔다. 급하면 자신이 직접 수업을 맡기 다반사茶飯事일 수밖에. 공식 기록은 아니되, 총 백여 군데 가까운 노인 학교에 다녔으리라는 계산이 나오는 근거다.

게다가 불교 재단에서 운영하는 양로원에 그는 단골 자청 강사로 나갔다. 몇 년 동안이었다. 초등학교 교사, 교감, 교장(전반기)과 야인(후반기) 신분으로….

그러다 보니 정말 상상할 수도 없는 노인 학생과 만나기 예사였다. 그 학생의 자녀나 친척들을 무리 있게 해석하면, '학자녀學子女'가 될밖에. 두서없이 기억에 남는 학자녀 몇몇을 소개하는 것은, 상당한 의미가 있으리라 여겨 기록으로 남긴다. 여태까지 때로는 삼가왔던 경우들임을 우선 밝히자. 전 국가 원수가 셋이나 등장하니 거짓이라 할 수 있을지 모르지만, 그러는 사람이 그르지 그걸 겪은 그 자신에게는 무슨 잘못이 있으랴!

시市 고위 공무원(부이사관) L의 고모姑母가 노인 학교에 다녔다. L의 집이 북구 내에 있어서다. 일찍 부군을 여의었는데, 다른 식구 그러니까 그분의 학자녀들과는 거의 연락 없이 지내고 있었다. 대신 L이 **돌내**와 친구라, 제반 문제를 둘이서 해결하곤 했다. 말하자면 L이 학자녀가 되고 말았다는 결론이다. 워낙 깨끗하게 늙어가고 있었고 아는 게 많아, 노인 학교 업무 상당량을 그분에게 맡길 수밖에 없었다.

그런데 그분이 그만 암에 걸리고 말았으니 낭패가 아닐 수 없었다. 출석부와 자치회비－월 1천 원을 내고 그걸로 사무용품 구입, 유인물 인쇄 등 경비로 썼다－관리, 장기 결석 학생의 연락 등이 그분에게 맡겨진 업무였다. 무엇보다 정말 모범생인 그분의 이환罹患 자체가 안타까웠다.

늦게 발견된 암의 상태에 대해서 **돌내**도 잘 모르고 있었다. 경기 도내 병원에서 수술을 받았는데, 창졸간에도 그분은 그에게 연락을 수시로 하였다. 그러던 어느 날 수화기를 통해 들려온 말이 충격이다.

"'고추' 밑에 생긴 혹을 도려냈습니다, 선생님. 이거 창피해서 남에게 이야기로 못하고…. 조카도 거기에 암이 생긴 줄 모릅니다. 선생님만 알고 계세요."

후문은 생략하는 게 좋겠다. 이윽고 그분은 세상을 뜨고 말았다. 환부患部에 대해서는 워낙 은밀한 곳이라, 친구 사이지만 둘은 여태 함구하고 있다. 암의 위치를 그렇게라도 밝혀 준 그분이 고맙다. 스승을 믿고 건네는 하나의 작별 인사로 치부할 수도 있으니까.

시市 변두리에 있는 어느 양로원(앞서 소개한)에서의 기가 막힌 이야기를 들먹이지 않을 수 없다. 전후반기前後半期를 관통해서 일어난 사연들이었다.

원장은 **돌내**와 동성동본이었는데 항렬이 낮아, 그는 사석에서 원장을 족질族姪이라고도 불렀다. 일이 묘하게 되려고 해서 그런지 원장의 장모丈母 되는 분이, 일흔을 훨씬 넘긴 나이의 노인 학생이었다.

토요일 오후만 되면 그분이 양로원에 있는 할머니들과 함께 주로 버스를 이용하여 등교하였는데, 많을 때는 여남은 명이 예사였다. 역시 노래! 노인들의 언어인 노래들을 주야장천 부르던 학생들이라 노인 학교에 와서도 결코 기가 죽지 않는 그들이 고마웠다. 우르르 몰려나와 한이 맺힌 노래를 그들은 쏟아내었다. '여자의 일생', '낙화유정' 등등.

'낙화유정'은 황금심의 히트곡으로 외로운 할머니들이 경로당 등에서 화투로 점을 치며 부르는 노래. **낙화유수 뒷골목에 누구를 찾아/ 정든 고향 다 버리고 흘러온 타향/ 하룻밤 풋사랑을 화투장에 점을 치며···** 그야말로 듣는 이들까지 애간장을 다 녹아내리게 하는 연출(?)을 그들은 해냈다. 그 양로원에도 그가 직접 수시로 드나들었으니, 어찌 가슴을 저미는 이야기가 없을 수 있을까?

가끔은 월요일에서 금요일까지 적당하게 서로의 시간이 나는 날 오후, 그는 양로원에 들렀다. 바리바리 위문품을 싸서 들고 오는 어떤 단체보다 그의 방문을 노인들이 환영하였다. 노래! 그 덕분이었다. 거듭 강조하건대 대중가요며 민요가 주종을 이루고 있었다. 무슨 노래든 그들이 모르는 게 없었다. 두 번째 만나는, 눈이 부리부리한 할아버지가 강권強勸 아닌 강권을 하는 바람에 혼이 난 적이 있었다. 그분의 말이었다.

"보소, 선상님요, 오늘은 '오동동 타령'을 많이 불러주이소. 그기 템포가 빠르고 해서 치료가 된다 아닝교?"

알고 보니 그분은 그 말 많던 형제 복지원에서 풀려나 임시로 양로원에 수용된 할아버지였다. 무슨 까닭에서인지 모르지만, 형사들이 할아버지를 줄곧 감사한다는 소문도 들렸다. 뭐, 사상이 약간 왼쪽으로 기울어 있다던가?

그래도 할아버지는 그를 진심으로 스승 대접을 했다. 그에게서 노래를 엄청나게 배울 수 있다면서…. 그러니 할아버지에게는 '학자녀'가 없을 수밖에. 항상 쓸쓸한 표정이 얼굴에서 떠나질 않았다.

양로원에서 받은 충격은 그 밖에도 더러 있다.

만주국滿洲國이라고 있었음은 알 만한 사람은 안다. 일본이 만든 괴뢰 정권? 뭐 그 정도로 해 두자. 어느 해 올림픽, 그 만주국의 1백 미터 대표 선수로 연습에 연습을 거듭하던 한 청년이 있었다. 그러나 어떤 사유로 출전出戰이 물거품이 되고 말았더란다. 좌절에 빠져 살던 그는 어느새 나이가 들고, 결혼을 못 했던 탓으로 자녀가 없었다. **돌내**는 할아버지 방에 가서 그분과 가끔 어울려 이야기를 나누곤 했다. 그분도 물론 그를 스승으로 여겼다. 그러던 어느 날이었다. 예고 없이 양로원에 들렀더니, 할아버지 할머니들이 안 보이고 그저 조용하기만 한 게 아닌가? 원장의 장모 되는 분이 하는 말이다.

"오늘 다 야유회 떠났습니다. '올림픽 할아버지' 등 몇 분은 못 갔어요. 할아버지는 자기 방에 있을 겁니다."

그랬다. 올림픽 할아버지와 다른 몇 분만 빼고 모두 야유회에 참여한 거다. 그런데 할아버진 다른 데가 아닌 다리가 아파서, 일종의 강행군인 야유회나 여행에 늘 빠지고 있다는 것이었다. 그는 충격을 받았다. 일국(?)의 올림픽 대표 선수인 그분이, 하필이면 다리가 아파 운신運身하지 못하다니 싶어서다. 여자 전투 경찰 출신이라는 어느 할머니도 공비들의 총탄에 부상負傷한 부위의 통증으로 멀리는 못 간다고 했다. 그분 역시 그를 스승으로 모셨다.

결론이다. 양로원에서는 사제지간師弟之間은 있되, 학자녀는 드물었다고 말하자. 그래도 정들었던 그곳에서의 화룡점정은 한 마디로 표현하면 이럴 수도 있으리라. 그의 말이다.

"원장의 장모 되시는 분은 진실로 나를 스승 대접을 했지. 어쩌다 비 오는 날 그곳을 방문했다 치자. 그분은 나를 자기 방으로 들어오게 해서 창문을 열어 놓더라. 둘이서 바깥을 하염없이 내다보던 생각이 나는구먼. 그분이 콩을 볶아 내오기도 했고…. 어릴 때의 엄마와 누나랑 그런 시간을 가졌던 생각을 하면서 몇 시간을 보냈어. 그런 사석私席에서도 그분은 나를 스승으로 대접했어. 그러니 그분의 학자녀는 원장 내외였던 셈이었고말고."

이렇듯 그와 사제지간 나아가 학자녀 관계를 맺은 경우는 외형外形으로 봐서는 천태만상이요, 양으로 따지면 가히 부지기수라 해도 과언이 아니리라. 아무튼 사뭇 복잡했다는 걸 다른 몇 가지 예로 설명해 보자.

그 무렵 그는 두 개의 교단敎壇에 쭉 서 왔었던 참이었다. 초등학교 교사와 교감, 그리고 교장으로 이어진 신분을 유지하면서, 노인 학교를 운영한 거다. 듣기 거북하겠지만 그걸 전제로 해야 일화를 한 꿰미로 연결할 수 있으니 누구든 양해를 해 줬으면 한다.

민선 부산 시장이라면 고위 공무원이다. 옛날 B 시장이 있었다. 밀양 출신이다. 그 여동생이 노인 학교의 학생장이었는데, 학교 공부는 길게 하지 못했어도 퍽 지식이 많았다. 여든이 넘었지만, 연세에 비해 거의 늙지 않았고 정정했다. 아내와 동성동본인데도 그분은 **돌내**의 아내를 깍듯이 사모님으로 대접했고, 많은 걸 베풀었다. 그분 이상 그를 스승으로 예우하는 사람이 없었다 할 정도라 하자.

한데 일이 묘하게 되려고 해서 그런지 그분의 외손자를 그가 담임하게 된 거다. 그분은 외손자 집 그러니까 딸네 집에서 여생을 보내고 있었다는 말이다. 한 집에서 같은 해에 외할머니와 외손자가 같은 선생(스승)의 가르침을 받는다? 그런 유례를 그 노인 학교 외 어디서 찾을 수 있으랴.

더 기가 막히는 학자녀도 있었다.

돌내도 딸이 있어 학교에 재학 중이었다. 그 딸의 담임이, 어느 노인 학생의 아들이었으니 정말 얽히고설킨 사이다. 서로가 무척이나 조심스러워해야만 했다.

그가 약간 정신적인 충격으로 말미암아 크나큰 병을 얻었던 적이 있다. 거의 사경을 헤매다시피하고 있을 때, 학교에서 그리 멀지 않는 ** 수련원에 드나들게 되었다. 여럿이 모여 강사로부터 가장 초보 단계에 관한 설명을 듣고 있는데, 그 노인 학생이 다가온 것이다. 그는 깜짝 놀라 물었다.

"학생이 여기 웬일입니까?"

"우리 아들이 여기서 중요한 일을 맡고 있어서요. 그런데 선생님 참 잘 오셨습니다. 나도 오래전부터 신병이 있었는데, 아무리 성당에 나가 기도를 해도 헛일이었어요. 그런데 여기 오고 나서 얼마 안 돼 다 나았어요. 성당에 나가지 말고 여기 다니세요. 보실래요?"

그러면서 노인 학교에서보다 더 큰 동작으로 씩씩하게 춤사위를 보여 주는 것이었다. 그래도 사이비 종교 비슷한 그곳에 어찌 모든 걸 맡기겠는가? 이윽고 그는 거기에서의 폐해 사례를 하나 둘 인터넷으로 접하고 발을 끊었다. 하지만 그는 쉽사리 병마에서 벗어나지 못하고 있다가 근래에서야 완전 건강을 회복하였다. 어쨌든 희한한 실례實例 아닌가? 노인 학생의 아들이 학자녀이고, 노인 학생 스승의 딸이 그 학자녀의 제자다.

그러던 어느 날이었다. 경악하고도 남을 신분(?)의 한 여학생이 입학했는데, 전 국가 원수(대통령)의 사촌 누나라는 게 아닌가? 성씨의 이니셜은 함부로 적지 않는다. 하지만 평화의 댐과 관련된 인사라면 이니셜도 자연스럽게 밝혀지겠지. 몇 년 전, 초등학교 교실을 빌려 쓸 때 노인 학생들이 폐휴지를 모아 팔아 적잖은 액수의 성금을 기탁寄託함으로써 극찬을 받은 적이 있으니까. 그로부터 한 대여섯 달 정도 그분은 결석도 하지 않고 학교에 다녔다. 그분 역시 노래가 좋다고 했다.

그런데 그분의 입에서 폭탄선언 비슷한 말이 튀어나오는 것이었다.

"대통령의 윗대 산소는 저의 산소이기도 합니다. 신문에서 무식한 기자들이 그 산소 둘레에다 죄다 난초를 심었다고 보도하더군요. 그게 될 법이나 한 소리입니까? 만약 그게 사실이라면 수천만 원을 들여야 할 겁니다. 무식한 기자들이 난초와 맥문동麥門冬을 구분하지 못해서 일어난 해프닝이지요."

이윽고 그 제자는 멀리 이사를 함으로써 학교를 중퇴했지만, 그분도 그를 정말 스승으로 대접했으니, 훌륭한 제자로 여겨져야 한다. 해서 그 대통령은 그분의 학자녀 중 한 사람이다. 진지하게 사상事象을 꿰뚫어 보는 사람이라면 이의가 없을 줄로 믿는다.

오랜 세월이 흐른 뒤 불행하게 생을 마감한 대통령이 생긴다. 이 이야기의 끄트머리에 그를 등장시키지만, 산소(유택)과 관련된 일부분은 먼저 밝힌다. 그의 무덤은 장군차將軍茶 나무로 둘러싸여 있다. 그뿐만 아니라 사저私邸도 마찬가지다. 인터넷 신문 노老 기자이기도 한 **돌내**가 그 사실을 자세하게 신문에 보도했더니, 어느 누가 이렇게 일갈하는 게 아닌가?

"여보, 기자 양반 맥문동과 장군차 나무로 두 국가 원수를 대비시키다니, 쯧쯧. 장군차 나무를 너무 우위優位에 놓은 건 아니오?"

약간은 위험한 결과를 노출해 시비가 일어날지 모르지만, 일화는 거듭된다.

지금은 퇴임한 어느 전직 대통령에게로 바통이 이어지는 상황으로 이야기를 계속한다. B교구敎區에는 주교좌(교구장 사목하는) 성당이 두 개다. 둘 다 부설 노인 학교가 있음은 불문가지의 일이다. 얼떨결에 교구 은빛 사목 지원단장을 맡았으니, 앞서 이야기한 대로 강사의 수업에 차질이 생긴다면, 급하게 대타로 나서기도 한 그였다. 주교좌 성당이라고 해서 예외일 수가 없었다.

본래 두 주교좌 본당 노인 학교 운영 계획에도 그가 강사로 포함되어 있다. '유고有故'까지 포함하면 그는 벅찰 정도로 두 노인 학교에서 학생들 앞에 서야만 했다. 물론 시간당 5만 원의 수당이 있긴 하지만. 그거 보고 노인 학교에 나가는 강사는 거의 없다.

어쨌거나 성당의 한 주요 신자가 선종善終했다. 바로 대통령의 자당慈堂이다. 시신은 영안실에 안치하고, 장례 미사를 거기에서 모실 수밖에. 상주인 대통령 내외가 내려와서 문상을 받았다. **돌내도 특별한 마음가짐으로 미사에 참예參詣했다.** 문득 그의 머리에 떠오르는 생각! 아, 저 양반 둘이 학자녀로구나.

그럴 만한 까닭을 다시 설명할 필요가 없겠지만 때로는 중언부언도 필요한 터, 몇 마디로 보완補完을 한다. 고인도 가톨릭 신자인지라 자주는 아닐지라도 가끔 노인 학교에 출석하였던 것으로 짐작되는 건 아주 자연스러운 심리 현상이다. 한번 스승은 영원한 스승이라는 명제를 다시 그 경우에도 적용시켜 볼 필요가 있는 거다.

물론 고인이 그 성당에 적籍을 두지 않았을 수도 있다. 혹자는 영도影島 어느 본당 신자라고도 하더라. 설사 그렇다손 치더라도 그 섬의 몇 군데 성당 노인 학교 강사로도 부지런히 다녔으니, 사제지간의 관계를 거기서 맺었다고 할 수 있다. 이는 결코 억지 논리가 아니다.

고인故人이 아플 때 메리놀 병원에 입원했다는 설도 있었다. 상태가 어느 정도였는지 모르지만, 독실한 신자인 그분이 컨디션이 약간 좋을 때는 바로 밑의 영주동 본당 노인 학교에 갔을 수도 있다. '천망天網이 회회恢恢하여 소이불루疏而不漏'란 말도 있잖은가? 하늘의 그물은 성긴 듯하지만, 그 사이로 무엇이든 쉬 빠져나갈 수 없다!

이 역사적(?)인 사실을 확인하기 위해, 그는 그 지역구 출신인 전 국회의원에게 전화를 넣어 보기도 했다. 국회의원은 오순절 평화의 마을에 매월 한 번씩 다니면서 자문위원諮問委員 일을 줄

곧 함께해 왔던 이다. 국회의원의 대답은 약간 실망을 주었다.

"정확하게는 모르지만, 글쎄요 고인이 우리 본당에 다녔다든지 그 이웃에 거주했다는 얘길 듣지는 못했습니다. 저는 항상 미사 때 『매일 미사』 '독서'를 했기 때문에 어지간한 소문은 들어 아는데…."

약간은 실망했지만 섣부른 최종 진단을 내리기엔 아직 이르다.

바로 학자녀일지 모르는 그때의 상주를 찾아, 그가 새로 냈다는 서점을 찾아 확인해 보면 되는 것이다. 그렇다고 해서 그 상주 喪主가 중요한 인물이어서만은 아님을 강조하자.

이런 표현이 어울리지는 않겠지만 대미를 장식하려고 또 다른 전 국가 원수를 요샛말로 '소환'한다. 누구라며 이니셜을 따오지 않아도 그가 누구인지는 석 줄만 더 읽으면 알게 되리라.

그는 저 유명한 어느 신부神父로부터 세례를 받았다. 그의 본명(세례명)은 유스토. 하지만 신앙생활은 하는 둥 마는 둥 하다가 그만 이승을 떠나고 말았다. 아니 가톨릭 신자로서의 흔적은 거의 없다. 본인이 선종한 나고 난 뒤에, 여러 성당에서 신자들이 장례 혹은 위령 미사를 올리는 장면이 사진으로 더러 남아 있긴 하지만 말이다. 부인도 가톨릭 신자였으나 대덕화라는 법명으로 더 알려진 불교 신자였다. 같은 법명을 가진 전 영부인도 있다.

육영수다.

신부는 삼랑진 본당(부산 교구에서 둘째 번의 역사를 자랑하는 성당)에서 오랜 기간 사목을 한 분이다. 한창 민주화 운동이 요원의 불길처럼 번지고 있을 무렵 신부는 당국의 요주의要注意 인물 1호로 손꼽히고 있었다.

해서 말인데 그 지역 사회에서 신부의 일거수일투족을 감시하는 눈초리가 날카로웠다. 그 얘긴 전설처럼 전해져 내려오고 있다.

돌내와 신부는 담벼락 하나를 사이에 두고, 몇 년 인연을 맺어 왔다. 80년도를 전후하여, 그가 자기의 모교인 S 초등학교에서 교사로 근무했던 거다. 몇 년 뒤 그가 부산에 전입했을 때 한 초등학교 교정에서 조우遭遇한다. 신부는 여전히 민주화의 깃발을 들고 있었다. 그도 승진을 앞두고 몸부림칠 때지만 심정적으로는 야당 편이었다.

온갖 우여곡절 끝에 그가 다시 모교 교정에 얼굴을 드러내고 담 너머 성당의 마당을 기웃거리는데, 세상에 그 신부가 주차장 근처에 얼씬거리지 않는가. 부리나케 달려가 신부에게 그동안 있었던 여러 가지 일들을 설명하고 가끔 본당의 미사에 참예하겠다고 말한다. 신부는 무척이나 반가워했다.

2킬로미터 떨어진 오순절 평화의 마을(장애인 등이 3백 명 안팎 모여 생활) 미사 시간에 맞춰 들렀던 터라, 불자佛子에서 개종

한 그로서는 약간 서먹서먹한 느낌이 들기도 했다.

삼랑진 본당에서 신부로부터 확실한 걸 하나 배웠다.

영성체領聖體을 할 때, 밀떡(성체)을 받아들고는 절대 십자고상을 보고 절을 해서는 안 된다. 그런데 오순절 평화의 마을에 가면 수녀들조차 그걸 지키지 않는 거다. 은근히 화가 난 **돌내**는 여기저기 다니면서 구시렁거렸다. 그러면서도 정답을 얻기 위해 부단히 애를 썼는데, 마침내 기회가 왔다.

어느 일요일 삼랑진 성당에 들러 신부의 뒷자리에 앉았다. 이윽고 신자들은 줄을 선다. 그리고 나서 미사를 집전하는 본당 주임신부 앞에서 영성체領聖體를 한다. 그런데 열이면 열 다 성체를 받아 조심스럽게 혀 위에 올리는 것까지는 좋았는데, 약속이나 한 듯이 90도 가까이 허릴 굽힌다. 절망하는 중에도 그는 신부의 상체에 시선을 꽂고 주의 집중을 했다.

그런데 말이다. 기대期待대로 신부는 성체를 받아 오른쪽으로 몸을 돌리고는, 고개 하나 까딱하지 않고 제자리로 돌아와 앉는 게 아닌가. 그는 박수 대신 '기도손'을 하고 흔들었다.

떡 본 김에 제사 지낸다는 속담을 동원하려니 너무 경박한 것 같지만, 그는 거기서 다시 노인 학교 강사가 된다. 물론 거기선 무료 봉사다. 학생들은 그가 마흔 살 무렵 S 초등학교를 떠난 뒤에 수십 년이었지만, 거의 좁은 그 고장에서 학생들이 그 옛날 가까이 지냈었던 사람들이라 서먹서먹하지 않아 좋았다.

거기서 아주 특별한 사제 관계를 맺은 이가 있으니 사종四從 형님이다. 자녀 넷을 낳았는데, 하나뿐인 아들은 신부로 나머지 딸 넷은 수녀로 하느님께 바친 것이다. 그러니 형님은 학장의 제자, 신부와 수녀는 학자녀들이다. 그에는 못 미치지만 비슷한 경우의 제자와 학자녀가 삼랑진 성당에서도 더러 있었음을 밝혀 두자.

거기서 신부에게서 아래에 적는 다른 주인공에 관한 이야기를 많이 들었다.

신부 자택이 옛날 **돌내**가 자주 다녔던 2킬로미터 거리의 마을에 있어, 다른 누구보다 신부를 자주 만났었기 때문이다. 문인들과도 신부 댁을 방문하였다. 강 건너 음성 한센병 환자들과 손잡는 일을 예사롭게 한 것은, 신부 덕분이라 해도 무방하리라.

이제 진영 노인대학으로 가보자.

돌내가 초등학교장으로 정년퇴임하고 나서(그러니까 후반기), 강사로서 인기를 구가하던 노인 학교 중의 하나가 진영노인대학이었다. 그리고 김해노인대학도…. 둘 다 시市 노인회에서 관장하는 학교였다. 후자後者 강의실 바로 밑이 경로당이었다. 거기에 잔돈 주머니를 마련해 놓고 노인―주로 할머니―들과 자신도 고스톱을 치기 예사였다. 수업이 시작되기 직전 반 시간쯤?

전자前者에서는 그런 게 없었다. 대신 이 장章의 주인공인 전직

국가 원수元帥의 모교에 들어가 운동장이며 화단 조형물 등을 둘러보는 게 습관이었다. 이건 미확인 된 사실인데, 그가 기념으로 심은 나무가 까닭 없이 죽는 바람에, 학교에서 혼이 났다는 얘길 직원에게 들었다. 물론 같은 종류 다른 나무로 대체했지만 얼마나 신경을 썼겠는가?

그 전 국가 원수에 대한 평은 우리가 알고 있는 현실과는 사뭇 달랐다. 특히 그분 장인丈人에 대한 이야길 전해 들을 때는 섬뜩한 느낌이 들기도 했다.

"그자는 실명失明이었고, 전향하지 않은 공산주의자였어요. 그자가 양민良民의 생살여탈권生殺與奪權을 쥐고 있을 때, 앞을 못 보니 상대의 손바닥을 만져 보았다는 거야. 거칠고 두꺼우면 살려 주었더라나?"

그도 그 정도의 상식은 알고 있었다. 그래서 미소로만 반응을 보였더니 말을 꺼낸 학생이 버럭 화를 내는 바람에 혼이 나기도 했다. 별로 동조하지 않는 것 같은 그의 미지근함 탓이었으리라. 그러나 문제는 그게 아니었으니 그로서도 미소일 수밖에 없는 까닭이 있다.

장인은 그렇다손 치더라도 장모丈母가 있지 않은가? 그분 장모는 남편과는 달리 일찍이 전향하여 진영에서 그리 멀지 않은 곳에서 산다 했으니, 사상이나 이념을 떠나서 노인 학교에 다닐 수 있었는데…. 더구나 말이다. 도로 하나를 사이에 두고 위치한, 그 옛날 딸과 사위가 다니던 초등학교가 보고 싶어서라도 말이다.

만약에 **돌내** 그의 은근한 바람대로 꿈같은 그런 일이 현실도 다가왔다 치자. 이념을 뛰어넘는 그야말로 천지개벽 같은 획기적 사건으로 길이길이 회자膾炙되고도 남았으리라. 그러나 거기 3년 수업을 다니는 동안 아무런 변화는 없었고, 그는 어떤 사연으로 인하여 발길을 끊고 말았으니 어찌 슬프다 하지 않으랴.

만약에 말이다. 그 주인공(장모)이 진영노인대학에 다녔다 치자. 아무런 구구한 변명이 통하지 않을 정도로, 그의 사위는 **돌내**의 학자녀가 되는데···.

몇 년 뒤 그 주인공도 죽었다. 생각보다 적잖은 정치가들의 발걸음이 이어졌다더라. 그러고도 세월이 한참이나 흘렀다. **돌내**는 틈을 봐서 그분의 묘소에도 가봤다. 대신 주인공의 남편은 어디에 묻혔는지 알아볼 생각조차 하지 않는다. 하기야 그렇게 부지런히 현충원에 다니면서도 국가 원수의 묘역은 참배하지 못한 그다. 해서 부엉이바위 위엔 올라가도 그 밑에 누워 있는 그 주인공의 사위를 찾아볼 생각은 해 본 적조차 없다.

그는 항상 이런 가정暇定을 한다. 만약에 말이다. 그 국가 원수가 2년쯤 먼저 태어나고 대신 **돌내** 자신도 2년 늦게 탄생했다 치자. 둘은 갑장이 된다. 둘이 졸업한 사범학교와 상고商高는 당시만 해도 머리가 썩 좋은 학생들이 모여드는 데였다. 그 몇 년 뒤에 교육대학이 생겼는데, 둘 다 거기로 진학했다면 세상이 완전히 달라졌으리란 짐작을 하지 않을 수 없다.

  노래를 잘하지는 못해도, 기타로 '외나무다리' 들을 반주하는 그 국가 원수는 선생님이 되었어야만 했다. 둘이 어깨를 결고 이 나라 2세 교육에 헌신했더라면 그는 스스로 목숨을 끊을 일이 없었다. 그의 모교에서 같이 근무했을 수도 있고, 교육 개혁에 앞장섰을 수도 있다.

  나아가 이런 추정을 하면 통탄이 나온다. 지척(진영과 삼랑진)에 있는 모교母校의 이웃 노인 학교에서 같이 수업을 할 수도 있었는데…. 얼마나 좋았을까? 사뭇 복잡한 '사제 관계'며 '학자녀' 따위(?)가 개인의 목숨을 앗아가지 못한다. 거듭 말하지만, 그 국가 원수의 불행한 죽음은 없었다!

  가장 기억에 남는 학자녀를 손꼽아 보라면, B 학생장이다. 경찰서장의 부인이었음도 뒤늦게 밝힌다. 세월이 흘러 그분의 손자 주례를 **돌내**가 섰던 것도 그 까닭 중 하나이다. 녀석이 학손學孫이니까 말이다. 하지만 '학손'은 아직은 어떤 경우에라도 없다, 허허.

| 2부 |

부산 부산 부산

부산에서 나는 기이奇異한 혹은 기괴奇怪한 삶의 주인공이란 이야기를 들으며 수십 년을 지냈다. 내가 봐도 그건 사실이었다, 외려 견강부회牽强附會에 가까울지는 모르겠지만. 유네스코**부산**협회 간부가 나더러 4백만 시민 중의 3대 '기인'에 들어간다고 별명을 썼음을 양념 삼아 덧붙이자.

내 고향은 공비가 밤낮없이 출몰하는 두메산골이었다. 양지와 음지, 진주동 네댓 개 자연 부락으로 이루어진 밀양 단장면 국전리. 아버지가 한학자였고, 제법 많은 그 연세의 동민 중에서 유일하게 공무원 출신이었다. 당신은 면사무소 호병계장으로 있다가 낙향하여 서당을 운영했다.

한쪽 눈이 의안義眼이었지만, 그런 게 당신의 일상에 장애가 되지 않았다. 공비 중 단장면 총책인 친구를 설득하러 갔다가 피아간에 벌어진 총격전의 유탄에 맞아 실명한 당신이었다.

어쨌거나 당신은 선각자先覺者. 막내인 나를 영남 최고 명문인 **부산**釜山중학교에 진학시키려 했다. 그게 **부산**과 나의 첫 번째 인연이었다. 그러나 첫해에 난 낙방을 하고 만다. 두 학급 전체에서 1·2등을 다투던 나였는데, 역시 실력이 부족했던 탓이다.

삼랑진 송진초등학교에 적을 두고 한 해 재수를 해서 나는 다음 해에 **부산**중학교에 합격한다. 우리 음지라는 동네가 생기고 나서 처음이자 마지막인 쾌거의 주인공이 된 거다. 면내에서 그 앞뒤로 오랫동안 **부산**중학교에 합격한 선후배는 없었다. 한 10년? 해서 **부산**중학교가 어느 중학교인지 모르는 동민이 태반이었다. 방학 때 집에 와서 며칠 동안 동네에 돌아다니며 인사를 한다.

"저 왔습니더, 그동안 편안하셨지예?"

"그래 너 많이 컸구나. 참 니 어느 학교에 다닌다 캤노?"

"**부산**중학교예."

"야야, 그라면 안 된데이. **부산**의 어느 중학교라 이야기해 주어야지."

"밀양을 대표하는 중학교가 밀양중학교지예. **부산**을 대표하는 중학교가 **부산**중학교입니더."

부산중학교! 더 정확하게 말하면 **부산**의 **부산**중학교다. 여전히 그 **부산**중학교 학생이 면내에 나 혼자라는 걸 자랑할 기회가 2년 반쯤 되었으니, 8월 15일이었다. 태룡초등학교에서 열린 광복절 경축식에 참석하러 갔는데, **부산**중학교 교복은 나 혼자 입고 있었던 거다.

하나, 졸업을 몇 달 앞두고 나는 그만 **부산**중학교와 얼마간 발을 끊는다. 내 악동으로서의 DNA가 발동, 학교 출석은 하지 않고 가출을 결심한 것. 결행 직전에 형님에게 붙잡혀 졸업장을 겨우 받는 걸로 수습되었다.

그래도 고등학교 진학은 해야 했다. 서류를 떼러 그리운 고향에 갔다. 고개를 두 개를 넘어서 삼십 리를 걸어간 거다. 한데 거기 고향에서는 내 일생을 송두리째 바꿀, 마수(?)가 나를 기다리고 있었다. 때마침 정월 대보름 무렵, 동민들은 명절 보낼 준비를 하느라 분주했다. 집성촌인 양지陽地에서는 내 또래의 일가붙이들이 나를 열렬히 환영했다. 참으로 오랜만에 맞는 평온함이었다. 갑자기 **부산**이 싫었다. 지은 죄가 큰, 대도시인 그곳이 말이다. 죽어도 고향을 떠나기 싫었다. 차라리 읍내의 농잠農蠶학교에 진학하여 졸업하고 나중에 농사를 지을까도 생각하였다. 나는 울면서 그 말씀을 그 아버지 어머니에게 드렸다.

며칠 동안 그랬다. 그러다가 보니 아버지 어머니는 눈물겹게 나를 위로했다. 두 분은 내가 **부산**에서 입은 마음의 상처를 눈치챈 모양이었다. 졸업장은 받았지만 몇 달 결석을 함으로써 학교 공부를 못 했으니, 가족 모두가 꿈에도 바랐었던 **부산**사범학교 진학은 힘들 것이란 짐작인들 두 분이 왜 못 했으랴! 농잠학교 건은 없었던 일로 치부되었고….

 차선次善이긴 하지만 **부산**사범학교에 버금가는 **부산**상업고등학교도 있어 거기를 겨냥해 보는 게 어떻겠느냐는 쪽에 의견이 접근되기까지 했다. 거기도 졸업과 동시 취업이 보장되는 학교였다. 나는 맹렬히 반대했다. 중학교 1학년 때의 첫 성적표의 '상업' 과목의 점수가 20점 만점에 11점을 받아 형님으로부터 매를 맞은 트라우마 때문이었으리라. 숫자가 지배(?)하는 공부? 나는 겁부터 먹지 않을 수 없었다.

 막내 누나가 거들었다. 누나는 조리가 없지만 이렇게 강조했다. 우리 집안에서 정식으로 사범학교를 나와 나중에 교장이 되는 사람도 나와야 한다나? 이렇게 해서 가족회의에서 내가 한 해 재수하는 걸로 결론이 났다. 난 혼자 쾌재를 부르짖었다.

 "상황이 어떻게 전개될지 모르지만, 1년간 내 임의대로 독습! 누구 간섭도 안 받다니 야호!"

 그러나 그건 말이 재수再修였다. 나는 밤낮없이 노래만 불렀으니 말이다. 낮에는 혼자 책을 들고 냇가나 산기슭에서 그랬다. 밤에는 이른 저녁을 챙겨 먹고 양지에 건너가 형님이며 아제, 아지매 들과 어울렸다. 특히 **부산** 노래를 입에 달았다. 거듭 말하지만 공부는 뒷전일밖에.

 과연 **부산**중학교는 달랐다. 그러고도 이듬해에 특차인 **부산**사범학교에 합격하였으니 말이다. 13:1의 경쟁률을 뚫은 것도 뚫은 거지만 10위 이내의 우수한 성적을 얻었으니 나도 고개를 갸웃거렸을밖에…. 중학교 과정에서 그것도 3학년 끝 무렵 몇 달간의 공백이 있었던 걸 감안勘案하면, 이 수수께끼 같은 일을 다르게 설명할 길이 없는 걸 어쩌랴! 명문이란 게 결코 허상이 아니었음을 직접 체험했다고 하자.

부산사범학교에 진학하고 나서도 난 좀체 철이 들지 않았다. 말썽꾸러기였다는 고백을 지금도 서슴지 않는다. 정학停學 1호의 불명예도 내 몫이었다. 걸핏하면 친구들과 다투었으며 때로는 치고받기도 했다. 평행봉이며 철봉 등 운동을 꾸준히 계속했던 터라 근육질 몸을 가지고 있었다. 덕분에 남학생 120명 중에서 팔씨름으로 5~6명 등 안에 들었음은 지금도 친구들의 입에 오르내린다. 키 165센티미터에 60킬로그램이 안 되는 작은 체구 어디에서 그런 힘이 솟는지 나도 의아스러웠다고 하자. 해서 상급생들로부터 더러 맞기도 했다. 그렇게 주먹질을 당하면서도 나는 그들에게 들릴락말락 하는 소리를 내뱉었다. 내가 정상으로 초등학교에 입학·졸업하고, 중학교 3학년 때 가출 미수 사건만 없었다면 지금 네놈과 같은 학년이야!

그러니 내 입에서 그들에게 '형님'이란 소리가 나올 리 만무하다. 그래서 이런 일도 생겼다. 내 입술이 터지고 눈두덩이 시퍼렇게 멍들어도 이를 악문 채, 잘못했다고 하지 않는 그 현장에 폭행

자의 친구가 와 귀띔하기도 했으니 웃지 않고 어찌 배기랴.

"그만해. 얘 본래대로라면 3학년 우리 동급생이야. 서로 말을 트는 3학년 친구들도 많아."

그러다가 끝내 너나들이로 지내게 된 3학년도 몇몇 있었으니, '친구의 부등식'을 설명할 재간이 없다.

이런 일도 있었다. 2학년이라면 당시엔 나보다 한 학년 높다. 당연히 내 친구들은 그들을 형님으로 불렀다. 전술한 대로 내가 정학 1주일 처분을 받고 근신하고 있는데, 괴팍한 성격의 2학년 하나가 몸이 주먹이 근질근질했던 모양, 팔을 걷고 아무도 없는 별실로 나를 찾아왔다.

"이 새끼 니가 금년 들어 정학 1호야? 어디서 굴러먹던 뼈다귀 같으니라고."

주먹을 몇 대 그가 날렸으나 나는 팔로써 전부 가로막았다. 제 풀에 지쳐 돌아가던 그에게 3학년 친구가 따라붙는 모양이 창 너머로 보였다. 같은 삼랑진에 사는 내 친구였다. 그는 친구의 말을 듣고 고개를 끄덕이며 멀리 사라졌다. 누구 이야기다. 그가 정상적으로 진급했다면 지금 3학년이라지 않는가?

기회가 너무나 일찍 다가왔다. 그가 마침내 학년도가 바뀌었는데 그가 다시 낙제한 것. 그리고 내 이웃 학반에서 5년째 공부를 하게 되었으니, 구원舊怨을 갚을 날은 시시각각으로 다가오고 있었다. 몇 달 지나 졸업 사진을 찍고 그걸 편집하는 일을 그가

부산 부산 부산 111

맡게 되었다.

한데 말이다. 그가 공공연히 기율부紀律部 사진을 송두리째 뺀다는 소문이 들려오는 게 아닌가? 내가 기율부장으로 있었으니 얼굴이 붉으락푸르락할 수밖에. 나는 득달같이 달려가 그의 멱살을 잡고, 오른쪽 주먹을 그의 면상에 날리기 직전이었다. 중학교 후배인, 동급생 J가

"형님, 참으이소오. 제가 대신 저 형님에게 부탁하여 사진 넣도록 하겠습니다."

친구들이 우르르 달려와 우릴 둘러싸고 있었다. 사태는 그렇게 수습되었다.

난 경부선을 타고 삼랑진에서 **부산**으로 통학했다. 자그마치 6년 동안이다. 주로 **부산**역에서 내려 학교까지 걸어다녔다. 올 때는 역순. **부산**중학교와 **부산**고등학교는 한 울타리 안에 있어서, 등하굣길에 두 학교 학생들과 같이 걷는 경우가 많았다. 참, **부산**여자고등학교라는 일류 여고女高가 바로 옆에 있어서 그 학교 여학생들과 마주치는 경우도 많았다. 이윽고 거제리로 **부산**사범학교가 자릴 옮김으로써 **부산**교육대학(초급) 및 **부산**사범대학(초급)과 한 운동장을 쓰게 되었지.

삼랑진이라는 고장에는 '형님' 문화가 정착되어 있었다. 소위 주먹 혹은 어깨들이 많아서였다. 거기서 생활하다 보니, 사범학

교 한 해 후배 중 몇이 나를 형님으로 부르는 데도 서로 익숙해져 갔다.

마침내 이런 일도 생기기 마련이다. 나보다 몇 살 위인 선배가 있었다. 그는 늘씬한 키에 조각처럼 다듬어진 몸매를 자랑했는데, 복싱 선수 출신이어서 통근(학) 열차 안에서 그가 알아 주는 '가다(일본말로 '어깨')'였다. 한데 그는 **부산**사범대학에 미술과에 다녔다. 거기를 졸업하면 중학교(고등학교는 불가) 미술 교사가 되는 거다. 약간은 어색한 조합이라며 더러는 고개를 갸웃거렸다.

나는 멋모르고 그를 따라다니곤 하였다. 그 시절 특유의 복장이며 포즈, 행동거지 등으로 으스대면서. 지금은 흉내조차 못 내지만…. 그리 예리한 시선을 가지지 않은 사람도 나 같은 그런 얼치기 외관만으로써도 품행을 판가름할 수 있었을 정도였다 할까? 나는 **부산**사범학교에 다니면서도 그런 판별의 대상이 되는 걸 마다하지 않았으니 낭패랄 수밖에.

그날도 난 내 책가방과 선배의 작은 스포츠 백을 양 옆구리에 끼고 구포역 플랫폼을 걷고 있었다. 올라가는 기차를 타기 위해. 거기서 승차하는 학생들이 적지 않았다. 이윽고 몇몇 남지 않은 승객들을 보고 기관차에서 기적을 내뿜는가 싶었다. 나는 선배를 먼저 승강대에 밀어 넣으며 양발을 올리는 순간 건장한 청년들이 네댓 명 우르르 달려들었다. 그리고 고함, 저 새끼 잡아!

그들은 선배의 어깨를 낚아채는 듯했다. 그들은 내 몸에도 손을 댔다. 그들 중 몇몇은 흉기를 지니고 있었다. 나는 순간 솟아오르는 의협심에 그들을 막아섰다. 그래도 역부족, 그들은 나를 타고 넘으며 선배에게 달려들었다. 차 안 어디선가 큰 소리가 들려왔다. 'OO세기'다!

'OO세기'라면, 뒷날 '친구'라는 영화로 후세 사람들에게 널리 알려진 **부산** 최고의 폭력 집단이다. 그들을 모르는 사람이 없었다.

그때까지 엉거주춤한 자세로 서 있는 내게 조그만 체구를 가진 또래의 청년이,

"넌 비켜! **부산**사범학교에 다니는 모범 학생이잖아? 나 ㅇㅇㅇ이야. 20세기 알아?"

얼떨결에 그와 나는 서로 양팔을 붙잡고 있는 꼴이 되고 말았다. 그가 그의 말대로 모범생인 주제(?)에 더 이상 그렇게 있다가는 뼈도 못 추릴 것 같은 느낌이 들어 슬그머니 손을 놓고 말았다. 그가 하는 말이다.

"됐어. 한데 니 정말 힘 하나는 좋겠다이. 이 팔뚝시리(팔뚝) 한번 보래이."

그 순간 나도 가만있지(?) 않았으니 실로 가관이다. 갑자기 이 말이 튀어나온 거다.

"고맙습니다. 형님!"

그랬더니 그가 좋아했다. 나도 솔직히 말해 싫지는 않았다. 그와의 '형님 동생' 관계는 이렇듯 소설처럼 시작되었다. 그래도 쉽게 진화(?)는 없었다.

그러나 세월은 둘을 가만두지 않았다. 강산이 두어 번 바뀐 뒤, 코모도 호텔에 나 자신이 드나듦으로 말미암아서였다. 여기서 한 번 들먹여보자. 나 자신의 수필집 출판기념회를 거기서 한 번 연적이 있다. 다른 문우의 출판기념회며 **부산**사범학교 동기의 아들 결혼식에 참석하기도 했는데, 모두 대여섯 번이다. 그런데 그와 두 번이나 조우한 거다. 물론 스쳐 지나가는 정도였지만 둘은 서로 목례目禮를 주고받으면서 알은체했다. 그는 휠체어를 타고 있었는데 내 입안에서 '형님'이란 말이 맴돌다 튀어나오려는 바람에 혼이 난 적이 있다. 어쨌거나 누구의 이야기에 의하면 그는 코모도 호텔을 그의 '사업' 본거지(?)로 삼고 있다더라. 그 의미를 나 같은 장삼이사가 어찌 알랴마는….

다시 세월이 흐른다. 나는 교장 끝자락에 코모도 호텔 인근에 있는 **부산**메리놀병원에 신세를 진다. 교내에서 일어난 어린이 인명 사고(사망)로 충격을 받아 쓰러진 뒤에, 나 자신 기사회생이 어려울 정도의 중병에 시달렸던 거다. 스무 명 가까운 의사의 손을 거친 뒤, 밝혀낸 병은 입에 담기도 두려운 '공황장애'. 증상이 워낙 심해 다른 환자에게 폐를 끼친다는 지나친 염려로 특실에 입원하게 된 것이 그를 마지막 만나게 된 원인이 된다.

2호실에 들어와서 절망의 며칠을 보내고 있는데, 1호실에서 갑자기 왁자지껄한 소리가 들렸다. 야릇한 호기심도 생기고 의아스러워 아내의 부축을 받고 그 앞을 지나가면서 슬쩍 보았더니, 머리를 짧게 깎고 검은 양복을 입은 젊은이들이 분주히 움직이고 있었다. 한눈에 그들이 주먹들이란 걸 알 수 있었다.

그들이 가장 많이 쓰는 단어가 '형님'이었다. 내게 전혀 생소하게 들리지 않았다. 3호실에는 천주교 **부산**교구 고위 성직자가 들어 있었다. 내가 부회장인 유네스코 **부산**협회 간부들이며, 신부 및 학계 인사들이 연방 찾아오고 있었다. 갑자기 나 자신은 초라하다는 느낌에 휩싸였다.

행여나 싶었는데 1호실의 주인공은 역시 '그'였다. 휠체어를 타고 어디론가 바람 쐬러 나서려는 순간 나와 딱 마주친 거다. 나이 예순이 넘었으니 그도 노인이었지만, 머리가 너무 하얗게 세어 있었다. 나도 그에 질세라 호호백발…. 외관이 어금지금했다 하자.

어쨌든 둘의 입에서 누가 먼저랄 것도 없이 '형님'이 튀어나왔다. 아니 나는 그렇게 불렀고 그의 입 모양도 같은 소릴 낸다고 느꼈다. 주먹세계의 왕초라도, 교장더러 형님이라 한 번쯤 부를 만하지 않을까 하는 이상한 논리에서 그렇게 추정되었으리라.

다시 몇 달 뒤, 겨우 살아난 내가 문학과 노래에 전념하다 보니 저명인사들 출판기념회나 문학상 시상식 등에서 자주 만나게 되었다. 그날도 나는 **부산** 시내 어느 문인 단체의 시조 부문 신인상 시상 관계로 단상에 서게 되었는데, 거기서 장내를 일별하다가 영화 '친구'의 곽경택 감독을 본 거다. 그는 **부산**중고등학교 내 한참 후배다. 마침 그의 어머니가 시조 부문 신인상 수상자로 내 앞에 서 있었다. 나는 상패를 전해 주는 입장이었고.

시상식이 끝나고 자릴 옮겨서 곽 감독에게 이런저런 이야기를 나누다가 마침내 메리놀 병원에서의 일화(?)를 들려주게 되었다. 그가 들려주는 해석이 압권이라 할 수 있다.

"그분의 입에서 선배님 아니 교장 선생님께 '형님'이 튀어나온 건 어쩐지 자연스럽지요."

"고마우이. 하여튼 몇 번에 걸친 그와의 해후邂逅 내지 조우遭遇는 극적이었네. 자네의 유권해석으로 우린 형님이란 말을 끝으로 헤어졌으이. 자네가 그 '별리'를 증명하게."

그 뒤로는 그를 만나지 못했다. 그런 세계를 관심으로라도 기웃거리기에는 내가 너무 늙어 있었다. 곽 감독과의 연락이 두절杜絶된 지도 오래다.

그러다가 말이다. 나는 며칠 전 '20세기'의 전설(?), 그의 부음을 들은 것이다. 나는 순간 야릇한 충격에 빠졌다. 그 옛날 내가 멋모르고 '형님'이라 한두 번 불렀던 그에게 동류의식을 느껴서였을까, 아니면 내가 그렇게 불렀을지 모른다는 미몽迷夢에서 헤어나지 못했음에서일까? 난 그래왔던 것처럼, 문상 대신 그의 유택 참배의 길에 곧 나서기로 마음먹는다.

어쨌거나 다행이다. 그의 생년월일을 알게 되었으니…. 누가 형님인지 확실히 드러난 거다. 43년 10월 3일! 나보다 그가 1년하고 4개월 뒤에 고고의 소릴 냈던 거다. 내가 분명 형님!

그 연장선상에서 기가 막히면서도 확실한 일화 하나.

'갈대의 순정'을 부른 박일남 가수를 모르는 노년은 거의 없으리라. 그와 얽히고설킨 사연이다. 그가 **부산** 출신이라는 얘길 듣고서 오래전 전화를 걸었던 게 사건(?)의 발단이다. 나는 그의 파란만장한 일생을 전해 듣고 호감을 가지지 않을 수 없었다. 한데 그가 하던 말 한마디가 그를 불신하게 하는 계기가 될 줄이야! 세상에 생년월일이 자기가 이르다는 것이다. 남들로부터 듣기로는 세 살이나 아래였는데…. 그래서 그게 처음이자 마지막인 통화이려니 싶었다.

그런데 그게 아니었다. 바로 어느 방송 특집 프로그램에서 그의 나이가 여든네 살이라는 사실을 알게 되었으니 나는 기쁘기 한량없었다. 나는 단박에 전화를 걸었다. 거침없이 튀어나오는 '형님'이란 호칭에 스스로 놀라면서도 회심의 미소를 지었다. 가까운 시일 내에 만나기로 했으니, 곤두박질치던 형과 아우의 관계가 확실히 제자리를 잡았다 하자. 그러고 보니 **부산** 출신 선배 가수가 너무 적다. 아니 없다. 둘은 **부산**을 잊지 않는 가수임을 긍지로 여기기로 했다. 이윽고 **부산**에도 같이 간다. 내 유튜브에 모시고 **부산**노래 몇 곡쯤 부르도록 부탁할 참이다.

다시 그 옛날 **부산**에서의 나. 식물 교장 소릴 들으면서도 나는 버텨냈다, 정년 퇴임까지.

부산 시내 여러 병원의 80명 가까운 의사의 인술仁術 덕분에 나는 목숨을 건졌다. 아마 내 병명이며 수술을 거친 치료, 동원 인력 등의 총화總和로 따진다면, 허풍을 좀 떨어 기네스북에도 올랐으리라. 오죽하면 죽었다는 소문, 즉 왼소리가 나 자신에게조차 자자하게 들렸으랴.

정년 퇴임을 거친 뒤 어느 정도 건강이 회복되고 나서, 나는 다시 노인학교라는 데에 발을 들여놓게 된다. 뒤에 설명할 겨를이 있을지 모르지만, 내가 운영하던 21년 동안의 내 **부산**덕성토요 노인대학은 이미 정부에 반납했고, 다른 인사가 바통을 이어받은 뒤였다.

부산과 경남의 여러 노인학교에서 노래를 지도했다. 노무현의 모교 진영 대창초등학교 맞은편에 있는 J 노인학교를 비롯한 수십 개다. 노무현과 나, **부산**의 삼각 파고波高가 이는 계기이기도 하다. 옛날과 달리 수당을 받았으니 순수라는 측면에서 보면 좀 부끄럽지만….

그러다가 나는 참으로 생각지도 못하던 단체의 장을 차지하게 되었다. **부산**중고등학교 북구 동창회장…. 그 또한 힘에 버거운 자리라는 건 차치하고라도 말이다. **부산**중학교만 나왔지 고등학교는 **부산**고등학교가 아닌 **부산**사범학교를 나왔으니 아예 무자격인데도 말이다.

그런데 묘하게도 **부산**중고등학교 동창회만은 통합하여 조직 운영되고 있었던 거다. 회원 수가 많았다. 거기다가 내 임기(?)가 시작되면서 유명무실했던 강서江西구까지 같이 모임을 하게 되다 보니 규모가 엄청날 수밖에. 사실 나는 **부산**고등학교 졸업생이 아닌 걸 일종의 콤플렉스로 여겨오던 터였다. 그 졸업생들의 상당수가 출세한 사람들이다 보니 상대적으로 주눅이 든 것은 인지상정? 특히 의사가 한둘이 아니었던 거다. 선후배를 통틀어서….

그래도 그들이 깍듯이 회장으로 예우해 주는 덕분에, 임기를 다 채우지 못했지만 그런대로 가장 회원 수가 많은 **부산**중고등학교 북구 동창회장을 맡은 것은 영광이었다 하자. 참, 회원 중에 내가 아플 때 주치의였던 후배가 네댓이었다. 그립다.

부산 메리놀 세월로부터 치면 어느덧 20여 년이다.

이유야 어떻든 난 타관에 와서 살게 되었다. 나그네 생활을 어느덧 10년이 훌쩍 넘겼으니, **부산**에 대한 사무치는 그리움으로 날마다 몸살을 앓는다. '여기서의 생활을 접는다고 선언하는 날 = 저승으로 떠나는 날'이라는 등식을 항상 머리에 각인시켜 놓은 참이다. 돌아가고 싶다는 얘기다. 하지만 훌쩍 떠나기도 예사로운 일이 아니다.

무엇보다 내 우거寓居에서 지척인 곳에 내 혈육이 누워 있다. 장모님도 거기에서 영면에 들어 있고…. 우리 내외가 죽어 그들 가까운 곳의 유택에 들어가면 간단하긴 하지만, 내 부모가 천주교 **부산**교구 밀양 성당 천상 낙원에 잠들어 있으니 망설여질 수밖에 없다. 딸 내외와 손자 둘이 섭섭해하겠지만, 사후死後 밀양행이 가장 무난하다는 생각에 자주 잠기는 건 당연하다.

그러고 말이다. 같은 호실에 내 부모와 우리 사돈(딸의 시부모)이 오순도순 이야기를 나누고 있으니, 우리가 그 맨 아래 칸을 얻는다면 외롭지 않아서 좋을 것 같다. 장모님과 혈육도 이왕이면 우리 여섯과 함께 일상(?)을 보내게 하고….

지금도 딸 내외는 '천상 낙원'에 자주 간다. 50년 만에 이장移葬하면서 우리 부모님을 자기 시부모와 한 호실號室에 모신다고 했을 때 좀 껄끄러워했었던 걸로 안다. 지금은 한 번 걸음하여 네 분을 뵙게 되니, 나의 선택이 현명했음을 인정하는 것 같더라.

그게 여의치 않다면 차선次善이 있긴 하다. 거기엔 너무 가슴을 저미는 사연이 있어 들먹이려니 힘들다만 내친 김이다. 몇 줄 글로 짧게 적자.

내 마지막 공인公人으로서의 삶은 천주교 **부산**교구 은빛 사목 지원단장이었다. **부산**교구 내의 모든 천주교 성당 부설 노인대학의 강사를 발굴하고 지원하는 게 임무였다. 급하면 내가 대타代

打…. 밀양 성당과 삼랑진 성당이 **부산**교구 소속이라 두 성당에서 자주 강의했다.

특히 내가 살던 삼랑진 사거리에서 1킬로미터 남짓 떨어진 곳에 자리잡게 된 오순절 평화의마을 자문위원으로 일했던 기억이 잊힐 리 만무하다. **부산** 해운대구에서 관할管轄하는, 장애를 가진 가족들이 사는 곳이다. 내 어릴 적 발길이 안 닿은 데가 없는 그곳에 생긴 시설이어서다.

언젠가 내 손으로 육필 편지를 써서 분양받은 삽살개를 데리고 그 뒷산에 올라갔다가 크기가 알맞고 가지도 튼실한 남향 교목喬木 한 그루를 보았었다. 한참이나 아늑한 기분에 빠져 앉았다가 나도 모르게 부르짖었다. 좋다, 여기를 아내와 나의 수목장 장소로 하자!

전술한 이곳저곳이 여의치 않다면 마지막으로 고려해 볼 유택으로 안성맞춤일지 모른다는 생각이 든다.

다시 **부산**. 그야말로 아무리 강조해도 지나치지 않을 정도로 난 **부산**과는 떼려야 뗄 수 없는 관계를 수십 년 지속해 왔다.

사범학교를 우등으로 졸업했다. 그러나 4등 안에 못 들어가 첫 발령을 진해에 받았다, 임시 교사로. 군대에 간 전임이 제대 후 복직하는 바람에 난 백수가 되어 귀향해 넉 달을 보낸다.

다음 학기에 모교인 삼랑진 송진초등학교에 정식 교사로 부임했다. 그리고 몇 년 뒤 군에 입대하여 경기도 양주시 26사단 사령부 부관참모부에서 모필병으로 26개월 복무.

제대 후 다시 모교 행. 참 시원찮고 말썽 많은 교사로 몇 년을 보낸다. 학교장에게 잘못 보여 학기 도중에 강제 전보되기도 했다. 노총각으로 결혼조차 포기하고 시오리 떨어진 학교에 울면서 부임했다. 그런데 그 학교(송진)에서, **부산**에서 태어나 **부산**에서 자랐고 **부산**여자중학교와 N여고를 졸업하고 검정고시에 합격한 참한 여교사가 발령을 받아왔는데 그 여교사와 연애를 3년 동안 했다. 아홉 살 연하다.

면사포를 씌우고 나서 다시 같은 기간을 한 학교에서 보냈다. 도합 6년인 셈이다. 다시 전보한 곳이 역시 모교 송진. 아내는 이웃 삼랑진. 아내는 이윽고 사표를 던진다. 어쨌거나 우린 삼랑진을 벗어나지 않았다. 삼랑진보다 **부산**이 우리 생활권? 거의 맞는 말이다.

거기서 만 7년을 보냈다. 그리고 나서 양산 시내에 1년 있다가 **부산**으로 들어간다. 발을 들여놓기 무섭게 얼토당토않게 노인학교를 설립한다. 이름하여 **부산**덕성토요노인대학. **부산**의 그 많은 초중등학교 교원(교사와 교감, 교장) 중에서 유일하게…. 21년간을 버텨냈다.

그러면서도 학력 때문에 콤플렉스를 갖고 있었다. 다행히 경남에 근무할 때 방송대 2년 과정을 졸업했지만, 인사기록카드를 들여다볼 때 부끄럽기 이를 데 없었다. 방송대 재학 때 출석 수업을 모교인 **부산**교육대학 강의실에서 받았고 기말시험도 거기서 쳤다. 각기 네 번씩이다. 매회 커닝을 일삼았는데 그 덕분(?)에 줄곧 장학금을 받았다.

겨우 졸업하고 나서 보니 방송대 3학년에 편입학해야 하지 않겠느냐는 욕심이 생기는 게 아닌가. 그러다가 상대적으로 모든 게 수월한 **부산**교육대학교 3학년 편입을 택한다. 계절제다. 그러나 중도에 노인학교 운영에 지장이 있어 나는 학업 포기 쪽을 택했다.

부산은 어쨌든 나를 놓아주지 않았다. 시제時制 무시하고 과거사를 마구 적어 나가 보자.

부산 전입 5년 만에 나는 정말 분에 넘치는 상을 받는다. '자랑스런(자랑스러운)**부산**시민상 '봉사 본상'이다. 정년 퇴임 때의 황조근정훈장보다 훨씬 비중이 큰 상이다. '**부산**시문화상'에 버금간다 쳐도 괜찮으리라. 같은 상을 받은 '교육 동지'는 수십 년 동안 나와 딱 둘이다. 공적은 무료 노인학교 운영…. 내 손으로 공적 조서를 꾸몄으니, 부끄럽기 이를 데 없음을 고백한다.

거기서 끝나지 않고 석 달 뒤 나는 '자랑스런(자랑스러운) **부산**교대인敎大人 동문패'도 받는다. 이름만 들먹이면 누구나 아는 4성 장군 출신 P 장군과 함께였다. 공적은 전과 동同.

상賞에 얽힌 일화도 있기 마련.

나는 이상하게도 **부산**교대 동창회 관련 행사 참가를 소홀히 하는 편이었다. 그런 나를 보고 동기들은, 동창회 안 나오는 친구치고 잘되는 놈 있나 보자는 식의 악담을 예사롭게 퍼붓는 게 아닌가! 자랑스러운 **부산**동문패를 받으러 총동창회가 열리는 **부산**교대 운동장에 직접 가야 하는데 그러지 못했다. 그 결과는 비참했다. 친구들이 대신 받은 트로피를 차에 싣고 1차 2차 3차까지 다니다가 분실하고 만 것. 트로피에 술을 잔뜩 부어 마셨다던데….

경우야 다르지만 **부산**덕성토요노인대학 학생들을 인솔 4박 5일 동안씩 동남아 5개국을 여행했는데 아동 도서 1500부를 현지 교민학교 혹은 한국인 학교 및 교민회에 전달한 바 있다. 말레이시아 쿠알라룸푸르 한인회장과 회원들도 그래서 만난다. 거기서 받은 감사패도 분실하고 말았다. 다만 회장의 이름이 최송식이란 걸 기억한다. 노인 87명, 30명, 80명을 인솔하여 4박 5일씩 세 번에 걸쳐 대만과 태국, 싱가포르·인도네시아 말레이시아를 다녀온다? 교사와 교감 신분으로 말이다. **부산**이 생기고 처음임을 영사관에서 인정하더라. 전무후무한 거다.

너무나 큰 상도 그 밖에 많이 받았다. **부산**교육상도 그거 중 하나다. **부산**의 교육자들이 가장 영광으로 여기는 상임을 강조할 필요가 없는…. 다만 '평생 교육'이라는 게 조금은 부끄러웠던(?) 게 탈이었지만…. 역시 **부산**덕성토요노인대학 운영이 공적이었다. 시상자인 교육감은 내 **부산**교대(사범) 후배. 자랑스런**부산**시민상의 경우 역시 시장市長이 **부산**중고등학교 네 해 선배.

또 있다. 같은 공적으로 PSB(현 KNN) **부산**방송문화대상자 수상자 명단에 이름을 올리기도 했다. 상금 1천만 원! 뒷날 상금 전액은 사회에 환원했다. **부산**수필대상이며 **부산**가톨릭문학상에 얽힌 사연도 잊히지 않는다.

부산이라는 이름이 들어가는 상을 가장 많이 받은 내가 억울한 게 있다. 데뷔 경력으로 보나 창작집 권수로 보아 나보다 앞서는 현존 **부산** 문인이 극히 적은데 **부산**문학상은 근처에도 못 가본 것. 누구에게 따졌더니 인간성이 나쁜 탓이라더라. 인정은 하니, 더 할 말은 없다.

은퇴하기 전 **부산**에서 나를 짓누르는 가외의 업무들이 증폭되어 가기만 했으니 아찔하다. **부산**북구문인협회를 창립하여 초대 회장이 된 것. 게다가 **부산**북구문화예술인협회장도 겸하게 되었으니 내 본업이 무엇인지 분간이 안 될 정도였다. **부산**북구문화원자문위원으로 구민행사장에서 민요며 **부산**노래 부르는 일도 부지런히 했다. 때로는 도포 차림으로, 때로는 상투를 틀고…. 또 있다. **부산**북구세계화추진협의회(구정자문위원회) 회원 명부에도 이름을 올리고 교육과는 별개인 일에 허덕였다. 그것뿐이 아니었다. **부산**연예협회 창작분과 고문 및 가수분과 회원 명부에도 석 자를 올렸다. 그때만 해도 가수가 '딴따라'의 수준을 못 벗어난 터, 망나니 교육자라는 별칭을 들어도 쌌다. 그런 걸 자랑삼아 새로 내는 책날개에 빠짐없이 기록하기도 했으니 나라는 사람의 인격은 치졸하고도 남았다. 아무튼 모두가 비정상의 연속이었다고 뒤늦게나마 자책한다.

『**부산**일보』와 『국제신문』, 『**부산**매일』(지금은 폐간) 등 세 개의 신문에 칼럼을 썼다. 긴 분량은 아닐지라도 장삼이사에게는 부담이 가는 일이었다. 시원찮았다. 독자들 더러는 얼굴을 찡그렸겠지. 그래도 '무차회無車會' 운운하여 널리 알렸고 평생 운전면허 없이 지냈으니, 사회적 공기公器를 활용한 예라서 약간은 흐뭇하다. 천주교**부산**교구 회보 집필자이기도 했다.

하지만 '**부산** 노래' 열아홉 곡을 두 번에 걸쳐 취입吹入한 것은 내가 봐도 쾌거였다. **부산**은 전쟁의 상처를 안고 있는 항구 도시로서 엄청나게 많은 대중가요를 양산했다. 아마 60~70곡이 되리라. 그중에서도 고르고 골라 열아홉 곡을 테이프와 CD에 담아 무료로 배포했으니, 어찌 자긍심을 아니 가지랴. 내가 부른 **부산** 노래 '경상도 아가씨'가 40계단 문화관에서 박재홍의 노래로 둔갑(?)하여 찾는 팬들에게 박수를 받았다. 그의 부인도 그걸 듣고 말 없이 웃더란다.

부산 노래는 계속 진화했다. 그걸로 **부산** 시내에서 14회, 서울에서까지 4회 등 도합 18회의 콘서트를 열게 되었으니 어마어마

한 사건이 아닐 수 없다. 우정 출연진도 대단하여 남백송과 쟈니리(2회), 박수정(대한가수협회 이사), 문정수(전 **부산**시장) 등이었다. 특히 제대 50주년 기념 모부대 장병 초청 콘서트는 『조선일보』와 『국방일보』는 물론 『실버넷뉴스』 TV 등이 열띤 그날을 경쟁으로 취재하고 보도했다. 매체들은 창군創軍 이래 처음이라는 설명을 부연했다. **부산**노래를 주로 불렀다.

시장을 비롯한 간부들이며 직원은 물론 시민들을 감쪽같이 속인 일도 있었다. 자그마치 36개월 동안이다. 시의 기관지나 다름없는 『**부산**시보』의 비공식 편집인을 맡아 일했던 거다. 주 1회씩 수필 원고를 받아 편집실에 넘겨주는 것인데, 여간 힘든 일이 아니었다. 윤이상尹伊桑의 음악을 주제로 쓴 어느 교수의 글은 한참 동안 논란 혹은 시비의 대상이 되기도 했다. 어쨌든 100편이 넘는 수필을 『**부산**시보』를 통해 선보였다. 때로는 대타로 내가 나서는 바람에 고료도 내가 챙겼으니 그 고물의 의미는? 아서라, 불행한 설명은 더이상 하지 말자.

부산 강서구 위치 공군 강서구 5전투비행단과의 인연은 **부산**에서의 내 생활 중 압권이라 해도 괜찮으리라. 21년 동안의 **부산**덕성토요노인대학 운영에 비행단에서 물심양면의 지원을 아끼지 않았으니 하는 말이다. 상술할 수 없는 게 유감이지만, 그 부대에서 시행하는 호국문예심사위원장은 나 자신이 맡아 했다. 십수

회다. 해운대(**부산**) 육군 53사단에도 2회 심사 위원장으로 드나들었다. 특히 **부산**5전투비행단과의 교류는 단순한 민군유대강화의 차원을 떠나서, 장병들의 경로 효친 정신 실천은 물론 그걸 바탕으로 한 군 전투력 증강이라는 최상의 덕목을 창출하는 계기가 되었다고 본다. 나 개인으로서는 그로부터 '노인문학'과 '병영문학'의 기치를 높이 들게 되었으니 어찌 부르짖지 않으랴. **부산** 만세, 노인만세, 군인만세!

지금의 나는 여전히 바쁘다.

노래를 부르러 현충원에 드나듦으로 말미암아…. 19만 호국영령들 앞에서 노래 부르면, 떼창을 쏘아 올린다는 착각에 빠지기 예사인데 그 순간이 나는 참 좋다. 가곡이며 군가 대중가요 팝송을 목청에 싣지만, **부산**노래들도 선보일 참이다.

거기서 말이다. **부산** 출신 용사(영령)들을 집중적으로 찾는 것도 하나의 순리일까? 지난 현충일 며칠 지나서 박순유 중령 묘역을 참배한 것 또한 같은 맥락에서였다 하자.

내가 죽어 육신은 한 줌 유해로 밀양 성당이나 오순절 평화의 마을을 찾으면 내 영혼은 **부산**노래를 부르리라. M 전 **부산**시장이 내 콘서트에 우정 출연했었으니 그 은혜 보답하기 위해서라도 그가 몇 년 전에 부르고 내게 알려 준 '**부산** 남자'를 익혀서 보태어야 하지 않겠는가?

소원이 있다. 햇수로 3년 동안이고 총 마흔 시간에 걸쳐 안보 강사로 출입했었던 군부대에 다시 가야 하는 거다. 내가 **부산**사직야구장에서 선창했었던 그 목소리로 애국가를 사장조로 바르게 부르는 공부, 같이 하고 싶다. 늘 그랬었던 것처럼 계명으로도 지도한다. 같은 구장에서 했던 시구의 추억담도 들려주고…. **부산**노래의 연습 공간으로 군부대 시설이 안성맞춤일 수도 있으리라.

'서당書堂'과 '저승 노인학교'의 사제師弟

  친구 이종우가 어제 저녁상을 물린 뒤에 갑자기 먹은 음식을 토하더니, 명재경각命在頃刻에 이르렀다고 한다. 무엇보다 의식이 흐리단다. 우리 둘이 내려가도 그의 임종을 지켜볼 수 있을는지 조바심이 난다. 참, 또 합류할 사람이 있다.
  달포 전에만 해도 그는 10년은 더 살 수 있다고 호기롭게 큰소리를 치곤 했었는데…. 제발 몇 시간이라도 버텨내 주기를 간절히 기도하며, 우리는 유일한 이동 수단인 하행下行 무궁화 열차에 몸을 맡기고 있는 거다. 삼랑진에서 만나 몇 시간 지낸 뒤에.
  창밖을 내다본다. 그와 더불어 지낸 70년이란 세월이 주마등처럼 스쳐 지나간다.
  그와 나, 노윤찬은 어릴 때 그러니까 초등학교 시절부터 삼총사란 별칭을 들으며 삼랑진이란 좁은 지역사회를 누비고 다녔다. 석 삼三 둘, '삼랑진'의 '삼총사'는 긍정의 의미를 띠고 있었다 한들 틀린 표현은 결코 아니었으리라. 무엇보다 우리 셋의 아버지들이 제대로 행세하는 분들이라 가정 교육이 엄했던 덕분에, 자식들 모두가 빗나가지 않았던 거다. 우리 아버지는 한약업사韓藥業士, 종우의 아버지는 한학자漢學者였다.

그렇다고 해서 모범 청소년 시절을 보냈다는 뜻이 아니다. 반대의 행동을 한 적도 있으니, 두어 개 예를 들어 본다.

윤찬의 아버지는 가내 수공업을 하는 분이었는데 엽총을 가지고 있었다. 삼총사에게는 성년이 되자마자 이런 일이 있었다. 윤찬이 어느 늦가을 아침 그 엽총을 몰래 들고나온 거다. 배를 타고 강 건너로 가서 야산을 종일 헤맸으나 방아쇠 한 번 당기지 못하고 귀가하게 된다.

셋은 맥을 못 출 정도로 지쳐, 터덜터덜 걸어서 돌아오고 있었다. 마침내 우리 과수원(배밭) 가까이 이르렀는데, 기진맥진하여 발걸음을 옮길 수가 없었다. 무엇보다 허기가 져서 쓰러질 것만 같았다. 특히 대식가인 종우가 견디기 힘들어했다. 마침 당시만 해도 가끔은 보이던 걸식 소년이 둘 지나가는 게 아닌가! 꿀꿀이죽인가를 담은 깡통을 둘은 들고 있었다. 얼른 보아 내용물이 제법 수북한 것 같았다.

윤찬이와 나는 그냥 지나치려 했는데, 종우는 그 소년 둘에게 다가가는 거였다. 종우는 지폐 몇 장을 호주머니에서 끄집어내더니, 한 통의 음식물(?)을 자기에게 팔라며 군색한 표정을 지어 보였다. 소년 둘은 처음엔 손사래를 쳤다. 자기들의 주식主食－대체할 다른 말이 그때도 생각나지 않았고 지금도 생각나지 않는다－을 탐할(?) 그런 외관이 아닌 멀쩡한 청년이 '거금'을 내밀고 마치 애원이나 하듯 하니 기절초풍할 수밖에. 그러나 이윽고 소년 둘은 생각을 고쳐 잡고 그 거래에 응했다. 과수원 탱자 울타리 가지를 꺾어 젓가락으로 대용代用하여 한 깡통을 거의 다 비우고 난 뒤의 종우 표정은 지금도 잊히지 않는다.

하지만 종우의 위신이 있어, 꿀꿀이 죽에 대해서는 우리 딴은 철저하게 비밀을 지키려고 애썼다. 우리 둘은 대학교에 다니고 있었고, 종우는 학구는 달랐지만 교사라는 신분을 가지고 있어서다. 만약 탄로(?)가 나면 그의 위신은 땅에 떨어질 대로 떨어지고 말지 않았겠는가?

그 뒤에 사냥에 관련된 큰 사건이 한 번 일어났으니, 셋은 그걸 화두로 올릴 때마다 아찔한 느낌에 빠질밖에. 겨울철이었다. 어느 날 셋은 총을 들고 낙동강洛東江 제방을 지나 사장沙場으로 나갔다. 오리를 잡기 위해서였다. 얼마 지나지 않아 강물 위에 오리 떼가 유유히 헤엄치고 특유의 소리를 내고 있었다. 셋은 그때부터 낮은 포복 자세! 그런데 잡초 가까이 유달리 큰 물새 한 마리가 한쪽 다리로만 서 있는 게 눈에 들어오는 바람에 셋은 적잖이 흥분하였다. 다시 조금 더 기어들어 가서 녀석이 사정거리 내에서 밋밋한 움직임을 보였을 때 내가 방아쇠를 당겼다. 땅!

엄청난 굉음에 근처에서 유영하던 모든 조류鳥類가 하늘로 일제히 날아올랐다. 다만 '큰 물새'만은 날갯짓조차 못 하고 그 자리에서 주검으로 변해 미동도 하지 않는 것이었다. 환호를 터뜨린 우리는 달려가 끌어내, 번갈아 녀석을 어깨에 짊어지고 의기양양해서 집으로 달려왔다.

하지만 그 기쁨은 잠깐이었을 뿐이었다. 이내 쉬쉬하며 총을 들고 나간 사실 자체조차도 입 밖에 내지 않았다. 그 녀석은 천연기념물이었으니…. 그걸 밝히면 삼총사가 그런 것조차 모르느냐는 손가락을 받을 게 뻔했기 때문이라 하자. 아니 그 정도로 끝날 게 아니었다. 적어도 벌금형罰金刑 정도의 처벌은 불문가지이었으리라.

선악을 잣대로 하여 그 시절의 '삼총사'를 평가한다면 우리도 할 말이 없다. 다만 삼랑진이라는 좁은 지역사회에서 — 별난 사람이 많이 산다는 공공연한 소문이 있었다 — 진짜 우리는 전설 같은 일화를 알게 모르게 남기고 살았다. 악惡보다 선善 쪽에 머물렀었다고 하자. 결코 강변이 아니다.

종우는 제법 높은 산등성이를 두 개가 넘어 걸어가야 닿을 수 있는 시골이 고향이었다. 거리로는 삼십 리, 다시 말해 12킬로미터쯤 되었다. 거기서 초등학교를 졸업하고 부산의 명문 중학교에 진학하려 했으나, 첫해에 실패했다. 종우가 재수再修하러 삼랑진 형님댁에 온 것에서 우리 셋의 만남이 이루어지게 된 것이다.

그러니까 엄밀하게 따지면 그는 나이도 우리 둘보다 한 살 많고 초등학교로 치면 선배가 되는 셈이다. 그런데도 우리 셋은 친구일 수밖에 없었다. '삼총사'라는, 분에 넘치는 별칭은 우리 셋을 외형外形으로 영원한 친구로 만들어 주었다. 나아가,

"위선자爲善者는 '천보지이복天報之以福하고, 위불선자爲不善者는 천보지이화(天報之以禍니라.'"

라는 『명심보감』 첫 구절을 떠나서 살지 않았기 때문에, 셋은 적어도 큰 악행과는 거리를 두고 한평생 보냈다는 강변을 입에 올리기도 한다. 우리 셋 중에서 아무도 징계 한 번 받지 않고 공직이며 회사원으로 정년을 채웠다는 것도 그 덕분이라 하고 싶다.

우리 셋은 그로부터 정말 어깨를 겯고 살아왔다 해도 과언이 아니다. 물론 나중에 가정을 가지고, 교사로 회사원으로 근무하면서 멀리 떨어진 채 수십 년을 지내왔다. 아름다운 우정은 변함이 없었다. 그러다가 여든을 앞둔 시점에서 가끔은 한데 모이기도 했으니, 그걸 숙명이라 해도 괜찮으리라. 그러다가 종우가 먼저 이승을 떠나기 직전에 이르렀으니 남은 둘에게 충격이 아니겠는가?

어린 시절로 되돌아간다. 그 시절 종우의 고향을 찾았을 때 겪었던 일을 되새겨보자.

우리 셋 다 부산 시내 최고 명문중학교에 진학하여 기차 통학을 하게 되었다. 교복을 입고 모표가 달린 모자를 쓰고 다니는 게 너무나 자랑스러웠다. 그해 여름 방학이 시작되고 나서 며칠 지나 종우가 하는 말이었다.

"우리 고향 집에 며칠 놀러 갔다 오지 않을래?"

"……."

"왜 대답이 없는데? 시골이라 가난해서 먹을 건 없어도 원시에 가까운 자연 그대로를 볼 수 있어 좋아. 반찬 없는 보리밥이지만 그것도 먹을 만하고."

둘의 입에서 동시에 튀어나온 말이다.

"좋아, 2박 3일 갔다 오지. 와, 신난다!"

윤찬이와 우리 부모는 반대하지 않았다. 대신 어렵게 사는 종우 집에 가서 괜히 큰 폐나 끼칠까 봐 걱정이라는 말은 했다. 어쨌거나 그 정도면, 여행이나 진배없이 신나는 일이었다.

그래 날짜를 잡아 종우네 고향 집으로 떠난다. 셋은 간단한 차림으로 삼랑진을 출발하여 종우네 집까지 산길을 걸어가는 강행군에 나선 거다.

고개를 넘어 개울을 건너는 데 세 시간은 좋이 걸렸다. 그제야 저녁 지을 보리쌀을 삶느라 피워올리는 연기가 이집 저집의 굴뚝을 통해 하늘로 솟아오르는 종우의 동네로 들어섰다. 태어나서부터 시각 장애인이라는 종우의 어머니는 우리를 무척이나 반겨 맞왔다. 종우가 어머니의 손목을 잡고 방으로 들어갔다. 종우는 다시 대청마루에 나와 꿇어앉아 어머니께 큰절을 올리는 게 아닌가? 그러면서 눈물을 뚝뚝 흘렸다. 둘은 어안이벙벙해졌다.

한참 그 자세를 견지하던 종우는 갑자기 일어서는가 싶더니 다시 어머니한테 다가갔다. 무슨 일을 벌이는가 싶어 의아심을 가질 수밖에. 너무나 놀라운 일은 그다음에 일어났다. 종우가 어머니의 젖무덤을 만지면서 다시 울음을 터뜨린 거다. 엄마 너무 보고 싶었데이!

어머니도 눈물범벅이었다. 그러고 하는 말 오냐, 내 새끼야, 몸은 갠찮나?

종우의 어머니는 눈이 어두운 분이지만 일할 때 입는 옷이라도 매무새가 단정했다. 감히 범접하지 못할 위엄을 우리 둘은 종우의 어머니에게서 보았다.

조금 있으려니 밭일하러 갔던 종우의 아버지가 돌아왔다. 윤찬과 내가 삼랑진에서 이웃 어른을 만나면 꾸벅 절을 하던 버릇이 되어 그렇게 하면서 인사를 마치려고 했는데, 그게 아니었다. 괭이며 삽, 소쿠리 등을 헛간에 두고 나서 대략 씻으신 그분은 우리를 사랑으로 불러낸 거다. 방에 들어서자 친구의 아버지는 방 아랫목에 정좌定座하곤 입을 열었다.

"그렇지, 삼랑진은 여기 비하면 도회지니까 그럴 수도 있지. 하지만, 어른께는 예비 인사로 서서 절을 하고 난 뒤, 다시 방에서 큰절로 예를 표시해야 하는 거야."

종우네 집은 방이 세 개였다. 큰방, 작은방, 사랑방 등. 큰방과 작은방 사이에 마루가 있었다. 이윽고 저녁상이 들어왔는데, 어느 사이에 닭을 잡았는지 정갈하게 요리한 닭찜이 얹혀 있는 게 아닌가? 시장하던 차라 우리는 허겁지겁 밥이랑 반찬을 집어 먹었다. 물론 사랑방에서…. 저녁상을 물리고 난 뒤 한참 지났는데, 종우가 우리 옷소매를 끌어당겼다. 종우의 아버지와 어머니는 무심결에 잘 다녀오라고 말했다.

우리는 영문도 모른 채 종우를 따라갔다. 종우는 서른 호쯤 되는 동네에서 연세 많은 분의 집을 방문, 문안을 드린다는 거였다. 우리는 이방異邦에 온 사람처럼 어리둥절한 표정을 지을밖에. 첫 집에서다.

"태동 어른 계십니꺼?"

"거 누고? 이거 종우 아니가?"

이어서 방문이 열린다. 장죽을 문 노인이 마루로 내려서서 미소를 짓는다.

"태동 어른 그동안 편안하셨습니꺼? 방학을 해서 집에 왔습니더."

"그래 부산중학교에 다닌다더니 그새 많이 자랐네."

모두가 어른 덕분이라는 공손한 인사를 덧붙이곤 태동 어른을 따라 종우는 방에 들어갔다. 거기서 종우는 큰절을 다시 하는 것이었다. 좀 전에 종우 아버지의 말씀을 기억했지만 우리 둘은 어쩔 줄 몰라 엉거주춤한 자세로 방구석에 서 있었다. 그러자 마치 어른이기라도 한 듯, 종우가 우리 둘이더러 그 어른께 큰절을 시키는 것이었다. 어른은 반듯한 자세로 약간 상체를 굽히면서 받았다. 어른이 다시 물었다, 종우에게.

"니 참 부산 어느 중학교에 다닌다 캤노?"

그러다가 어른과 종우는 실랑이(?)를 벌였다. 종우가 '부산중학교'라 대답했는데, 어른은 부산중학교라 하면 안 되고 부산의 어느 중학교인지 말해야 할 거 아니냐며 나무라듯 했다. 종우는 이를 받아 학교 이름이 '부산중학교'라 다시 밝혔다. 그제야 태동 어른은 약간은 겸연쩍은 표정을 짓고 머리를 긁적였다.

그렇게 대여섯 집을 돌아서 다시 종우네 집으로 왔다. 도중에 종우가 하는 말이, 부산에 있는 중학교에 그때까지 아무도 안 다녀서, 노인들은 '부산중학교'를 못 알아듣는다는 것.

사립문 가까이 다가왔을 때, 사랑방에서 와자지껄한 소리가 들린다. 갈수록 이상한 느낌이 들어 고개를 갸웃거렸더니 종우가 하는 말이다.

"내가 이야기했지? 아버지가 서당을 운영하고 계셔. 우리 동네 내 친구나 형님들은 워낙 가난해서 초등학교만 마치고 그냥 집에서 일해. 부모님 농사를 거들어 드리지. 그래서 그들을 모아다가 아버지가 한문을 가르치시는 거야. 『천자문』이나 『동몽선습』, 『명심보감』 등이 교과서教科書지. 우리가 장난 삼아 '하늘 천 따지, 가마솥에 눌은 밥'하고 웃었지만, 여기선 우리가 학교 공부하는 것 이상으로 학동들이 열심히 해."

우리는 종우를 따라 사랑방으로 다시 들어갔다. 퀴퀴한 땀 냄새가 한가득이었다. 그렇다고 해서 내색을 할 수는 없는 노릇, 꾸어다 놓은 보릿자루처럼 구석에 웅크리고 앉았다. 방에서 마루를 내어 거기에도 몇 명이 대기할 수 있도록 만들어 두었는데, 참 깔끔한 느낌을 주었다.

열대여섯 되어 보이는 어린이에서부터 서른이 넘은 것 같은, 아이 아버지에 가까운 나이의 학동(그 '호칭'은 종우한테서 들었었다)도 있었다. 그들은 참 열심이었다. 우리는 꿀 먹은 벙어리가 될 수밖에 없었고. 훈장님인 종우 아버지로부터 개인 지도를 받는 학동은 가부좌를 튼 채, 좌우로 몸을 흔들기도 했다. 때론 긴 문장을 공부하는 학동의 표정은 너무나 진지했다.

밤이 이슥해서야 여남은 명의 학동들은 물러가고 종우 아버지와 우리 셋이 남았다. 마른 쑥이며 잡초에 불을 붙여 모기를 쫓은 뒤에 우리는 잠자리에 들었다. 종우 아버지는 방에 우리 셋은 마루에 이부자리를 깔았는데, 생각보다 시원해서 숙면을 취할 수 있었다.

이튿날부터 우리는 추억을 쌓았다. 매미나 잠자리를 쫓아 산과 들을 누볐다. 무엇보다 냇물에 가서 '뽁지'('동사리'라는 표준

말을 나중에 배웠다.) 잡이가 재미있었다. 종우 친구들도 몇몇 합류했는데, 그 모두는 뿍지라는 고기가 살 만한 바위를 잘도 알아내었다. 그것만 남겨 두고 주위의 돌들을 모두 치워버린다. 그러면 뿍지가 어느새 모습을 드러내는 것이다. 종우는 옛 솜씨가 하나 줄어들지 않았다. 두 손을 물속에 집어넣어 마주 보게 하고 가까이하면 날쌘 뿍지도 '뛰어봤자 벼룩'이 되는 것이다. 그 녀석들 대여섯 마리 정도를 꿰미에 꿰어 왔는데, 종우 어머니가 그걸 끓인 매운탕 맛은 정말 일품이었다.

"야 정말 맛있다. 내가 여태 먹은 매운탕 중에서 최고다."

둘은 동시에 그렇게 감탄했다. 그 모습을 보며 가족들도 흐뭇해했음은 물론이다.

이튿날이 마침 일요일이라 우리가 하루를 보낸 그날 저녁엔 서당도 쉬었다. 종우의 아버지도 십 리 떨어진 면사무소 소재지에서 혼자 자취를 하는 종우의 형님한테 가는 바람에 우리는 사랑방에서 밤을 새워 이야기를 나누었다. 문이란 문은 다 열어 놓고 있다 보니 어찌나 바람이 세찬지 모기 걱정도 하지 않았다.

그날 밤 종우가 말했다. 바로 몇 년 전까지만 해도 이 동네엔 밤낮으로 동네에 들어와 옷이며 곡식을 빼앗아 갔다고…. 종우는 한자 공부를 좀 해서 그런지 약간은 유식해서 문자를 섞어 가며 이야기했다.

"잔비들이 완전히 소탕된 게 3~년 전이지. 남을 잔殘, 비적 비

匪라고 써. 그놈들이 말이야, 그러니까 얼마 전까지만 해도 저들이 동네에 들어와 약탈을 일삼았다는 뜻이야."

우리 셋은 거의 밤을 새우다시피 하면서 대화를 나누었다. 윤찬과 나는 주로 듣고 종우가 줄곧 이야길 했으니까. 종우는 태어나 그런 환경에 파묻혀 살아온 덕분인지 도회지인 삼랑진-종우 아버지가 언질을 줬던 그대로-에서 자란 우리보다 말 한마디에라도 어른스러움이 묻어났다. 그러던 그가 뜬금없이 정색을 하고 던진 말.

"천지지간 만물지중에 유인이 최귀하니 소귀호 인자는 이기유오륜야라…. 한자론 내일 아침에 적어 보여 주지. 하늘과 땅 사이의 모든 것 중에서 오직 사람만이 제일 귀하니 그 까닭은 오륜이 있기 때문이다. 서당에선 학동들이 처음에 『천자문千字文』을 배운다. 『동몽선습童蒙先習』을 공부한단다. 나는 『동몽선습』을 뗐어. 앞으로 언젠가는 『명심보감』을 배울 생각이야."

그러다가 종우는 혼자서 킥킥대더니, 『명심보감』 첫 구절을 대하는 학동들은 너나 할 것 없이 일제히 웃음을 터뜨린단다. 그러면서 종우가 다시 입을 열었다.

"자 왈 위선자는 천보지이복하고 이 불선자는 천보지이화니라."

이러는데 우리 둘인들 그냥 넘길 수 있겠는가. 그만 배꼽을 잡고 말았다. '보지'가 사이에 두 번 들어가는데, 아무런 반응이 없다면? 그건 사내아이의 구실(?)을 하지 못함과 다름없지 않은가 말이다. 한데 종우의 다음 이어지는 이야기를 듣고 우리는 입을 다물어야 했다.

"'자子 왈曰'은 공자 '가라사대'의 뜻이야, '말씀하셨다'! 위할 위爲 착할 선善, 사람 자者를 위선자爲善者라 하지. '하늘 천天, 갚음 보報, 갈之, 써 이以, 복福'의 뜻은 '하늘이 복을 내린다'는 말이고. 반대로 악한 일을 하는 사람은 하늘이 화를 내린다고 알면 돼."

우리 세 소년은 『명심보감』 '계선편'의 첫 구절을 입에 올리면서 웃다가 늦게까지 시간을 보냈다. 종우의 이야기는 거기서 그치지 않았다. 옮겨 보자.

몇 년 전임을 종우는 전제했다. 서당은 항상 붐볐다. 오리가 넘는 데서도 학동들이 오곤 했으니까. 그때만 해도 공비들의 출몰이 약간 수그러들 때였지만, 그래도 안심할 정도는 아니었다. 공부가 끝나고 귀가할 무렵에 공비들과 맞닥뜨리는 때인들 왜 없었으랴. 저들은 학동들이 상동 서당에 다니는 걸 알고 시비를 걸지 않았단다. 밀양의 우두머리(위원장) 김 아무개가 상동 어른과 동문수학을 한 사이였다는 인연 덕분인지도 모른다.

그날 밤엔 『동몽선습』을 떼서, '책거리(책씻이)'하는 학동이 둘이었다. 양조장에 가서 막걸리를 몇 통 사오고 둘의 집에서 만든 떡과 돼지 수육 등으로 그야말로 상다리가 휘어질 정도의 음식이 준비되었더란다. 『동몽선습』을 복습 삼아 일별一瞥하고 난 뒤, 둘의 앞에 『명심보감』의 첫 장이 펼쳐졌다. 학동 둘은 약간 긴장한 표정이었다.

그때 마침 공비 셋이 따발총을 옆구리에 끼고 사립문을 들어선 거다. 말소리를 죽이고 저들은 살금살금 사랑방 가까이 다가갔다. 그 순간 문틈으로 새어 나오는 소리

"자 왈 우선자는 천보지이복하고 위불선자는 천보지이화니라."

상동 훈장(종우의 어머니 친정이 '상동')의 해석 혹은 설명이 떨어지기 전에 폭소가 터졌다. 공비들은 사타구니 사이에서 뭔가 야릇한 반응을 느끼는가 싶었는데, 그들도 그 두 음절의 말에 그만 하마터면 학동들의 귀에 들어갈 정도의 웃음 피식 터지고 말았다. 하지만 이어 상동 훈장의 나지막하지만 힘찬 목소리가 방 안을 울린다.

"착한 일을 하는 사람에게는 하늘이 복을 내리고…."

마침 부엌에 볼일이 있어 나오던 종우의 작은누나와 친구가 저들의 모습을 보고 화들짝 놀랐다. 누나의 친구는 앞서 말한 김 아무개의 배다른 딸이었는데, 종우네 집에 놀러 와서 며칠 동안 묵고 있었던 것. 둘은 창호지 문에 침을 바르고 구멍을 뚫어 밖의 동정을 살피고 있었다. 다행스럽게 공비 셋은 아무런 일을 저지

르지 않고 물러갔다. 서당에 제법 많은 수의 학동들이 있다는 사실에 기가 죽었는지 모른다. 그제야 종우 누나와 어머니한테 그 사실을 알리고 떨리는 가슴을 쓸어내리고 있었다.

그 뒤에 몇 가지 사건이 있었단다. 샅샅이 이야기하지 못한다며 종우는 입을 연다.

며칠 지나서 다시 공비들이 동네에 쳐들어왔다. 참, 저들은 스스로 '산山 손님'이란 호칭을 선호(?)했다. 여남은 명이 넘는, 여느 때보다 많은 병력이었다. 저들은 작심한 듯 동네의 최고 부잣집에 몰려 들어가서는 약탈을 시작한다. 곳간을 열고 있는 대로 곡식을 막 자루에 퍼담는 것이었다. 집 안의 장정들은 사태가 심상찮음을 느껴 집 뒤 대밭으로 숨어 있었다.

그때만 해도 환갑만 해도 상노인 소릴 듣던 때, 여든여섯 노 할머니가 보다못해 저들을 나무랐다. 그러자 그게 신호기라도 한 듯 저들이 사랑채에 불을 지를 것이다. 겨울 가뭄이 계속된 지 오래라 불길은 삽시간에 사랑채를 삼켜버렸다. 동네 부녀자들이 물동이 등을 들고나와 공동우물의 얼음을 깨고 진화에 나섰으나 역부족이었다.

조금은 조용해졌을 무렵 상동 훈장이 뒷짐을 지고 현장에 나타났다. 한쪽 눈에 안대를 한 채…. 이상하게도 공비들이 당신을 보고서 길을 비켜 주는 듯한 흉내를 낸다. 그리고 몇몇은 목례目禮를 보내고. 당신은 엄숙한 표정으로 일갈했다.

'서당書堂'과 '저승 노인학교'의 사제師弟

"위선자는 천보지이복하고 위불선자는 천보지이화니라! 착한 일을 하는 사람은 하늘이 복을 내리고…."

갈수록 태산이란 말이 적당한 표현인지 모르지만, 당신의 위세에 질려 공비들은 뒷걸음이 치는 게 아닌가? 총구도 대부분 아래로 내렸고…. 동네 사람들은 그 까닭을 어렴풋이 눈치채고 있었다.

그걸 여기 간단히 적어보자. 김 아무개가 밀양군의 공비 우두머리였다고 한다. 당신과 어릴 때 동문수학同門修學한 바 있는데 특별히 친했더라나? 그가 빨치산과 관계한 지 얼마 안 되어 당신은 면사무소 호병계장을 그만두고 고향에서 서당을 운영하기 시작한 거다. 전향을 설득하려고 경찰과 김 아무개를 만나러 갔다가 일이 잘못되어 상호 교전이 일어나는 바람에 당신이 유탄에 맞아 한쪽 눈을 잃은 것. 그 뒤로부터 그게 묵계(?)가 되어 김 아무개도 당신에게는 해코지하지 않았다는 전설적인 이야기가 알게 모르게 면내에 회자膾炙되었더란다. 당신과 김 아무개와의 우정? 그 이상은 거론하지 않는 게 좋겠다.

아직 불길이 잡히지 않은 그 와중에 보통 키에 아담한 체격을 가진 공비가 상동 훈장께 다가가는 걸 눈치챈 사람은 없었다. 피아간에 말이다. 스무 살이 채 못 되어 보이는, 청년이었다. 그자가 황급히 하는 말.

"며칠 전 밤중 서당 가까이 몰래 갔던 적이 있습니다.『명심보감』 '계선편'을 엿듣고 크게 깨달은 바가 있습니다. 착하게 살아야겠다는 결심을 다져왔습니다. 오늘 자수할까 하는데…."

"저놈들의 눈이 있는데, 그게 가능할까?"

"훈장님 댁의 본 채 뒤에 신우대밭이 있지 않습니까? 나중에 거기 뛰어들어 숨겠습니다."

다음 일은 순식간에 일어났다. 십 리 밖의 지서에서 수많은 경찰관이 몰려드는 걸 안 공비들은 썰물 빠져나가듯이 도망쳤다. 젊은 공비는 짐짓 뒤처지는 흉내를 내다가 잽싸게 약속 장소로 가서 은신에 성공한다. 그게 동네에서 일어난 공비의 자수(귀순) 2호 이야기란다.

그로부터도 우리 셋은 더욱 우정을 다지게 되었다. 몇 년의 세월이 흐른 뒤에 종우네 집에 큰 변화가 있었으니, 종우의 형님(우리 둘을 담임한 적도 있었다.)이 학교에 사표를 낸 것이다. 삼랑진에서 두 번째 큰 국민학교(초등학교)로 전근한 지 제법 오래되었고, 한창 과외 수업까지 겸함으로써 교육자로서의 명성이 자자했었는데….

까닭이야 아무도 모르지만, 경제 사정 때문이었으리라. 그즈음 삼랑진엔 딸기나 토마토 등 재배로 많은 수익을 올리는 가구가 늘어났다. 성수기가 되면 술집이나 중국집 기타 대중음식점 등이 특수를 누리고 있었다. 배나 복숭아 재배 철에도 마찬가지였고 말고. 그 틈바구니를 노린 종우 형님은 술 도매상을 연 거다. 그러나 고전의 연속이었다.

하는 수 없이 종우 부모님과 의논을 하게 된다. 아니 간청이라는 게 맞겠다. 시골의 손바닥만 한 전답 몇 뙈기를 팔아서 사업자금으로 좀 도와달라고 한 거다. 대신 합가슴家해서 잘 모시겠다는 전제 조건도 내세웠다. 자식 이기는 부모 없다는 말이 있듯이, 종우 아버지 상동 어른도 예외일 수가 없었다.

종우 아버지는 비록 면사무소 호병계장을 지냈을 따름인데도 교유의 폭이 넓은 분이었음이 낯선 고장에서도 여실히 드러났다. 거기다가 한학이 워낙 깊은 터, 초등학교장이며 면장 등을 지낸 분들이 우르르 몰려와 당신의 간이 서재로 쓰는 2층 다다미방에서 시간을 보내곤 했다. 주민들은 당신에게 훈장이라는 호칭을 붙이기도 했다.

우리가 고등학교에 다닐 무렵 당신은 드디어 서당 문을 또 열었다. 형편이 어려워 국민학교(초등학교) 졸업을 끝으로 부모를 모시고 농삿일을 하는 청소년이 가끔은 있었으니 그들을 대상으로 다시 『천자문』 등을 가르치기 시작한 거다. 서당에서의 교육 내용은 그 자체가 인성을 바르게 함양시키는 덕목이라 뜻밖에도 서당은 성황을 이루었다.

단 매주 토요일 오후 일찌감치 문을 열고 두어 시간씩 수업했는데, 마치면 학동(이 이름을 붙이긴 어쩐지 좀 어색하지만)들은 집에 가서 저녁을 먹곤 하였다. 특히 4일과 9일은 바로 집앞에 있는 송지 장날이라 왕복 60리를 걸어서 곡식이며 밤이나 대추 감들을 팔고 가는 옛날 고향제자(학동)들이 합류해 2층 다다미방이 붐빌 수밖에 없었다. 그들은 그러다가 혹시 늦기라도 하면 그 방에서 그대로 자기도 했다.

그래서 종우네 집은 항상 붐볐다. 낮에는 종우 아버지의 새로운 친구들이 몰려와 바둑이며 장기 골패 놀이 등을 하면서 환담歡談을 나누었기 때문이다. 대서소代書所까지 차려 운영하는 당신의 철인 같은 체력에 모두들 놀랐음은 물론이다. 네댓 해 그런 강행군을 자초한 당신에게도 한계는 오기 마련 어느 날 갑자기 쓰러진 거다. 급히 부산으로 내려가 신경외과에서 진단을 받은 결과 '뇌출혈'이라는 게 아닌가!

오래 입원할 처지도 아니고 해서 다시 삼랑진으로 올라와 양한방 치료를 받았다. 그러나 차도는 없었고, 무심한 세월만 흘러갔다. 그런데 청천벽력 같은 사고가 난 것이다.

그날은 4일, 송지 장날이었다. 당신의 예순 살 생신이기도 했고. 점심시간이 좀 지났을 무렵, 고향의 제자들이 장에서 볼일을 다 보고 상동 어른을 찾아뵈었다. 생신 선물을 들고…. 잠시 이야기를 나누는가 싶었는데, 현관에서 조금 소란스러운 소리가 들리는 게 아닌가? 모두가 의아스러워하는데, 점퍼 차림의 중년 남자가 들어선다. 아픈 사람에게는 큰절을 드리지 않은 것 정도는 그가 아는 듯 당신의 머리맡에 꿇어앉아 목례目禮를 드리는가 싶더니 하는 말이다.

"선생님 그동안 찾아뵙지 못해 죄송합니다. 공비 출신 경찰관 변창빈입니다."

어설픈 미소를 짓는 변창빈을 보고 당신이 깜짝 놀란다. 그러더니 당신은 한사코 자리에서 일어나 앉았다.

"이거 몇 년 만인가? 퍽 궁금했다네. 이 방에서 자네가 한문을 공부한 것도 몇 달이었지. 삼랑진 지서에 초임 발령을 받았지 않은가?"

고개를 끄덕이며 변창빈이 말하기를 그때 자수한 덕분에 지금은 양산 경찰서 관내 어느 지서에 근무한단다. 그러면서 그가 하는 말에 은인에 대한 사랑이 넘친다. 그는 이윽고 중풍에 오리가 좋다는 소릴 들었다고 진지한 표정을 지었다. 마침 삼랑진 지서에 공무公務를 보러 왔다가, 장터에서 살아 있는 청둥오리를 한 마리 사 왔다는 거다.

그 소릴 듣고 종우가 현관으로 내려가서 정복 차림의 또 다른 경찰관에게 오리를 달래서 우물 옆으로 갔다. 단칼에 목을 싹둑 잘라 대접에 피를 받아선 다시 올라와 아버지 입에 갖다 댔더니 당신은 꿀꺽꿀꺽 잘도 마시는 게 아닌가?

하지만 순간 낭패가 생겼다. 당신이 모로 쓰러진 거다. 그러곤 오른쪽 팔이 그대로 오그라들어 버렸고…. 이어 입에서 침을 흘리곤 온몸을 경련으로 떨었다. 급히 이웃 의사가 왕진을 왔으나 고개를 가로저었다. 환중患中이라 큰 잔칫상 대신 조촐한 음식을 장만하고 저녁에 어른의 친구며 제자들 몇을 초청하려 했는데, 모두 허사가 되고 말았다.

당신의 누이 둘과 딸에게 급히 연락하고, 임종을 지켜야 하는 급박한 상태가 맞았으니 참으로 낭패다. 종우 어머니의 당황해하는 모습을 지켜보는 사람들 얼굴을 눈물이 타고 내렸다. 오리를 사 온 경찰관은 거의 사색이 될 수밖에. 그래도 종우는 오히려 그를 위로하였다.

종우 아버지는 몇 시간을 버텨내지 못하고 저녁 무렵에 그만 숨을 거두고 만다. 그렇게 당신은 아주 가까운 피붙이와 제자들(고향과 삼랑진)이 지켜보는 가운데 기세棄世하고 말았으니 오호통재라 그 슬픔을 어찌 표현하랴!

세월은 유수같이 흘러 60여 년이 전부 과거가 되었다. 우리 삼총사의 우정은 그래도 변하지 않았다. 종우는 부산, 우리 둘은 서울에서 살았지만 1년에 한두 번씩 만났다. 까까머리 중학생들이 어느덧 백발을 휘날리는 노인으로 바뀌었어도 삼랑진은 잊지 못해서다. 모교 총동창회에 참석했음은 물론이다.

우리 둘은 회사원으로 살았지만, 종우는 별다른 심성을 그대로 유지하며 교직에 섰고 정년퇴임했다. 교직에 있으면서도 소위 노인학교라는 걸 운영한 그의 저력은 불가사의하다 하자. 자그마치 20여 년 동안이나…. 한데 우리가 경악해야 할 만큼 놀라운 우연의 일치가 존재했으니, 종우 아버지의 서당 이름이 경서각耕書閣 -낮에는 일하고 밤에는 책을 읽는다는 뜻을 가짐-이었는데, 종우의 노인학교는 덕성토요노인대학이란 사실이다.

이를 자세하게 풀이해 보자. 종우가 열었던 노인학교의 학생들이라도 할 일은 있다. 월~금요일을 낮으로 간주하자. 밭을 가는 것은 아니지만, 몸을 움직여 집안일에 매달린다. 그걸 뭉뚱그려 낮이라 하면? 대신 토요일 오후는 자유 시간이다. 노인학교 문을 처음 열었을 때는 토요일 오후부터 휴무였으니 그분의 서당에 비교해 그 몇 시간이 밤이라 해도 별로 틀리지 않을 것이다.

게다가 종우 아버지와 종우 자신이 서당 및 노인학교에 매달렸던 게 강산이 두 번 변할 세월 동안이다. 거의 무료였던 점도 같다.

다만 확연히 다른 게 있다. 서당의 종우 아버지는 제자들이 지켜보는 가운데 이승을 떠났지만, 종우는 그 반대다. 노인학교에 그보다 최하 스무 살이 넘어야 입학할 수 있었으니, 제자들은 모두가 저승에 가 있다. 하니 임종을 지킬 제자는 있을 수 없는 게 아닌가?

그러나 세상엔 실제 기적도 있게 마련! 오리 한 마리로 은인의 목숨을 앗아(?) 가는 일을 한 그 공비가 거의 백 살인데도 정정하게 살고 있단다. 우리 둘은 바야흐로 그의 자녀들과 시시각각 통화를 하면서 내려가는 것이다. 우리가 구포역에 하차하면 그의 일행과 같이 바로 앞의 삼성 병원 중환자실로 직행한다! 잘하면 변창빈은 나이 스무 살이나 아래인 스승을 임종할 수 있을지 모르는 것이다. 제자 중 유일하게 말이다. 기가 막힌다, 스승의 아들도 스승이니!

여담인데, 학생들은 반드시 '위선자는 천보지…'를 욀 수 있어야 2년 후 졸업 가운과 학사모를 쓸 수 있었다는 사실이다. 졸업 사진을 찍는다는 얘기다. 낫 놓고 기역 자도 모르는 학생도 수두룩한데 참 묘한 경우의 수다. 한술 더 떠서 저승 노인학교(대학)에 종우가 다시 학장에 취임하면, 모두에게 그 구절을 익히고 있는지 확인하겠다는 엄포(?)도 놓았다니 제삼자로선 웃어야 할까 울어야 할까?

돌이켜보자. 그 변창빈이란 노인이 종우가 운영하는 노인학교의 학생이 된 것은 우연한 동기에서였다. 그는 경찰관 퇴임 후, 삼성 병원 앞에서 조그마한 슈퍼마켓을 운영하는 아들을 돕고 있었다. 어느 날 새로 생긴 노인학교에 입학하게 되었는데, 학장이 바로 종우였던 거다. 변창빈의 부인이 누구였을까 싶은 추론은 누구나 쉬 할 수 있으리라. 옛날 서당을 생각해 보라.

이 순간 기나긴 역사에 얽히고설킨 사람 모두는 일제히 주술이라도 외우듯 이러리라

"자 왈 '위선자는 천보지이복하고 위불선자는 천보지이화니라."

요강, 이승·저승을 관통貫通하다

고인故人이 된 지 오래인 어느 원로 문인의 수필을 읽다 말고 배꼽을 잡고 거의 나뒹굴다시피 한 적이 있다. 전직 교육자인 이교청李敎靑이 겪은 일이다. 제목은 '두 개의 요강'. 요강? 지금 대도시 어린이들에게 요강이 뭔지 아느냐고 물으면, 대다수가 고개를 가로저으리라.

그러니 반세기 전만 해도, 요강은 남녀노소가 쓰는 필수품이었다 해도 과언 아니다. 이를 대변하듯 하는 광경이 있어 여기 적는다. 남도南都 부산의 변두리 경우다. 한창 다섯 층짜리 아파트가 여기저기에 들어설 무렵이었으니, 자연스럽게 공터도 생기기 마련이었다.

거기 임시로 밭을 일구고 상추 따위를 심어 놓은 뒤, 자기 집 가족들의 오줌을 요강에 받아 통째로 거기 갖다 부어 가꾸는 할머니들이 많았다. 해서 내친김에 '요강'을 매체로 이승과 저승을 접목시켜 보려는 거다. 이교청은 중얼거린다. 예사롭지 않아. 힘들겠지!

어쨌든 여든이 넘은 그는 부정보다 긍정의 입장에서 이야기를 풀어보려 한다. 아직 그 광경이 눈에 선하니까. 그리고 말이다. 무슨 근거가 있는 건 아니지만, 그 '오줌 상추'를 많이 얻어먹었던 그로서는 그 특유의 부드러운 맛을 도무지 잊을 수 없는 게 외려 탈이라 하자.

요강에 얽힌 비화(?) 하나를 우선 들춰낸다. 앞서 들먹인 그 선배는 요강 없이는 못 살았다. 다리를 저는 데다 전립샘이 부실하여, 밤중에 소피를 자주 보아야 할 처지였으니까. 그런데 어느 날 부부 싸움 중 분풀이를 하다가, 자기가 쓰던 요강을 그만 박살 내버렸더라나?

며칠 동안 화해도 안 되고 해서 죽을 맛이었다. 하나, 답답한 사람이 샘 파기 마련, 선배는 불편한 몸을 버스에 싣고, 자갈치 시장에 가서 옹기점부터 찾게 되었다. 한데 안주인은 이쪽에서 운을 떼기도 전에 손사래를 치며 입을 막는다.

"과붓집에 가서 바깥양반 내놓으라 하이소."

몇 군데 기웃거려 봤으나, 매한가지였다. 선배는 하는 수 없이 동래東萊 시장 바닥까지 밟게 된다. 하나 거기서도 해결할 수 없었다. 온갖 점포를 훑었지만 돌아온 건 타박이었다.

선배는 신음呻吟을 뱉어냈다. 푸념을 섞어서…. 부산의 시장에서 요강을 산다는 건 연목구어緣木求魚나 진배없구먼!

 그러나 사람이 죽으란 법 없다더니, 어느 행인이 이를 엿듣고 귀뜀했다. 엎어지면 코 닿을 만한 거리의 구포 시장에 가보라는 거다. 과연 거기-상설 시장이기도 하고 5일 장이 열린다-요강이 수두룩했다. 같은 값이면 다홍치마라는 속담이 생각나서, 선배는 진한 연두색 하나를 골라 예쁘게 포장까지 해서 의기양양 귀가했다. 그런데 그날따라 아내가 먼저 부엌문을 열고 반기는 게 아닌가. 그런 아내의 손에 들려 있는 게, 같은 색 같은 크기의 요강이어서 둘은 극적으로 화해했다. 이 한 부부의 애환(?)을 일별一瞥하면서, 이교청은 몇 번이나 웃었다.

 아무리 남도라지만 혹한기엔 영하로 기온이 떨어지기 일쑤다. 하나, 이윽고 2월이 가고 3월에 접어들자 추위는 한풀 꺾일 수밖에 없었다. 각급 학교에선 새 학기가 시작되었다. 바야흐로 봄! 그와 더불어 이교청은 이른바 관리직이라는 교감의 자리에 오르게 된다. 그가 만 50세를 넘겨서 서너 달이 지났을 무렵이었다. 비교적 이른 나이에 승진했다는 부러움도 샀다.

 교직 사회에서는 흔히 반신반의해야 할 이런 이야기가 오갔었다. 대한민국에서 제일 오르기 힘든 벼슬자리가 교감이라는…. 세 개뿐인 직위(교사·교감·교장)이고, 교감이 첫 번째 승진 자리인지라 '박이 터질' 수밖에 없음은 당연하다. 세세한 사연을 다

적을 수 없음이 유감이다. 어쨌든 교감에서 교장이 되는 건 쉬워서, 순리만 따르면 된다. 떼놓은 당상이라 할까?

일이 묘하게 되려고 해서 그런지, 이교청은 그 선배가 사는 동네의 앞 국도를 따라, 관리직으로서 첫 출근을 했다. 자동차를 운전할 줄 모르니 버스에 몸을 실었다. 비좁았다. 가방을 들었는데, 받아 주는 사람도 없더라. 그렇게 한 시간가량 부대낀 끝에 학교 앞 정류장에 버스가 닿았다. 두서넛 승객을 내려놓고 버스는 부르릉 소리와 함께 매연을 토하더니 먼지를 일으키며 멀어져 갔다. 시침이 8을 가리킬 즈음이었다.

마치 전송이라도 하듯 그는 무심결에 손 흔드는 흉내를 내고선 심호흡을 한 번 했다. 몸을 돌려 진입로로 들어서려는데, 맞은편에 새로 지은 간이 주택의 현관문이 열리더니, 언뜻 보아 신혼인 듯한 여자 하나가 치마 속에 뭔가를 감추고 나타난 것이다. 그런데 여자가 이윽고 보란 듯이 내놓은 게 있었는데, 바로 요강이 아닌가! 여자는 길가 하수구에다 그 내용물을 쏟아내었다.

여자는 예쁘게 생겼더라. 그런데 첫 교감 출근길인 초로의 남자 앞에서 이상야릇한 차림의 여자가 이상야릇한 물건을 내보이고, 이상야릇한 소리(콸콸)를 동반한 이상야릇한 내용물을 비우다니, 쯧쯧…. 그는 순간 이상야릇한 느낌에 빠지지 않을 수 없었다. 이상야릇한 표정이 그의 얼굴을 일그러뜨렸다. 교직 생활 30년 가까이 되어 직위를 바꿔 제가 앉을 자리를 찾아가는 3월 2일이, 우스개 같은 첫 경험으로 시작되는 순간이었다. 그의 걸음걸이조차 흔들렸다. 순간 그가 내뱉는 말이다. 이럴 때 개판 5분 전이라 해도 괜찮겠지!

300미터쯤 속보로 직진直進했더니 교문이 보였다. 부산 강서구에서 가장 큰 D 국민학교(당시는 초등학교)다, 1·2위를 다툴 만큼 오랜 역사까지 자랑하기도 하는…. 어린이들이 상당수 등교하여 운동장에서 뛰어놀고 있었다. 녀석들은 낯선 객인 줄 알면서도 우르르 몰려들어 이교청에게 꾸벅꾸벅 절을 했다. 인사말을 생략한 채 말이다. 그는 건성으로 답례하는 둥 마는 둥 하고서는 성큼성큼 걸어 들어가는데, 화단에 오석烏石으로 된 비석이 눈에 들어온다. 잠시 멈춰서서 큰 소리로 읽는다. '개 교육 십 주년 기념비'!

교육자보다 애견가로 여기저기 더 이름이 알려진 그의 입에서 이어 튀어나온, 척하기 좋아하는 그의 말이다.

"그렇고말고. 이반 파블로브(Ivan Pavlov)도 개를 실험 대상으로 했었지. 교육과 개는 떼려야 뗄 수 없는 관계 아닌가."

어린이들이 가만있지 않는 건 당연하다. 녀석들은 이구동성으로,

"'개교 육십 주년 기념비'인 거라예. 할아버지는 누구신데 그것도 모르십니까?"

그야말로 낭패였다. 자신의 무식 아니 무지가 출근 첫날 만천

하에 드러나고 말았으니, 얼굴을 들기가 힘들었다. 홍당무로 변하기 직전의 낯빛을 억지로 정상 가까이 되돌리는 데 성공한 그는, 시치미를 뚝 떼고 말했다.

"애들아, 내가 새로 온 교감 선생님이야. 웃기려고 일부러 그래 본 건데, 너희들이 잘도 넘어가 줘서 고맙구나. 어쨌거나 나도 개를 좋아하긴 해. 알아듣겠니?"

그제야 녀석들도 박수도 보내면서, 다투어 앞뒤에서 허리를 굽혀 그에게 다시 인사를 했다. 한 괴짜 교감의 이 '부임기赴任記'는 두고두고 교육 동지들과 애견가들의 입줄에 오르내렸다. 근사하게 표현한다면 회자膾炙되었다? 하지만 아서라, 그런 데까지 '회자'가 끼어든다 치자. 이 세상엔 부정의 사상事象이 존재하지 않는다('회자'는 긍정일 경우에만 쓴다는 명제를 강조한다).

어쨌든 출발이 이처럼 코미디나 다름없었으니 어찌 과정이며 결말이 제대로 이뤄졌겠는가? 기네스북이 있다면 거기 등재되고도 남을 일을 수도 없이 겪으면서, 그는 그곳에서 길지도 않고 짧지도 않은 세월을 보냈다. '영욕榮辱'의 2년 반이다.

교감의 자리는 오르기도 힘들다는 걸 앞서 들먹였었다. 중언부언하는 셈인데, 그 업무를 수행하기도 힘듦을 다시 한번 강조하지 않을 수 없다. 위로는 교장을 잘 보필하고 아래로는 교직원들을 잘 이끌어야 한다. 둘 사이의 샌드위치로 흔히 비유되는 게 교감의 신세다.

지금 생각해 봐도 왜 그런 인사人事를 했는지 고개가 갸웃거려진다. 교육에 대한 식견이나 자질 혹은 능력이 턱없이 부족한 그를, 그 학교에 승진 발령을 낸 자체가 모험이었음이 진즉에 드러났으니 말이다. 교감 경력 소유자를 보냈어야 할 자리라는 소문이 자자할 수밖에.

대신 학교장은 대단한 분이었다, 다음에 어느 교육장이나 시 교원연수원장으로 물망에 오를 정도로. 해서 그분은 4월 초에 서울에 6개월 동안 연수를 떠나게 된다. 얼떨결에 이교청 그가 교장 직무 대행을 맡게 된다. 교장 회의 등에 대신 참석하게 된 것은 어찌 보면 당연하지만, 그게 영광스럽다는 생각을 그는 하지 않았다.

한 달쯤은 무사히 지나갔다. 모든 교육 과정은 그런대로 정상 운영했고, 특색을 살려 생활지도에 애썼다. 직무 대행의 한계가 여실히 드러난 건 5월 5일이었다. 저녁에 집으로 전화가 왔는데 한 어린이가 지나가는 과속 트럭에 치여, 현장에서 즉사했다는 충격의 비보悲報였다.

부모 없이 할머니 슬하에서 지내는 어린이란다. 할머니가 준 돈으로 길 건너에 있는 가게에 과자를 사러 갔다가 참변을 당했다는 게 아닌가? 담임을 불러 같이 어린이의 할머니를 위로 하러 갔다. 할머니는 망연자실해 있었다. 따라 울지 않을 수 없을 정도로 집안은 슬픔에 젖었고. 그런데 문상(?)을 마치고 돌아 나오려는데, 마루 끝에 사기요강이 하나 보이는 게 아닌가. 할머니가 말했다. 녀석이 겁이 많아서 해가 지기 무섭게, 소피가 안 마려워도 요강을 끌어안고 있었다는…. 이교청은 그 말을 듣고도 웃을 수 없었다.

엄격히 말해 학교로서는 담임이나 교감이 신경 쓸 일이 아니었다. 평일에 등하교 지도를 잘못한 것도 아니고 집에서 일어난 일이니까 말이다. 그래도 '도둑이 제 발 저린다'는 속담이 있듯이, 그는 적잖은 충격을 받지 않을 수 없었다. 자신의 학교 운영 잘못이라는 자격지심에까지 빠져 허우적거렸다.

전화로 학교장에게 늦게 보고했는데, 수화기를 통해 그분은 되레 위로를 보냈다.

"신경 너무 쓰지 마시오. 불가항력이니…."

당연히 교육청에다 알렸다. 담당 장학사며 과장도 학교장과 비슷한 반응을 보였다. 하기야 학교에서의 직접 잘못은 없었으니, 그들도 교장 직무 대행일 따름인 그를 더 다그칠 수는 없었으리라.

그러나 열흘이 채 못 넘겨 또 다른 어린이의 부음을 그가 듣는다. 5월 14일, 일요일 아침이었다. 5학년 어린이가 익사溺死했다는 거다. 그는 믿을 수가 없었다. 학교 근처의 샛강에서였는데 무엇보다 늦봄이라 그즈음엔 어른이라도 물에 들어갈 엄두조차 못

낼 수온이니까. 아니나 다르랴, 담임이 덧붙이는 말이다.

"뭔가 좀 이상합니다. 어린이가 5월 중순에 강에서 수영할 리도 만무합니다. 혼자서 신발을 밖에 가지런히 벗어 놓고 한가운데서 사체로 발견되다니…."

담임교사를 만나 부랴부랴 현장으로 달려갔다. 어린이는 거적때기 비슷한 것을 덮고 누워 있었다. 그는 사체 앞에서 꿇어앉아 절을 했다. 따로 장례를 치르지 않고 오후에 어디 야산에라도 묻겠다는 할머니의 말이었다. 눈물이 범벅이 된 채 할머니가 하는 말이다.

"자슥아가 세숫대야 물도 겁 냈십니다. 지 발로 거까지 들어갔다고예? 어림도 없습니다. 지 어미 애비에게 홀린 거 같습니다."

어린이의 부모가 둘 다 병으로 이승을 오래전에 떠났다고 할머니는 덧붙였다. 토요일 오후, 할머니가 아이를 좀 나무랐었다나?

"그랬더니 몇 시간이나 제 어미 아비를 찾는다 아닙니꺼?"

사체 옆에 사기 요강이 하나 보였다. 그는 귀신에 홀린 느낌이 들었고 마침내 몸이 부들부들 떨렸다. 할머니의 설명인즉슨 요강의 주인은 아이였단다. 그래 마지막 가는 길에 가져다 놓았다는 거다. 할머니의 끝말이다.

"엊저녁에 알라 이모랑 같이 여기서 잤는 기라예. 우리도 여기에다 소피를 봤습니다."

덧붙이는 말이 또한 충격이 아닐 수 없었으니….

"지 어미가 살았을 때 지가 내게 얘기한 적 있었어예. 할머니, 엄마가 밤에 수돗가에서 가끔 오줌 누는 소리가 듣기 싫어요."

그러니 사체 앞에서인들 함부로 치마를 들추고 속곳을 내리겠는가? 아마도 그런 뜻이리라. 할머니는 요강에 든 오줌을 어디에 비웠는가에 대해서는 끝까지 함구했다.

아무튼 그는 사건 개요를 다시 학교장에게 전화로 얘기하지 않을 수 없었다. 학교장의 반응은 예상보다 담담했으나, 말속에 약간은 절망적인 단어들이 섞여 있었다. 아무리 '교외'에서 발생한 사고여서 담임교사나 교감과 교장이 책임질 일은 아니지만, 불행도 불행 나름이라며 약간은 나무랐다. 물론 교육청에는 사고가 신문에서 활자화되기 전에 보고한 뒤였다. 듣고 나서 수화기를 내려놓는 상대 목소리의 여운餘韻조차 섬뜩하게 그의 귓전을 맴돌았다.

물론 이번에는 교육청에 불려갔다. 안전 교육을 소홀히 하면 어쩌냐는 질책을 들어야만 했음은 물론이다. 과장과 국장의 면전面前에서 말이다.

귀교한 그는 머리를 싸맬 정도의 두통을 느꼈다. 변명을 할 수도 없었다. 궁여지책은 단 하나, 전 학부모와 소통하는 소위 '가정통신문'이라는 걸 이용하는 수밖에 없었다. 대놓고 연거푸 일어난 두 사고를 적을 수는 없었다. 대신 그는 자신이 교사 시절에 겪었던 체험을 에두르다시피 하면서, 완곡한 표현을 섞어 문안文案을 만들어서 어린이들 편으로 학부모들에게 보냈다.

대신 어린이들이 읽었을 때 그 어린이들이 받을 충격을 감안하여 한자를 섞었다. 웬 한자 타령이냐며 항의하는 학부모인들 왜 없었으랴. 어쨌든 다른 교사나 교감은 오랜 시간 그 자릴 지켜도 겪지 않는 '어린이의 죽음'과 네 번이나 맞닥뜨렸으니 어찌 한숨이 나오질 않겠는가?

내친김에 얘긴데, 그는 오래전 어린이가 속절없이 이 세상을 떠나는 모습을 담임으로서 본 일이 있다. 공교롭게도 둘, 그나마 한 학교에서는 아니라는 게 불행 중 다행이라고 하자.

S읍 소규모 학교에 근무할 때였었다. 소아마비로 말미암아 팔다리를 자유롭게 움직일 수 없는 한 아이가, 쇠죽솥에 빠져서 죽어버린 거다. 그가 받은 충격이 컸다. 이듬해엔 이웃 학교로 전보되었는데, 교통사고로 어린이 하나가 목숨을 잃었으니…. 이렇듯 물론 자신에게는 아무 책임이 없지만, 어린이들의 죽음이 가슴을 저미는 기억으로 그를 괴롭혀 왔다.

어쨌든 결론적으로 말하자면 교장 직무대리로서의 그는 '실패'! 그 한마디로 평가받았다 해도 과언이 아니니라.

가만히 따지고 보면 그 결과는 이미 예견되어 있었는지 모른다. 그가 관리직으로서의 자질과 역량이 부족하다는 걸 자신부터 잘 알면서, 그는 일찌감치 고유의 업무 외에 다른 여러 가지와 얽히고설킨 삶을 살아왔으니까. 노인학교 운영이 그 대표적인 거였다.

아닌 밤중에 노인학교? 그걸 설명하자면 이렇다. 당시만 해도 노인학교라는 게 우후죽순처럼 생겨났다. 누구든지 공간 마련이 가능할 경우, 구청에 신고만 함으로써 그 장튽이 될 수 있는, 벼락출세 혹은 신분 수직 상승의 기회를 잡을 수 있었던 거다.

그도 그 세류에 편승하였으니 시골에서 부산에 전입하기 무섭게 학교 교실 한 칸을 빌려 노인대학이라 이름하고, 노래 중심의 교육 과정을 운영하고 학장學長에 취임(?)했었다는 얘기다. 거슬러 올라가 보자.

'토요일 휴무'가 시작되기 전이었다. 그 토요일 오후를 송두리째 버리기로 했다. 대신 자신도 차제에 저명인사의 반열에 오르리라 결심하고 노인학교장(대학장) 대열에 합류한 거다. 마치 마약에라도 취한 듯 거기 빠져 있다 보니, 몇 년 사이 노인학교라면 내로라하는 권위자가 되어 있던 참이었다. 천하없어도 토요일 오후는 노인학교에 출근해 있던 세월이 6년째였다.

민요만 지도하기로 결심했다가 우여곡절 끝에, 어느덧 대중가요에까지 한 귀퉁이를 내어 주다 보니, 가장 신나는 공간이 될 수밖에. 해서 학생들이 구름처럼 모여들었다. 그는 그렇게 허둥대며 노인 대학장 일을 겸해 왔었다는 얘기다. 초등학교 교사와 노인 대학장, 그 환상의 공존?

그러다가 6개월의 연수를 마친 학교장이 돌아온 어느 날, 이웃의 노인대학(노인회에서 운영하는 진짜 노인학교)의 학장과 구區 노인회 회장 등이 한꺼번에 몰려와, 그를 좀 만나자는 것이었다. 그들 중에 당시까지 D 초등학교 총동창회장을 맡고 있던 원로 중의 원로도 섞여 있었다. 롯데를 한국 시리즈 우승으로 두 번이나 이끈 프로 야구 K 감독의 아버지다. 그들은 이교청을 만나기 무섭게 매주 목요일 오후에 한 시간씩만 자기들의 노인학교에 와서 노래 지도를 좀 해 달라는 것이었다. 부담스럽기 이를 데 없었으나 결국 그의 공명심이 그를 쓰러뜨렸으니, 수당이나 수고비 없는 조건이라면 나가겠다고 그는 덜컥 약속하고 말았다.

그들이 이미 학교장을 만나 먼저 양해를 얻은 뒤라서, 두 군데에서의 노인 학생 대상 강의라는 새로운 신화를 창조하는 셈이 되고 만다. 그걸 제삼자가 본들, 갈수록 태산이라는 한탄이 나올 수밖에. 그게 그가 그로부터 갖가지 사고로 얼룩진 일상을 보내게 되는 원인이 되었을지도 모른다. 그 갈등의 세월에 겪은 기상천외의 일화 비슷한 걸 적어 까발리는 것은 낭패에 속하는 일이지만, 기왕에 운을 뗐으니 몇 개 들먹여보려는 거다.

'개교 육십 주년 기념비'를 '개 교육 십 주년 기념비'라 우기는(?) 그답게, 그는 그 뒤로도 개에 미쳤다고 할 정도로 열정을 바쳤다. 전국에서 명혈로 소문난 암캐를 수소문하여 구입購入, 스물세 평짜리 아파트에서 대여섯 마리씩 키웠는가 하면, 녀석들이 발정했을 경우 신랑감을 찾느라 방방곡곡을 헤맸다. 오죽하면 '최다개[犬]' 사돈을 가진 사람이라고 소문났을까?

그 극성에 혀를 내두르는 사람이 한둘이 아니었음은 보나 마나. 부산에서도 전람회에 출진하여 입상한 바 있는 이름난 수캐를 구하기 어렵진 않았을 텐데, 그는 '한국 최고'를 고집하였으니 알다가도 모를 일 아닌가 말이다. 하여 영국 오즈밀리언 견사犬숨에서 작심 번식했다는 암캐 요크셔테리어 후로다(Froda)의 혼사婚事를 위해 서울을 찾게 된다. 서울의 지리를 알지도 못하면서 녀석을 수송 바구니에 싣고, 새마을 특실에 몇 번이나 오른 것이다. 참으로 무모한 짓이었다.

다행히 녀석은 얌전하게 바구니 안에서 끽소리 없이 몇 시간을 견뎌 내었다, 대소변도 참아 내었고…. 그러나 서울역에 내렸을 때가 문제였다. 이른바 '강경대 군 치사 사건'으로 광장 하늘은 화염병과 최루탄이 맞부딪치고 있었으니 말이다. 그 속을 발정 난 암캐가 든 바구니를 끼고 뛰는 살진 초로初老의 모습이란 상상만 해도 우스꽝스럽다. 밤이 이슥해서야 사돈집에 도착하여 신방을 차려 준 이야기는 견계犬界 전설의 한 획이다. 세상에 그런 일이 있을 수 있나 싶어 의아심을 드러내는 사람도 있겠지만, 그에겐 그런 것쯤 비일비재했다고 밝히자.

그러나 현직 교감이 학교에는 연가를 내놓고 그 짓을 했다는 사실이 탄로 났을 땐 징계라도 받아야 했음은 두말할 나위가 없다. 하기야 토요일 오후 늦게 출발하여 월요일 밤 귀가한 일정이었으니 그래봤자 딱 하루만 학교장과 동료들을 속인 결과라 과거사라 치부하면(?) 한갓 코미디에 지나지 않는다고 하겠지만….

신분을 건 두 번째 모험 또한 정상인 사람으로서는 상상을 초월한 일이다. 1주일을 통틀어 그가 자유로운 시간은 일요일뿐이었음은 새삼 설명할 필요가 없지만, 하여튼 그는 토요일 오후의 애경사에도 참석하지 못했다. 그 연장으로 일요일은 천하없어도 쉬어야만 다음 주간週間을 위한 충전할 수 있었다고 하자. 그래도 토요일 오후와 어떤 일요까지를 의미 있게 보내기 위해서 봄과 가을엔 노인학교 야유회를 가야만 했다. 최소 버스 두 대, 그러니까 90명 가까운 대단원의 노인 학생들이 움직이는 행사다.

노인만이 갖는 고유(?)의 한恨 탓이었을까? 아무리 말려도 차 안에서 그들은 길길이 뛰며 춤을 추고 노래하였다. 물론 운전기사가 서행 운전한다지만 흔히 관광춤이라 불리는 그 가무歌舞는 시한폭탄이라 다름없었다. 때로는 연장延長하여 2박 3일로 여행을 하는 경우까지 생기는 건 당연하다 치자. 그런 때엔 토요일과 월요일은 거짓으로 연가를 낼 수밖에.

아마 대전 엑스포 기간이었으리라. 시골 노인들이 새끼 울타리로 둘러싸여 군집群集으로 이동한다는 보도도 있었다. 노인 학생들의 등쌀에 못 이겨 이교청은 남녀 80명의 인솔자가 되어 여행 반 야유회 반의 장도에 오르게 된다. 모두 베트남산 밀짚모자를 쓰고 거기 달린 끈으로 질끈 턱을 동여맨 차림이었다. 그러다 보니 이탈의 염려는 줄어들어 서로가 서로를 발견하기 쉬워 그는 회심의 미소를 지었다. 그러나 호사다마? 그중 하나.

과연 그게 가능한지 남자들의 고개를 갸웃거리게 하는 사건(?)이 발생했으니 그 전말顚末은 이렇다. 한참 복잡한 곳을 모두가 손에 손잡고 이동하다가 이교청은 어쩐지 기분이 이상하여 인원 점검을 했다. 딱 90명이어야 하는데 아귀가 안 맞는 거다. 아무리 거듭 세워 봐야 한 명이 모자란다. 당황한 그는 학생장과 총무에게 그 자리에서 움직이지 말라고 이르고는 급히 버스로 돌아왔다. 근데 없어진 장본인(?)인 여든이 훌쩍 넘은 여학생이 미안한 표정을 짓고 뒷자리에 앉아 있는 게 아닌가? 평소 말투와는 달리 버럭 그의 입에서 고함이 터져 나왔다. 큰 질책이었다. 이게 무슨 짓입니까?

학생은 울상이었다. 그리고 함구. 그 난감한 표정은 영원히 잊을 수 없을 것 같았다. 순간 버스 운전기사가 위기를 수습해 주었으니…. 일행이 떠난 뒤에 여학생이 뛰어왔더란다. 학생은 소피가 마려워서 아무에게도 알리지 않고 이탈하여 화장실을 찾았더란다. 화장실은 안 보였다.

그래 버스 기사에게 구원을 요청했던 것. 버스 기사인들 뾰족

한 수가 있을 리 만무했다. 그 순간 학생이 박카스(바커스) 상자를 가리켰다. 통째로 그걸 건넸더니 여학생은 빈 병 세 개만 가지고 뒷좌석으로 가더란다. 그 뒷얘기는 생략하는 게 도리지만, 지금도 의아스러운 게 있다. 과연 여자 그것도 할머니가 좁은 박카스(바커스) 병 입구에 오줌 줄기의 정조준正照準이 가능할까?

어쨌든 이교청은 한숨을 쉬었다. 그러고 자그맣게 내뱉는 말, 천려일실千慮一失이로다. 요강을 준비했어야 하는데, 쯧쯧.

이교청은 잠시 눈을 감았다. 부임하고 나서 그렇게 자주 보았던 요강과의 이런저런 사연이 마치 추억처럼 떠오른 게 아닌가? 그는 아무튼 자신이 죽어 그 옛날처럼 저승 노인대학 강단에 다시 서게 되면 사과를 할 결심이다. 더욱 기가 막히는 일. 10여 년 세월이 흐른 뒤 일을 밝히려니 씁쓸하다. 평생 병원이라곤 모르던 어떤 여학생은 딸네 집에 왔다가 밤중 요강에 미끄러져 고관절股關節이 부러지는 바람에 이승을 떠났다는 사실이다.

갈수록 태산이라는 속담에 딱 부합되는, 다음에 적는 이 일은 모든 이의 정신을 헷갈리게 할 정도로 낭패스러우니 들먹이기도 버겁다. 교감으로 부임하여 첫 번째 맞는 겨울 방학을 맞아 서른 명의 학생을 인솔, 태국 방콕을 여행한 것이다. 말이 쉬워 '학생'이지 일흔이 넘어 아흔 살 가까이 된 노인들을 나라 밖까지 모시고(?) 간다는 건 제정신이 아닌 사람이나 할 짓이다. 한데 이태 전

교사 시절 78명과 함께 대북에 4박 5일 다녀온 적이 있는지라, 그에겐 그 정도야 약과로 여겨졌음을 밝혀 두어야겠다. 일화라고 우기기에는 뭣한, 갖가지 기상천외의 일들을 그들은 현지에서 겪는다. 시공의 제약制約이 있으니 딱 한 가지만 골라서 소개한다.

파타야 해변에 숙소를 정하고 그들은 일정을 소화했다. 사흘째 되는 날 산호섬으로 배를 타고 건너가게 된다. 망망대해에서 우리 민요 '뱃노래'를 열창하면서 그들은 환호작약했다. 천막을 하나 얻고 짐을 내려놓은 다음 각자 편리한 복장으로 모여서 체조를 했다. 한데 그중에 어느 여학생은 일흔이 넘었는데도 40대 여인의 몸매를 자랑했다. 게다가 비키니까지 입고 있는 게 아닌가! 덕분에 그들은 주위의 시선을 사로잡을밖에. 그 여학생이 이야기 말미를 장식할 주인공으로 등장함을 예고한다.

한데 그 정도야 저리 가라는 사건이 꼬리에 꼬리를 묶어 터진다. 하나만 양념으로 털어놓자. 그들은 현지에서 캠코더로 동영상을 촬영할 기사를 채용했다. 순조롭게 녹화되었기 때문에 모두 기대했고말고. 귀국 후 희망하는 학생들에게는, 일정 액수를 돈을 내게 하고, 테이프를 복제하여 나누어 준 건 물론이다. 그런데 다음 주 토요일 그 영상을 시청하다 말고 모두 포복절도하고 말았다. 어느 공원에서 단체 사진을 찍는 중 농담을 좋아하는 여학생이 크게 떠드는 소리와 얼굴이 그대로 고스란히 재생된 거다.

"빨리빨리 박지 뭐하노? 안 아프게 박으래이."

한창 카메라로 사진 찍는 게 하나의 문화이던 시절 남녀노소가 단체 촬영을 할 경우엔, 위 남녀의 성행위를 상징하는 말이 대유행하긴 했다. 어지간하면 넘어갈 일이었다 하자. 어쨌든 우리말을 잘 모르는 태국 기사技士가 그 정도를 고려할 능력이 없어서 편집을 안 한 결과였다. 눈물까지 흘리며 웃던 어느 여학생이 정색하고 나서 하는 고백,

"내사 마 갓 결혼한 손자며느리와 함께 모두 둘러앉아 시청하는데, 저 노무 할마시가 '빨리빨리 어쩌고저쩌고' 하는 바람에 웃지도 못하고 울지도 못하는 지경에 이르렀는 기라."

여기서 색다른 사실 하나 소개. 태국의 구석구석에 견공도 흔히 보였고, 특히 시골에 갈수록 요강이 눈에 많이 띄었다는 사실이다. 요강은 지구촌 남녀노소 전 인구 상당수를 관통하는 물건일지 모른다? 글쎄다. 단정이야 어떻게 지을 수는 없지만….

그 노인들과 만나면 부르던 '청춘가'다. ♪세월이 가기는 흐르는 물 같고 인생이 늙기는 바람결 같구나♬

딱 맞다. 그로부터 30여 년이 후딱 지나갔으니까. 노인들은 단순히 늙는 게 아니라 쇠약해져 죽는다. 거의 다 70세 이상에 입학하여 다녔으니 그 시절의 그들이 살아 있을 리 만무하다. 그들은 전부 저승으로 떠나, 거기서 이교청을 기다린다. 어떤 근거라도 있느냐고 물으면 즉답을 내놓기 힘들어도 그 자신도 늙고 병들었

으니, 군색해도 변명(?)이 될 수 있다. 게다가 그는 근래 밤새 꾸는 꿈이 '저승 노인학교'다.

다시 약간 세월의 시계를 거꾸로 되돌려 보자. 당시의 D 초등학교 학생들과의 연락은 원천적으로 불가하다. 그들이 40대 중반이 되었다는 것만 짐작한다. 대신 노인학교에서 자원봉사를 하던 고마운 강사 중 반半 정도만 소통된다. 그리고 다시 중언부언하지만 심지어는 노인 학생 가족 중 전화라도 되는 사람은 딱 혼자 K 여사뿐이다. 앞서 소개한 산호섬에서의 비키니 수영복 주인공의 딸이다.

세상엔 기적과 같은 희한한 사연이 많이 존재한다는 걸 강조하고 싶다. K 여사가 자기 어머니 슬하에서 자라던 동네는 D 초등학교에서 그리 멀지 않은 곳에 위치하고 있었다. 쉰 호쯤 되는, 꽤 오랜 역사를 자랑하는 부농富農들이 모여 사는….

거기에서 그의 노인학교에 다니기가 쉽지 않다. 한데 2킬로미터쯤 걸어 나와 버스를 두 번이나 환승換乘해야 등교가 가능한 그런 역경을 딛고, 열대여섯 명의 학생들이 적을 두고 있었던 거다. 가까운 곳에 노인회가 운영하는 학교가 있는데, 먼 데를 고생고생하면서 다닌다? 까닭이야 몇 가지 되겠지만, 수업을 하는 날이 평일과 토요일이라는 차이였다. 아무래도 반半공일이라는 토요일에는 농사일도 하루 쉬는 명분이 서기 때문이라는 뜻이다.

그 부작용(?)이나 여파는 수업 중에 여실히 드러난다. 노래를 부르다 말고 꾸벅꾸벅 조는 학생들이 몇 있다. 옆구리를 찔러 깨우면 그들의 대답이 대개 이렇다.

"여기 올라고 어젯밤을 비닐하우스에서 꼬박 샜는 기라에."

하도 놀러 오라고 조르는 바람에 일요일 틈을 봐서 이교청은 그 M 동네에 몇 번 가봤다. 국수 대접을 푸짐하게 받고 왔는데, 마침 가까이 있는 전투비행단의 Y 상사도 동행해서 시간을 보냈다. 아닌 밤중에 홍두깨라도 유분수지 그렇게 합류하여 민요를 신나게 제창하며 저녁까지 얻어먹고 오는 날도 있었다. Y 상사의 노인 사랑은 남달랐으니 그게 참작이 되어 뒷날 '공군을 빛낸 인물'로 선정되기도 했다. 지금도 서로 연락이 오가는 김*삼, 김부*. 김영* 주*성 예비역 장군들과의 인간관계도 거기에서 비롯되었었다.

지금 다시 추억해 보면 울타리 너머로 보이던 요강이 떠오른다. Y 상사 덕분에 전투비행단장들과의 교류가 빈번했으니, 그 고마움을 더 강조해 무엇하랴.

누가 보더라도 지금 그의 건강 상태는 그리 좋지 않다. 코로나까지 훑고 지나간 그에게 친구나 동료가 장난삼아서라도 묻는다 치자. 죽는 게 겁나지 않느냐고.

그의 대답은 한결같다.

"내가 갈 곳이 따로 있으니 '저승 노인학교'거든? 당신의 그 걱정은 한갓 기우나 노파심에 지나지 않아. 난 밤이면 밤마다 먼저 간 노인 학생 연延 수백 수천 명의 꿈을 꾼다네. 개개인을 만나기도 하지만, 전체를 대상으로 수업하던 장면이 수도 없이 전개되는 거야. 말하자면 나에게는 노인학교에 적용適用시킬 때는 시제時制가 없어."

그러다가 차라리 정색하고 던지는 농반진반弄半眞半으로 여겨지는, 그의 여운이 남는 한마디가 귓전에 맴돌기 예사다.

"그 학생들이 만면에 웃음을 띠고 이렇게 반길지도 모르지. 아이고 우리 선상님 오능교? '호강에 받쳐 요강에 * 쌀 천당'이 여기라예. 보고 싶었습니데이."

거기서도 노인 학생들은 표준말을 모른다. 호강에 어쩌고저쩌고의 '바쳐'는 사전에 등재되지 않는 말이어서 하는 말이다. '바쳐서'를 '겨워서'로 바꿔야 하겠다. 아무튼 그가 이승에 머무를 날, 그러니까 여생은 짧다.

그러나저러나 이거 하나는 짚고 끝맺자. 요강은 순수한 우리말이긴 하다. 억지로 한자로 쓰기도 한다는데, '익강溺釭' 혹은 '익강溺江'이라 한다나? 그는 특히 후자後者에 몸서리쳐진다. 샛강에 빠져 죽은 어린이의 사체死體 옆에 있던 요강이 환상으로라도 안 떠오르면 되레 비정상이 아닌가 말이다.

저승 노인학교 교문에 목양견 한 마리가 지킨다. 교육(훈련)을 받은…. 그 둘레에 요강이 몇 개 있어야 좋은 그림이 될까?

저승 노인학교 『'욕' 사전辭典』

 단순한 늙음의 표시가 아닌 것 같다. 근래 '저승 노인학교'의 꿈까지 너무나 자주 꾸는 게 말이다. '저승 노인학교'? 그런 게 있다고 우기는 내 정신이, 온전한지 미심쩍다고 고개를 갸웃거리는, 이웃이나 친구인들 어찌 소수이랴. 하지만 바야흐로 나도, 녹록하지 않은 확신을 바탕으로 거기에 맞서는 답을 내어놓으려 하는 것이다. 방금도 전 W 전 화성시장과 통화했다. L 원로 목사와도…. 그 밖의 셋이 더 있다. 그리고 오전에 다섯 분의 인사人士에게 나의 전무후무한 기행奇行 개요를 전한 셈이다. 나는 다시 부르짖는다. 내 저승 노인학교는 존재한다!
 상대가 부정하려 하면, 저승의 제자들이 아우성으로 그에게 항의할 거다. 그 수數가 수백 수천 명에 이른다. 그 옛날 내가 스무 해 넘게 운영했었던 '덕성토요노인학교(완전 무료, 매주 토요일 오후 운영)'와 그 밖의 여러 노인학교는 분명 '실체實體'였다. 그 학생들과, 일일이 먼 훗날 다시 만나기로 손가락을 걸고 맹세했었다.

아니 좀 서술을 달리해서, '손가락'을 '피'로 대체해도 가히 틀리지는 않았으리라. 아버지와 엄마도 그 노인학교에 다니게 될 테니까. 처부모 또한 마찬가지다. 내 딸아이의 시부모 즉 사돈 내외도 포함한다. 그 연장선상이니 교명은 '경서노인학교'다. 경서? 한자로 하면 '耕書', 즉 낮에는 밭 갈고 밤에는 공부를 한다는 뜻이고, 아버지의 아호다.

나 자신과 그들에게 확신으로 바뀐 지 오래되었다는 뜻이다. 나 혼자만이 그러는 게 아님이 틀림없다. 저승에서도 매주 토요일 오후엔, 먼저 간 수천 명 노인 학생들이 나를 기다리는 것이다. 남들이 나더러 죽을 때가 되더니, 정신이 살짝 갔다고 한들 난 항변할 생각이 없다.

어젯밤도 노인 학생들과 민요 '신고산타령'이며 '노랫가락', '정선아리랑' 등을 몽중夢中에 신나게 그리고 청승맞게 부르면서 지냈다. 사이사이에 공군 5전투비행단 장병들이며 26사단의 73여단 57전차대대의 장병들을 만났다. 그 틈에 전ㅇ휘 중령이 색소폰 연주하는 모습도 보였다. 그는 '땡벌'을 연주했고 일등병들이 거기 맞춰 신나게 따라 불렀다. 그러다가 내가 신이 나서 잠꼬대를 할 모양, 아내가 나를 흔들어 깨우는 바람에 눈을 떴다.

다행히 매주 한 번 정도는 조우遭遇하던 노무현을 어젯밤에는 보지는 못했다. 그는 내 꿈에 약방의 감초처럼 끼어든다. 저승의 그도 그래야 직성이 풀린다? 글쎄, 정답은 나도 모르겠다.

나는 그에게 인간적으로 굴곡진 애증愛憎을 갖고 있다. 정치와는 아무 상관이 없는…. 부엉이바위에서 뛰어내렸지만, 내 삶에 치명적인 상처를 남겼다. 그와는 남들이 상상조차 할 수 없는 세계가 존재한다. 공개할 수도 없고, 공개해서도 안 되는, 중앙지인 어느 신문에 내가 쓴 칼럼이 그 매체다. 내가 죽으면 그것(칼럼)을, 관속에 넣어 달라 유언할 참이다. 저승 노인학교 학생들 틈에 그가 섞이는 까닭이라 하자. 아니 더 큰 함수가 있다는 게 맞는 표현이겠지.

이렇듯 저승으로 떠날 결코 심상찮은 징조와 맞닥뜨려도, 나는 약간은 느긋한 기분이다. 자기 이름자도 모르는 어느 무당 노인 학생(여학생)이 나에게 백 살까지는 살겠다고 예언했었는데, 어쩐지 그걸 믿고 싶어서일까? 참, 제자 중에는 그런 무당 학생이 넷 있었다. 유달리 그들이 그리운 데도 까닭이 있다.

지금도, 비 오는 날 지렁이가 진흙과 함께 뚝뚝 떨어지는 상추를 한 묶음 들고 와서 아파트 현관에 내려놓으며 말하던 학생의 모습이 떠오르고, 그 정든 목소리가 귓전을 맴돈다. 선상님, 오줌 주가지고 키운 겁니데이, 부드럽십니데이. 맛있고예!

학생은 욕을 입에 달고 살았다. 그가 어느 날 백 명이 넘는 학생들 앞에서 하던 말 하나.

"산청 어느 시골에서 자랐다 아닙니꺼? 아부지는 약간 정신이 이상하고, 엄마는 다리를 잘 못 썼어예. 그런데 두 분이 딸만 넷을 낳았는기라예. 내가 셋째. 집이 뼈 빠지게 가난해서 굶기를 밥 먹듯이 할밖에예. 엄마 입에 달린 게 '야 이 버 물고 갈 가시나들아'였지 뭡니꺼?"

난 고개를 끄덕였다. 나 어릴 때 옆집 편춘 댁이 가난한 살림에 자식 복은 많아 아들딸(각각 둘과 다섯)을 두고, '버 물고 갈 년(가시나)'를 입에 달고 살던 기억이 나서다.

중고등학교에 다닐 무렵에서야 그 정확한 표기(?)가 '범 물고 갈 년'이라는 걸 알았다. 하여튼 그 시절 그 '버 물고 갈…'는 서른 호 남짓한 우리 동네의 울타리 너머를 지배하던 하나의 언어문화였다 해도 과언이 아니다. 아침저녁으로 듣는 딸이나, 내뱉는 엄마가 그 뜻을 의식하는 건 물론 아니다. 가시나가 아니 딸이 범한테 물려간다? 소름이 끼치는 정도가 아니라 진저리를 쳐야 할 텐데, 날이면 날마다 예사롭게 내뱉는 말이 그거였으니…. 70년 전 그 과거사가 이상야릇한 공허감이 되어 나를 엄습한다. 아무튼 내가 이 세상에서 제일 먼저 배운 욕(혹은 욕설)이 '가시나' 혹은 '년'—두음법칙 적용 땐 '연'—인 것 같다. 이 이야기의 서두를 이렇게 열어보며 난 짐짓 태연한 표정을 짓고, 기가 막힌 일화(?) 하나를 내세운다.

초등학교(당시는 국민학교)에 다닐 무렵이었다. 책보를 메고 편도片道에 십 리를 걸어서 등하교했다. 우리는 학년 차이 같은 건 염두에 두지 않고, 일고여덟 명씩 몰려서 왕복 이십 리를 걸었다. 우리 동네는 서너 개의 자연 부락으로 이루어져 있어서, 하굣길 도중에 한둘씩 떨어져 나가곤 했다. 그런데 갑자기 이러는 거다.

"저놈의 가시나 저래도, 뱃가죽은 얇아도 동지 팥죽은 질긴데이."

물론 말로써만 아니다. 남녀의 성합性合을 상징하는 손 모양을 나타내 보이는 것이다. 심지어는 말이다. 이마에 손을 올려 건너다보면, 작은 강아지 한 마리의 움직임도 한눈에 들어오는 바로 이웃 마을 여자애들에게도, 무심결에 그랬다. 뱃가죽은 얇아도 동지 팥죽은 즐긴다? 그 뜻은 아직 모르나, 그 욕은 지금도 이어진다. 가시나!

한참 개에 미쳐 있을 때는 애견가끼리 만나면 남의 암캉아지 보고 '가시나'라고 하기도 예사였다. 사람과 개는 그만큼 가깝다는 비유라 치부하며 웃고 말자.

물론 사전의 풀이를 근거로 하면 '가시나'는 욕이나 욕설이 아닐 수도 있으리라. 경상도 전라도 충청도 지방에서 쓰는 '계집아이'의 방언이라 해 뒀으니까. '계집아이'만 해도 '여자아이'를 나쁘게 낮잡아 이르는 말인데, 그걸 어떻게 욕이라 폄훼(?)하랴. 대충하고 넘어가자!

　며칠 전 그 옛날의 '가시나·동지 팥죽·뱃가죽'의 현장 길목에 사는 초등학교 동기 동창에게 전화를 걸었다. 직접 만난 지 대여섯 해 되었다. 안부가 오갔다. 투박한 그의 말투가 오히려 편안하다. 나는 내친김에 묻는 것처럼 시치미를 떼고서는, 그러나 다분히 의도적인 질문을 했다.
　"내 나이도 이제 여든이 넘었네. 친구는 나보다 한 살 연장 아닌가?"
　"내가 신사생辛巳生 뱀띠라 그렇지. 그건 와 묻노?"
　"자네 결혼할 때 생각이 나서 말일세. 그때가 몇 살이었더라?"
　"우리 나이로 열다섯."
　그랬었다. 초등학교를 졸업하자마자 친구가 집안일(농사)을 돕다가 장가를 들었다는 소문을 나는 대처에서 들었다. 시제時制가 약간 어긋나지만, 열두서너 살에 책가방을 내려놓고 서너 해 지나서 완전 구식舊式으로 결혼식을 올렸다는…. 신랑은 사모관대를 하고 신부는 족두리를 쓰고 말이다. 그게 무슨 큰 잘못도 아닌데, 친구는 어쩌다가 졸업 후 반창회를 해도, 거기에조차 나타나지 않았다. 한데 지금은 생존해 있는 동기 스무남은 명 중, 가장 행복하다 해도 과언이 아닌 그런 삶을 누리고 있는 것이다. 내가 다시 물었다.

"자네 손자가 몇이나 되는가?"

내 손자(외손자)가 둘인 게 무슨 잘못이라도 되는 것처럼 기죽어 가는 목소리였다.

"셀 수도 없데이. 서른 명 가까이 될끼다."

"와 대단하네, 친구야. 자네야말로 이 시대의 애국자일세."

친구의 '풀이'를 들으며 나는 어안이 벙벙해질 수밖에 없었다. 슬하에 자녀를 여남은 가까이 두다 보니, 그 녀석들이 결혼해서 출산한 손자(외손자 포함)가 만만찮은 데다, 증손자까지 수두룩하다는 것이다. 다음 이 말을 듣고 나는 나자빠질 뻔했다.

"손자 딸년에게서 난 증손녀가 올해 초등학교 5학년이라 안 카나?"

"…."

"그기 가시나다."

나는 거기서 또 한 경우의 남존여비男尊女卑를 본 셈이다. 친구는 손자든 외손자든 남아는 '머슴아'라 하지 않고, 여아만은 '가시나'라는 뉘앙스를 풍기는 말을 한 거다.

나는 그러다가 숫제 말문을 닫을 뻔했다. 동기 동창 중에 가장 늦게 총각 신세를 면한 나는 이제 둘째 손자(외손자)가 초등학교 4학년이니까 그럴 만하다고 하자.

그러다가 나는 마치 질투라도 하듯, 옛날 내 노인학교 여학생의 경우를 들먹였다. 내가 궁지(?)에 몰리면 전가의 보도처럼 휘두르는 '다산多産의 상징' 이야기다. 워낙 여러 번 그렇게 떠들었던 터라, 누가 다시 접하면 식상할지도 모르는 터지만, 이 친구에겐 처음 아닌가?

"어쨌든 부러우이. 복 받게나. 하지만 자네도 고개 숙여야 할 할머니도 있으이."

난 내 수첩을 펼쳐 들었다. 별로 설명도 덧붙이지 않고 마치 어떤 사건 개요를 읽듯 한다.

멀리서 일주일에 한 번씩 부산으로 와, 노인학교에 다니는 고령의 학생(할머니)이 있었다. 아흔 살을 훌쩍 넘긴…. 한데 정정했다. 학생은 입버릇처럼 자기가 많은 자녀를 생산하여 하나 여의지 않고, 결혼시키다 보니 손자와 증손자를 합하면 일흔 명이 넘는다는 거다.

그러다 보니 이런 일도 있었다나?

당신이 막내를 낳았을 때, 열째와 열한째 자식(아들)도 출산을 한 거다. 모두 다 한집에 살았으니 그 얼마나 요란스러웠겠는가? 어느 날 공교롭게도 당신의 막내가 '응가'를 했더란다. 당연히 집에 기르던 개를 부른다. 요요요요요요…. 어미 개가 기다렸다는 듯이 부리나케 방안으로 달려 들어온다. 그리고 그 배설물을 깨끗이 핥아 먹어치운다. 일이 워낙 묘하게 되려고 해서 그런지 며느리 둘의 자식(아들)도 같은 생리 현상. 둘이 각기 자기 방문을 열고 소리친다.

"어무이요, 바둑이 여기도 좀 보내 주이소."

바둑이가 바야흐로 포식(?)할 찰나다. 녀석이 신이 나서, 다시 소리가 터져 나오는 방으로 달려가는데, 이번엔 일곱 번째 며느리가 다급하게 시어머니를 찾는 거다. 어무이요, 여기도예!

그러나 바둑이는 다른 방에 가 있는 참이다. 예서 시어머니가 하는 말, 야야 좀 기다리라이!

한데 며느리도 지지 않는다.

"어무이요 '개 새끼'도 안 있습니꺼?"

그랬다. 바둑이도 한번 새끼를 낳았다 치면 일고여덟 마리. 그 많은 새끼를 다 이웃이며 친척들에게 무료로 분양하고, 어쩌다 정이 든 녀석 한두 놈은 집에서 기르기 마련이었다. 마침 바둑이와 점순이라는 '새끼개' 등 두 마리 개를 기르고 있던 참이었던 거다. 그러나 아기의 배설물 처리도 기술(?)이 필요하다. 강아지가 서투르게 달려들었다가는 아기의 불알까지 싸잡아 핥음으로써 고자를 만드는 수가 있었더라는 거다. 아주 옛날에 말이다.

그러나 시어머니(노인학생)는 '개 새끼'를 보낼 수는 없었다. 아직 강아지 티를 벗어나지 못한 발육 상태였기 때문이다. 참, '개 새끼'와 '새끼개'는 다르다. 전자前者는 완전히 상욕 혹은 쌍욕('상욕'의 쎈 말)이지 않는가? 후자는 '강아지'이고···.

여기까지 듣던 친구가 하는 말 친구는 배꼽을 잡은 듯 폭소를 터뜨렸다. 그리고 하는 말,

"와이고야, 내가 졌데이."

어쨌거나 나도 평생 개와 함께 살아왔다. 수십 년이다. 전국에 '개 사돈'이 여남은 명이나 될 때도 있었다. 그러다 보니 '개 새끼'는 내 일상의 화두였다. 요크셔테리어 성견(암캐) 다섯 마리다 보니 한 녀석이라도 출산하다 보면 '강아지'보다 '개 새끼'가 입에서 먼저 튀어나오기 예사. 그렇게 '가시나'에 버금가는 욕을 입에 단 세월이 수십 년이었다. 십여 년 개와의 인연을 끊었다가 지금은 혈통서 없는, 프랑스 원산인 열여덟 달 되는 비숑 한 마리를 입양했다. 하지만 그나마 중성화 수술까지 했으니 '개 사돈'이니 '개 새끼' 따위의 말과도 담을 쌓고 살고 있다.

자, 저 여기서 노인학교와 관련된 기상천외의 욕 사건을 보자.

나도 생전 처음인 외국 여행을, 그것도 78명의 노인 학생들을 인솔해서 한다는 것 자체는, 말로써도 성립될 수 없는 일이었다. 규모가 고만고만한 어느 여행사와 계약을 체결했는데, 그는 고개를 갸우뚱했다. 나아가 오죽했으면 영사관의 직원조차 이랬을까? 위험부담, 너무 큽니다!

하기야 그가 그럴 만도 했다. 다리를 다쳐 그 무렵까지 절뚝거리는 여학생도 있었으니까. 최고령은 만 90세(여). 특별히 부탁, 보건 교사(양호 교사)를 동행하게 한 것은 '신의 한 수'였으리라. 물론 노인들의 단체 여행 시는 몇 명당 '무료'라는 조건이 있었으니 그럴 수 있었다.

어쨌거나 첫날 김포 공항으로(김해 공항에서 국내선 비행기 탑승) 집결하기 직전 공항으로 집결하다가 어느 학생이 바리케이드에 걸려 넘어지는 바람에 오른쪽 팔이 골절되었다. 그나마 다행으로, 그게 연延 188명의 대단원이 3회에 걸친 12박 15일(각 4박 5일)간에 겪은 처음이자 마지막인 안전사고였다. 지금도 가슴을 쓸어내린다. 그때는 불자佛子였으니 부처님의 가피, 지금은 가톨릭 신자라 하느님의 은총으로 말미암은 결과라 하자.

어쨌거나 대북 시의 어느 호텔에 여장을 풀었다. 물론 2인 1실로 배정했는데, 부부와 사돈지간査頓之間이 각각 한 쌍인 걸로 기억된다. 후자後者는 어릴 때부터 한 마을에서 나고 자라서 각기 아들딸을 낳아 연을 맺게 해 주었고, 그때까지도 이웃에서 거주하고 있는 보기 드문 경우였다. 게다가 동갑이었다. 김해 공항에서 출발할 때부터 둘은 정말 다정하게 어깨를 겯다시피하고, 얼굴에서 웃음을 잃지 않아 보기도 참 좋았다.

호텔은 생각보다 크고 내부 시설도 좋아 학생들의 입에서 탄성이 마구 터져 나올밖에. 난 안전 관리상 중간층의 객실 하나를 예약했기 때문에 거기서 혼자 자기로 했다. 취침 전에 여행사 측에서 마련한 작은 과일 바구니를 객실 하나에 하나씩 넣어 주는 심부름을 했다. 잘 자라는 인사를 할 겸 해서 말이다. 모두 다 희희낙락이었다. 그리고 약속한 수칙을 철저하게 준수하는 바람에 나는 만족한 웃음을 띠고 고맙다며 머리를 조아렸다. 한데 마지막 객실의 약간 벌어진 문틈에서 작은 소리가 들리는 게 아닌가! 나는 호기심 반 걱정 반으로 거기로 발걸음을 옮길 수밖에. 심상치 않다는 예감을 제어해 가면서….

노크 소리를 내고 방 안으로 들어섰는데 아니나 다르랴, 침대며 소파에는 아무도 없다. 대신 화장실에서, 물을 끼얹어가며 때를 미는 낌새가 보이는 게 아닌가? 나는 어안이 벙벙해졌다. 아니 소름이 끼치는 걸 느꼈다. 외국 호텔에서는 어떤 일이 있어도 욕조 안에서든 밖에서든 그런 일(때 밀기)을 해선 안 된다는 교육을, 출발 직전에 정보기관으로부터 받았기 때문이다.

한데 설상가상이다. 안에서 도란거리는 소리가 기막히다.

"사돈 궁둥이 이리 내미소. 내가 씻겨 주께요."

"그래도 되겠는교?"

"선상님 알면 야단 날 끼지만, 몰래 해 보입시더!"

나는 옛날이야기의 주인공처럼 다음 말을 기다릴밖에.

"사돈 우리 빤쭈만 입고 샛강에 멱감던 시절로 돌아가. '사돈'이 무겁다. '가시나' 하자!"

"좋다, 이 가시나야!"

두 여학생(일흔대여섯 살)이 키득거리며 물장난을 치는가 하면, '가시나'를 내내 입에 달고 반 시간 이상이나 화장실 안에서 그렇게 천진난만하게(?) 지내더라. 내가 쉰 살 무렵이었지만 들도 보도 못한 체험을 직접 하게 된 전말顚末이다. 가시나? 결코 욕은 아니라는 생각을 쉬 떨칠 수 없는 연유라 하자. '가시나' 이야기는 이어진다.

다음 날 저녁이다. 학생장(남)과 실장(여), 총무(여)와 여학생 등 다섯 명이 내 방에서 고스톱을 치게 되었다. 둘은 광光을 팔고…. 실제 그들의 실력은 나보다 훨씬 앞서서 나는 시간이 흐를수록 곤욕을 치러야만 했다. 아무리 점당 백 원이라지만 돈 잃고 기분 좋은 사람이 어디 있겠는가? 2만 원쯤 손실을 보고 마지막 판이라며 내가 선을 잡고 패를 돌렸다.

한참 열을 냈다. 그러다가 회장이 11월 '똥'을 설사하고 만 것! 내가 '김지미 궁둥이(6월 열)'을 내고 화투장을 들고 내려치니 '똥' 열이다. 순간 터지는 나머지 넷의 함성 아니 감탄사,

"와, 집 나간 가시나 알라(어린애) 배 왔네!"

쓰리고까지 하고 나서 결산해 보니 잃어버린 걸 벌충하고도 1만 원 이상 딴 셈이다. 그걸로 냉장고 안의 맥주며 사이다를 사서 맛있게 먹은 후일담. 이 두 사건은 지금 내 책상 위의『욕 사전』에 메모가 되어 있다. 관속의 들어갈 물건 중 하나다. 그나저나 '가시나 알라 배 온다'는 문자(?)는 전가의 보도처럼 어떤 고스톱 자리에서도 휘둘려진다. 스승과 제자, 시부모와 며느리! 여기까지는 사실로 확인됐다.

여태까지는 말만으로 내뱉은 욕이지만 언행을 섞은 경우조차

있었으니, 망설여진다 해도 소개(?)는 해야겠다. 이 또한 그야말로 금시초문이라 자타가 공인해도 괜찮으리라.

애초에 어린이들이 공부하는 교실 한 개를 빌려, 시작한 노인학교였다, 하니 노인 학생 백 스무 명 이쪽저쪽이 앉으면 그들은 옴짝달싹 못 하고 도중에 화장실에도 갈 수 없을 지경이었다. 부인과 사별한 한 남학생은 앞을 잘 보지 못했다. 나와 5미터 거리까지 좁혀지지 않으면 내 얼굴을 알아보지 못할 정도인데, 소위 음담패설 비슷한 걸 교실에서 터뜨리기 예사였다.

그런데 안사돈(홀몸)도 노인학교 학생이었다. 그런데 그 여학생은 클래스메이트(?)인 바깥사돈이 어디 앉았다는 것쯤 알고 있었다. 반면 바깥사돈은 안사돈이 등교했는지 결석했는지 알 턱이 없다. 하기야 알아도 그의 언행은 거침없었으리라.

어느 날 2교시 수업이 시작되고 나서 조금 지났을 무렵이었다. 남학생(바깥사돈)이 술 한잔한 듯, 얼굴이 불콰해진 상태로 손을 들고 앞으로 나왔다. 그러더니 뜬금없이 오른손 검지를 다문 입술 사이에 넣어 전진 후퇴 흉내를 낸 거다. 누가 봐도 남녀 간의 성합을 상징하는 거였다. 다른 말로는 구강성교口腔性交?

앞에 앉은 어느 남학생이 황급히 그에게 달려가 귀에다 대고 한마디 건네니, 그(바깥사돈)은 그제야 정신이 번쩍 드는 듯 입을 닫고 출입문을 열고 부리나케 도망치는 것이었다. 아무튼 학생은 술김에, 어디서 주워들은 '고금소총古今笑叢' 한 꼭지쯤 털어놓으려 했으리라. 그가 친구에게서 들은 말은 물어보나 마나 이것일 테고. 당신 안사돈이 중간쯤 앉아 있소!

무릇 강산이 두 번이나 바뀔 20여 년간의 대장정大長征이라면, 위의 욕(욕설) 따위는 한갓 약과일 수도 있다. 고만고만하다는 형용사가 걸맞을지 모르는…. 압권(?)이랄 수 있는 게 몇 개 있으나 수첩에만 기록해 놓고 하나만 들먹인다. 어느 해 초등학교 교장으로 퇴임한 분이 노인학교에 들렀다. 좀 우스우면서도 궤도를 이탈한 이야기 하나를 전하겠다는 것이다. 사전에 나와 조율하기를 너무 '나갔을' 경우에는 내가 사인을 하기로 했다.

일곱 살쯤 되는 어린이가 부친상을 당했다. 독자라 상주는 혼자였다. 집이 워낙 가난하여 따로 빈소를 마련할 수도 없어 마루에 영정 하나 얹어 놓을 정도로 해 놓고 문상을 받았다. 고인의 친구들이 네댓 명 한꺼번에 몰려와 어린 상주를 위로했다.

"심심한 위로 말씀드리네. 워낙 황망 중에 당한 일이라 자네가 되게 힘들겠으이."

상주는 무슨 뜻인지 알 수 없어 입을 다물고 있다. 눈물을 뚝뚝 흘리면서…. 그들이 묻는다.

"그래 아버지가 우짜가다 이런 일을 당했노?"

그 순간 상주의 눈이 반짝이는가 싶더니, 속사포처럼 내뱉는 말이다.

"선반에 다리미를 얹어 놓고 낮잠을 잤는데 선반 다리가 부러지는 바람에 다리미가 아부지 이마에 떨어졌는기라예. 그러니 지까짓(제깐) ㅇㅇ이 안 죽고 우짭니꺼?"

순간 노인 학생들은 가가대소했다. 이윽고 그 소란이 가라앉자, 어느 남학생이 하는 말이다.

"저런, 호로자식(후레자식) 봤나?"

그런데 그 뒤까지를 들어야 어린 상주가 이 세상에 남긴 업적(?) 하나를 어렴풋이나마 짐작할 수 있으니, 이어나가 보자. 당시 마루에 구멍이 하나 나 있었더라나? 상주는 아버지의 친구들을 따라 배웅을 위해 일어서려 했다. 그 순간 상주의 불알이 고추와 함께 그 구멍에 들어갔다가, 일어나는 순간 안 빠지는 것이다. 그만 자신도 모르게 '아이고아이고'를 연발할 수밖에. 그게 '곡哭'이 생긴 연유라는 거다. '상주의 불알'! 분명 이름다운 말은 아니다. 그렇다고 해서 욕이라고 치부하기도 무엇하다. 나 같은 무지렁이가 유권해석(?)을 할 수도 없어 입을 다물 수밖에. 수십 년이 지난 지금은 그날의 강의(?) 중 '제깐 놈'과 '상주의 불알' 사이에 부등호를 바꿔 삽입하기에 바쁘다. '〈'혹은'〉'…. 그렇다고 해서 등호(=)를 그을 수도 없고.

몇 주가 지나서 그가 다시 강사로 왔다. 어느 누가 죽게 되었더란다. 고인이 남긴 말.

"애들아 내가 죽거든 제발 울고불고하지 마라. 내 유언으로 여겨라."

워낙 당신의 인격도 고매하고 낙천적인 성격이어서, 유가족들은 그걸 실천하기로 했겠다? 마침내 당신은 숨을 거두었다. 한데 담 너머로 곡소리 하나 들리지 않는 것이었다.

친구가 찾아왔다. 한데 먼저 왔다 가는 사람들이 웃으면서 나오는 게 아닌가? 대문을 지나 빈소로 들어가면서도, 그는 참 의아스럽다는 표정을 지울 수 없었다. 유가족의 얼굴에서조차 눈물 자국을 발견할 수 없었다. 마당에서 일하는 이웃도 입꼬리가 귀에 걸려 있다.

그는 연신 고개를 갸웃거리며 고인과 마주 섰다. 순간 그는 아예 폭소를 터뜨리고 말았다. 상床 위에는 생전에 학자로서 명성을 떨치던 고인의 늘그막 상반신 모습이 아닌, 발가벗은 그의 백날 기념사진이 떡하니 자리 잡고 있었으니! 뉘라서 그 앞에서 울고 눈물을 흘리겠는가?. 남자의 상징 두 개가, 아니 세(?) 개가 고스란히 드러난 그 '걸작' 앞에서 웃지 않는 사람이 정상이 아니지!

학생들은 정말 그 비좁은 교실에서 서로 어깨며 몸을 부딪치며 폭소를 터뜨렸다. 그러자 어느 여학생이 말하는 것이었다.

"전형적인 남존여비男尊女卑 아닌교? 만약 고인이 여자였다면 어림 반푼어치도 없는 일!"

일이 묘하게 되려고 해서 그런지 앞서 소개한 바깥사돈과 안

사돈도 그날 강의(?)를 열심히 듣더라. 이제 막바지로 치닫는다. 노무현 장인 이야기

그는 불행하게도 공산주의에 물든 인사였다. 면사무소 서기로도 있었다더라. 그런 의미에서 보면 내 아버지와도 아는 사이였을지 모른다는 생각이 나를 늘 괴롭혀 왔다. 우리 고향 단장면의 빨치산 두목이 아버지와 동문수학한 사이였으니, 우리 집을 가끔 찾아오던 낯선 사람이 혹시 그였을지 모른다는 지레짐작을 중년 이후에 자연스럽게 하게 된 거다. 그러나 아버지가 철저한 반공정신을 가졌으니 나 또한 빨치산에 대한 증오감은 충천했다.

노무현이 숨을 거둔 그 주간 수요일에도, 나는 어김없이 진영 노인대학에 강의하러 갔다. 거기서 '허공'을 학생들과 제창하면서 묘한 느낌이 전신을 휘감는 걸 느꼈다. 급박함도 급박함이지만, '허공'은 작곡자 말에 의하면 '민주화'를 표방하는 정신을 저변에 깔았다지 않던가? 몇 초도 안 되는 바위와 바닥 사이의 '허공'이 지닌 함수는 당사자 외에는 아무도 헤아리지 못했을 텐데, 학생들은 무심하게도 노래 부르는 것이다. **꿈이었다고 생각하기엔/ 너무나도…**.

아는 노래라서 목청에 같이 싣지만, 너무나도 섬뜩한 느낌을 주는 '허공'을, 하필이면 노무현의 모교 맞은편에서 진영 노인들과 함께 부르다니…. 전신에 식은땀이 흐르고 있었다. 그러나 노인 학생들은 괘념치 않고 신바람이 났다. 몇 차례 반복하고 나서

휴식 시간을 가졌다.

 자연스럽게 환담으로 이어졌는데, 노인 학생들의 상당수는 노무현 장인의 생전 행적을 들먹이는 게 아닌가? 그가 빨치산 책임자로 있을 때, 혐의로 잡혀 온 사람들을 눈으로써는 식별하지 못했다고 하더라. 면사무소 재직 시였댔지, 아마. 잘못 알고 마신 알코올로 말미암아 실명한 연후라 상대의 손바닥을 만져 보고 투박하고 꺼칠하면 무죄, 매끈매끈하면 유죄로 판별하였다니 억울하게 죽은 사람이 있었을 수밖에.

 노인 학생들은 그의 만행에 때로 호통을 쳤다. 구체적인 욕설이 어떤 것인지는 여기 적지 못하지만 상당한 수위였음을 기억한다.

 일주기一週忌 때도 나는 진영 노인대학에서 강의했고, '허공'을 또 불렀다. 강도는 약해졌지만, 그 욕(욕설)은 잊히지 않았던 모양으로, 학생들의 입줄에 또 오르내렸다. 나는 외관으로 부화뇌동하지 않았지만 내심으로는 그들의 편에 서 있었는지 모른다.

 그로부터 다시 몇 년, 난 타관 땅에 올라와 살게 되었다. 노무현의 영향 탓인지 모르는데, 이상한 사건에 난 부닥치게 된다. 20년이 훨씬 넘은 감전초등학교 제자들이 부산에서 나를 초청한 것이다. 식사 한 번 대접하겠다는 게 이유였다. 나는 망설이지 않고 그러겠다고 약속했는데, 단 진영을 경유하자고 제안했다. 두말할 나위 없이 진영 노인대학에 강의를 한 시간 했으면 해서…. 쌍방은 합의했다. 거기서 만나자고.

　나는 몇 가지 교통수단으로 일찌감치 노무현의 모교에 도착했다. 학교장과 교장실에서 만나기로 약속을 했으니, 바로 현관을 향해 계단을 올라가는데, 소스라치게 놀라고 말았으니, 내 눈에 '반공 소년 이승복 상'이 보이는 게 아닌가? 비명을 지를 뻔했는데, 가까이 다가가서 확인한 결과 그건 효자상孝子像이었던 거다. 나는 나도 모르게 효자를 보고 욕설을 내뱉고 말았다. 이 녀석아, 간 떨어질 뻔했잖아?

　그도 그럴 게 노무현의 모교와 반공 소년상은, 그야말로 어울리지 않음이 분명하거늘, 엉뚱하게 효자상이 나그네를 기만한 꼴이 되어서다. 학교장은 마침 진영 출신인데 모교에서 마지막 근무를 하는 터라, 모든 걸 긍정적으로 설명했다. 나도 선입견을 떨쳐 버리고, 모처럼 듣기만 하고 말을 많이 하지는 않았다. 둘 사이의 대화에 이념 따위가 끼어들 틈이 없었다.

　이윽고 두 시가 되어서 나는 노인학교로 걸음을 재촉했다. 몇 년 만의 해후라, 남녀를 불문하고 나는 포옹했다. 눈시울이 젖었다. 노인 학생들과 뒤엉킨 나를 감전초등학교 제자들이 생뚱맞다는 표정을 짓고 바라보고 있었다. 그들도 이미 예순 살 밑자락을 깐 지 수 년이 지났으니 당연했는지 모른다. 아무튼 그런 두 부류의 사제-초등학교 제자와 노인학교 제자, 그리고 스승-가 한자리에 모인 것은, 유일무이한 경우였음이 사실이다. 어떤 가정을 내세우더라도 불가능한, 그 정경이 아직도 뇌리에 선명하게 박혀 사라지지 않는 걸 어쩌나!

본래 내 계획은 120분 수업이었다. 내친김에 그때의 결심을 적어 보자, 다시 말해 50분간을 몇 년 동안의 과거사 이야기로 메우고, 10분 휴식 뒤 '흘러간 옛 노래+민요'를 집중적으로 부른다! 그런데 그날 따라서 정치 이야기가 실내 분위기를 잠식해 가는 게 아닌가? 보수며 진보의 냄새가 나는 편린片鱗들이 실내를 휘젓고 있었다. 난 다시 자존심이 꺾이는 걸 느꼈다.

80년대 초반, 경남에서 부산으로 전입한 뒤 몇 달 동안 적응을 못한 나머지, 노인학교(이 초등학교 교실을 빌려 열고 있었다.)를 찾아가 민요 강사를 자청한 뒤, 그길로 21년을 노인학교에서 버텨내었다. 그때 담임을 했던 학생들이 중년을 넘겨 내 앞에 서 있다. 거기서 3년 동안 연말마다 내가 담임했던 어린이들을 지도하여 경로 학예 발표회를 열었었고.

그런데 그 두 집단 사이에서 정치 이야기 비슷한 것으로 내가 끼어든다? 이건 아니라는 절망감이 뇌리를 휩쓸었다. 그래 나는 그만 첫 시간을 마치고 바쁘다는 핑계를 대고, 그들(노인 학생)의 양해를 구한다. 초등학교 제자들에게는 쪽지를 보냈다. SOS(?)의 의미를 그들(초등학교 제자들)은 눈치채고 부산하게 움직이더니, 노인학교장에게 뭐라 말하는 것 같았다. 이윽고 반장이 오케이

사인을 보내는 것이었다. 긴 설명을 할 필요 없이 나는 그들과 합류하여 노인 학생들 전체를 향하여 꾸벅 절을 하고 발길을 돌리는 데 성공했다. 위기 하나를 모면했다는 안도감에 젖을 수 있었다.

사실 그랬다. 그날 계속 2교시 수업까지 했다 치자. 두 제자 집단 사이에서 나는 심한 곤욕을 치렀으리라. 그 옛날 노무현 장인의 그 뼈아픈 경력이 한 노인 학생 입에서 자연스럽게 흘러나왔음은 불을 보듯 뻔했다. 당시 철두철미 반공 교육을 받았던 대상자들이 초로의 나이로 교실 뒤편에 서 있는 데서이니, 불꽃이 어디로 튈지 모르는 일 아닌가? 물론 내색이야 했을까만 분명한 건 두 제자 집단에서 상호 갈등이나 반목을 일으켰을지 모른다는 사실이다.

그 정서적 충돌 내지 혼란을 나는 수습할 자신이 없었다. 나는 교실 문을 열고 나오면서 안도의 숨을 쉬었다. 그런 뒤 초등학교 제자들에게 말했다.

"자네들이 나를 구해 준 셈일세. 늘 그랬었던 것처럼 오늘도 반공 이야기가 나왔으면, 자네들 입장이 곤란했을 걸세."

"무슨 뜻입니까? 선생님. 왜 저희가 곤란합니까?"

"노무현 전 대통령의 장인 이야기 못 들었는가? 공산주의자였던 그에게 반감이 노인 학생 일부에게 아직 남아 있는 것 같으이."

"저희도 그 정도는 소화시킬 수가 있어요. 선생님이 과민하신 것 같아요."

"그런가? 하기도 그렇겠지. 그만큼 세월이 많이 흘렀네."

그런데 이윽고 그들 중 어느 하나가 정색을 하고 묻는 것이었다.

"선생님, 아까 '부산 갈매기' 노래를 부르신 것까지는 좋았는데, 노무현 전 대통령의 애창곡이라면서 왜 표정이 언짢으셨습니까?"

나는 잠시 멈칫했다. 너무나 당돌한 질문이어서다. 나는 얼버무리듯 대답했다.

"자네들이 이제 나이 들었군그래. 나는 진영노인대학에 갈 때마다 노무현 대통령과의 추억을 떠올리는 '부산 갈매기'를 목청에 실었지. 그와 부산의 두 군데 노인대학에서 듀엣으로 네댓 번 소화를 시켰으이, 그 곡을. 한데 그가 소문보다 그 노래를 잘 못 부르는 거야. 나는 부아가 날밖에. 당연히 실망이라는 사인도 보냈네. 그런데 개선이 없었어."

"……."

"그게 20년 전 일인데, 진영노인대학에 올 때마다 악몽처럼 머리에 떠오르는 걸세. 난 그 양반과는 '애증愛憎'을 분리해서 대하라면 '후자後者 〉 전자前者'라는 부등식을 내세우네. 어느 일간지의 독자 칼럼을 자네들도 읽었을지 모르겠으니 이상의 언급, 안 해도 되겠지."

"……."

"그러니 장삼이사인 내가 대놓고 그를 욕하겠나? 그렇다고 해서 '욱'할 수도 없고, 하하하."

제자들도 약간은 내 의도를 알겠다는 둥 손뼉을 치며 웃음을 터뜨렸다. 부산에서 국회의원이며 시장 선거해 출마한 그가 기세 棄世하기 전까지 '부산 갈매기' 하나 정확하게 못 불렀으니 나는 그에게 점잖게 '욕' 한마디를 던진 셈이라 하자.

내가 상행 버스를 타려고 하다 보니 도중에 그들과 헤어져야만 했다. 반장이 두 개의 봉투를 내민다. 하나는 노인학교 총무가 강사료로 전해 주라고 한 것이란다. 겉에 5만 원이라 적혀 있다. 다른 하나는 자기들이 별도로 모은 것이라는데, 도합 20만 원의 거액이 든 것이었다.

나는 거절하지 않고 그 둘을 받았다. 그리고 늘 그랬던 것처럼 해마다 그의 기일 앞뒤로 해서 성당에 가서 연미사를 더 충당했다. 3~5만 원씩. 이제 빈 봉투만 남았다. 앞으로는 연미사는 잊지 않는다. 명절과 그의 기일에. 다만 오만 원쯤이야.

중언부언인데, 내 저승 노인학교 개교가 얼마 남지 않았다는 느낌을 자주 갖는다. 자연스럽게 『욕(욕설) 사전辭典』도 서둘러 챙기게 된다. 글쎄, 무당 제자 이ㅇ기 학생의 예언대로라면 내가 백 살까지 살 거라 했지만, 그건 믿을 수 없으니 때로 준비나 해 두자.『노래집』이나 〈생활기록부〉 사본, 〈학생증〉 사본 등이 필요하겠지.

중요성에서 우열을 가리기 힘들 텐데도, 유달리 하나 정말 '부산 갈매기'는 어느 것 못지 않을 만한 욕 혹은 욕설이니, 기가 막히게 잘 불러서 노무현 전 대통령을 윽박지르고 싶다는 생각이 뇌리에서 떠나질 않는다. 그게 그에게는 욕(욕설)일 수도 있으니까. 나머지 이야기? 천천히 정리하자. 아무튼『욕(욕설)』사전이 두께로 치면 제일이다. 사이사이에 먼지도 켜켜이 쌓인 채고말고.

| 3부 |

장기臟器 기증 실패(?)기

 연금을 받아 산다. 궁색하다는 '자타의 공인(?)' 없이 날이면 날마다 서울이면 서울, 대전이면 대전을 오르내린다. 남에게 폐를 끼치지 않으며 일상을 보냄은 당연하다. 경제적으로 별 어려움이 없이 여생을 보낸다? 이 한마디에 모든 뉘앙스를 압축시켜도 괜찮으리라.
 이는 교육계에서 정년 퇴임한 Y 교장의 경우다. 동직同職에 있었으나, 도중에 그만둔 아내와의 대화가 가끔 이런 언저리에서 맴돈다.
 "여보 이 모두가 당신 덕분이야. 나이 들어 남에게 손 벌리지 않은 것만으로도 얼마나 다행인가 말이오."
 "누가 아니래요. 하지만 주인공은 당신이잖아요? 당신이 온갖 어려움 무릅쓰고 62세까지 견딘 '공로'가 없었다면, 지금 우리는 폐휴지를 줍는 신세가 되었을지 모르지요."

"퇴직금이 아닌 연금을 택한 건 당신의 지혜 아니었으면 불가했을 거요."

"그러나저러나 부부가 한 학교에서 합해서 6년을 같이 근무한 우리 기록은 아직 그곳에서 깨어지지 않았다는 소문도 있어요. 물론 결혼 전 3년, 결혼 후 3년이지만⋯."

그랬었다. 그 위태위태한 삶을 아는 사람은 아직 알고, 특히 그 기간 그 해당 학교 출신 제자들의 입에서 입으로 아직도 회자膾炙된다. 물론 도서 벽지 학교나 분교장分校場의 경우라면 지금도 부부가 한 울타리 안에서 공적인 관계(부부 교사)를 유지할 수도 있으리라. 하지만 당시 그 학교의 규모가 20학급 가까웠다. 소재지도 읍邑이었으니, 참으로 보기 드문 '경우의 수' 주인공(?)이었는데, 그야말로 전무후무란 말이 맞단다. 그 까닭에 얽히고설킨 고차원 방정식 혹은 함수는 아무도 풀 수 없다. 1천 명이 넘던 학생 수는 지금 서른 명도 안 된다니 세월이 무상하다고 할까?

한데 Y는 당시만 해도 경제 관념이 전혀 없는 사람이었다. 아주 가까운 인척에게 번 돈을 전부 앗기다시피 했고, 자녀가 자라다 보니 아무래도 아내 쪽이 사직해야 할 형편에 이르고 말았다. 그러니 더욱 쪼들릴밖에. 라면으로 끼니를 때우는 경우가 다반사였다.

갖은 우여곡절 끝에 아내가 사표를 내어야만 했던 거다. 부산에서 제일 오래된 열한 평 아파트에서 아내는 소위 과외수업을 해서 가계에 보탬을 주었다. 하지만 당국의 서슬 퍼런 단속에 브레이크가 걸려 그것마저 그만두어야만 했다. 학교를 옮긴 자신은 양산까지 오가는 통근을 했으니 설상가상이었다. 정말 가난하기 그지없는 삶의 연속에 시달렸다.

교감 승진이 안 된 덕분에(?), 그는 부산으로 전입하게 된다. 고등학교를 부산에서 나온 '교사'들에 한해서 희망하는 경우 그런 조처를 해 주어서다. 그리고 나서 5년이 채 안 되어서 신분을 바꾸게 되었으니, 대한민국에서 제일 오르기 힘든 벼슬이 '교감'이라는 명제의 한 주인공으로 등장하게 되는 것이다.

하지만 가난은 여전히 그의 곁을 떠나지 않았다. 하는 수 없이 아내가 넥타이를 도매상에서 떼다가 목욕탕 등지를 돌며 파는 수모를 겪어야만 했으니 그 신산辛酸을 더이상 어찌 표현하란 말인가. 그나마 학교가 집에서 멀리 떨어져 있으니 소문 따위는 두려워하지 않아도 됐다.

승진 후 그가 맞닥뜨린 가장 큰 난제가 '임시 교사'였다. '정규 교사'와 임시 교사는 그 명칭부터 극명한 뉘앙스의 차이를 보였다. 하여튼 정규 교사가 출산이나 몇 달 동안의 병가 혹은 휴직으로 말미암아 학교를 비우게 되면 그 기간, 학생 지도를 대행해야 할 교사 자격증 소지자를 '투입'해야 한다. 한데 그야말로 인재난이었다, 적잖은 수의 교감들이 이구동성으로 푸념하는 그대로! 어느 정도였냐고?

다음에 들먹이는 극단적인 예 하나만으로도 듣는 이가 움찔하리라. 어느 날 그가 출근하는데, 시골 농가의 담벼락이며 진입로 전봇대 등에 매직펜으로 또박또박 정성스럽게 쓴 A4 용지가 붙어 있었다. 제목부터 그대로 옮겨 보자. **임시 교사로 근무할 분을 찾습니다. 준교사 자격증 소지자 환영!**

그는 아연실색했다. 식은땀까지 흘려야만 했으니, 자신에게도 임시 교사 문제가 부담이 되리란 걱정이 엄습해 오지 않는다는 보장이 없어서다. 그러다 그는 중얼거렸다. 어지간히 힘듦을 느낀 모양이군. 시내 중심가의 학교에서 이 한적한 변두리 이곳저곳에까지 '방榜'을 내걸다니 말이야, 쯧쯧.

그는 야릇한 충동을 이기지 못하고 이번에는 소리를 내어 한마디 했다.

"아, 여기저기에 '임시 교사'가 매달렸구나, 쯧쯧."

다행히 당분간 그의 학교에서는 임시 교사 채용 사유가 생기지 않았다. 안도의 숨을 쉬면서 가슴을 쓸어내렸으나, 이번에는 평소 인간관계가 극히 좋고 평소에 존경하는 선배 교감이, 이런 전화를 하는 게 아닌가?

"아우님, 부탁이 하나 있어요."

"말씀해 보시지요."

"제수 씨 아니 사모님이 옛날에 교직에 있었잖아요?"

"그렇습니다만….”

"'한 학교 근무 최장기 부부 교사'로 소문이 났답디다, 허허. 지금은 뭐하십니까?"

"아니 선배님, 오래전 이야기를 왜 하십니까?"

그러자 선배는 잠깐 기다리라는 사인을 보내는가 싶더니, 이윽고 진지함이 묻어나는 소리로 아예 간청하듯 하는 거다. 자기 학교에 아주 모범이 되는 여교사가 근무하고 있단다. 한데 남동생이 신부전증을 심하게 앓았더란다, 이식移植을 받아야만 생명을 건질 수 있을 정도로. 형제자매의 것이 가장 적합하다는 진단 결과가 나오자, 당사자인 누나 즉 그 여교사가 흔쾌히 기증을 약속했다는 게 아닌가? 그다음 이야기는 당연하다, 물어보나 마나.

사모님 즉 Y의 부인이 임시 교사로 자기 학교에 좀 와 근무해 주면, 만사가 해결될 수 있다고 선배는 부연했다. 그러나 아무리 숭고한 사랑의 주인공을 돕는 일이지만, 그는 선뜻 대답할 수가 없었다. 생각해 보라.

아내는 수업 대회에 나가서도 우수상을 받은 적 있는 교사였지만, 이미 학교를 떠난 지 20년 가까운 세월이 흐른 터 아니던가? 새파랗게 젊은 교사들이 새 이론으로 무장한 채 앞다투어 자기 계발에 열중하는 것쯤 그도 아내도 잘 안다. 한데 서른이 넘은, 2급 정교사에게 거기 끼어들라 한다. 개밥에 도토리 신세가 될 게 뻔하다는 생각부터 들었다. 그래도 망설이다 아내와 의논해 보겠다는 말을 끝으로 전화를 끊었다. 그래 봤자 어림도 없다고 말한 건 아니었지만, 그 가능성이 반의반도 안 될 게 뻔하다는 언질을 건네고, 그는 선배에게 미안하게 생각했다. 한데 사태가 희한한 방향으로 흘러가는 게 아닌가?

아내는 그 소릴 전해 들었다. 칼로 무를 베듯 거절할 줄 알았는데, 너무나 뜻밖의 의견을 내놓았으니.

"한번 해 보아야지요. 교사 자격증을 갖고 노점상이나 다름없이 여기저기서 넥타이 따위를 팔던 시절을 뒤돌아보면 이가 갈려요. 지금 우리 집 형편이 말이 아니에요. 행여나 이번이 시발이 되어 임시 교사 자리가 이어지기라도 한다 쳐요. 가계에 큰 보탬이 될 수도 있을 테니…."

그래서 그의 아내는 이를 악물고 다시 교단을 밟고 서게 된다. 아니 아내의 표정에 오랜만에 안온함이 깃들었다 하자. 자신의 학력學歷 따위는 한갓 기우에 지나지 않다는 것쯤 아내도 알고 있었다.

아무튼 학교장이 6개월 장기 연수를 받느라 학교를 비운 터에 초임 교감인 그 무렵 그로서는 견디기 힘든 일에 시달렸던 터였다. 임시 교사 채용 사유가 자기 학교에서 발생하지 않는 것만으로도 다행이라 여기며 가슴을 쓸어내렸다. 아내는 다행히 혼자서 서류를 들고 Y의 선배가 교감으로 있는 학교에 부임하였다.

그 여교사의 장기기증은 큰 반향을 불러일으켰다. 아무리 같은 핏줄이지만 자기도 젊은데, 남동생을 위하여 신장을 하나 떼어 준다는 건 숭고함 그 자체였다. 교육계 인사들이 입을 모아 여교사를 칭찬하였다. 아내마저 자신이 마치 주인공이 된 양 덩달아 어깨를 으쓱해 보이기도 했고.

여기까지는 오히려 세상에 흔히 있을 수 있는 일로 치부할 수 있다. 한데 아내가 무심결에 뱉은 말이 씨가 되었는지 모르지만, 두 달을 채우기도 전에 여기저기서 자기 학교에 와서 임시 교사로 근무해 달라는 부탁이 쇄도하는 게 아닌가! 그 기간 멀미 탓으로, 버스를 2킬로미터도 못 타는 아내의 건강을 아는 Y는 아내의 눈치를 보지 않을 수 없었다.

한데 정작 아내가 팔을 걷은 거다. 동료 교사와 카풀을 하더라도 계속 임시 교사직을 유지하고 싶다는 뜻을 비치는 데야 어느 누가 말릴 것인가? 경력이 만만찮아서 호봉을 재획정再劃定하여 받는 봉급 액수도 생각보다 많았다. 하니, 계속 가방을 챙겨 학교로 나갈밖에. 그 생활이 자그마치 10년을 훌쩍 넘겼고, 잠시 머문 학교가 스무남은 개가 된다. 물론 운이 좋아 2년 남짓 한 학교에서 근무했을 때는 서로 간의 양해로 '임시' 딱지가 없어지고 담임을 하기도 했으며 주임(부장)으로 예우받은 적도 있었다. 그러니 임시 교사로서의 생활에 정점을 찍었다고 하자.

그 짧지 않은 기간에 엄청난 변화가 있었다.

한갓 필부필부匹夫匹婦인 그들을 미화해 해봤자 그게 그건데, 그 가정사를 조목조목 적시하는 것은 교육 동지나 이웃에게 예의가 아님을 전제하자. 그래도 몇 가지 사건은 모두가 음미해 봐야 할 공통분모를 지니고 있어, 감히 소개하려는 거다. 단, 정확한 사실이나 일시 혹은 기간 등은 일부러라도 피해 가려 한다. 두루뭉술? 오히려 그게 설득력은 지니기 때문이다.

방학 때는 아내가 아무래도 쉬어야 했다. 2년짜리라면 학교에 안 나가도 봉급도 나왔는지 기억이 잘 나지 않지만, 여름과 겨울엔 충전充電을 위한 석 달(방학)이어서 아내는 자기 연수에 골몰했다. 전통 다도를 공부했는가 하면 그동안 그만두다시피 했었던 문학(수필) 창작에도 몰두했다.

무엇보다 아내가 실생활에서 가장 쓸모 있는, 임시 교사가 아니면 엄두조차 못 냈을 자동차 운전면허를 얻은 것이다. 그때까지만 해도 식구 중 아무도 그 자동차 운전을 못 했다. 하니 거의 1년 다행히 이웃 학교에의 출퇴근은 가능했지만, 먼 거리의 학교는 상대방이 말을 꺼내기 무섭게 고개를 가로저어왔지 않던가? 그게 한이 되어 아내가 그런 결심을 한 거다. 시험에 합격하고 승용차를 한 대 산 날 Y는 아내에게 농담 삼아 한마디 던졌다.

"일부함원一夫含怨이면 오월비상五月飛霜! 허허."

그러자 아내가 화를 내기는커녕 손바닥으로 입을 가린 채 웃으며 하는 대답.

"농담치고는 원, 쯧쯧! 과유불급도 모르세요?"

승용차가 있다 보니 가족들의 생활에 큰 변화가 있었음을 강조해 무엇하랴. 그들은 처음으로 제법 먼 곳에까지 나들이할 수 있었다. 야외로 소풍을 갔다는 이야기다. 그전에는 꿈도 못 꾸던 일이었다. Y 자신은 일찌감치 부산의 일간지 두어 군데에 '무차회無車會 예찬' 따위의 칼럼을 써서 공언公言했던 터여서, 적어도 차에 관해서만은 모든 게 아내의 몫이었다. 차주와 운전은 아내였고, 이용은 Y라는 이상한 등식이 그들에게는 어색하지 않았다 치자.

그렇게 십수 년을 지내다 보니 아내가 임시 교사로 얻은 수입이 만만찮아, 전세에서 중형 아파트를 사서 거기 옮겨 살게 된다. 비로소 경제적인 안정을 찾았다는 얘기다.

그가 무료로 운영해 오던 노인학교 학생 백여 명이 서른세 평에 집들이한다며 꽉 들어찼을 땐 실로 감개무량할 수밖에. 그동안의 고생을 노인 학생들도 모두 아는 터라, 더러는 여기저기서 훌쩍거렸다.

특히 매주 토요일 그 자동차가 아니면 등교할 수 없었던 장애 학생 몇몇은, 민망할 정도로 통곡(?)까지 쏟아냈다. 그들보다는 덜하지만, 부부가 매주 목요일 오후 네 시에 별도로 운영하던 한글 교실의 학생들도, 정도의 차이가 약간 있을 뿐 손수건으로 자주 눈가를 훔쳤다.

 그러구러 세월이 흘러 Y는 교장이 되고, 아내는 대신 제법 오랜 기간의 임시 교사에서 명칭이 바뀐 '계약직 교사'를 그만두게 된다. 노인학교는 그대로 운영했고 정부로부터 서른네 평 새 공간의 교실을 지원받는다. 부산이 생기고 나서 아니 우리나라 전체의 경우를 봐서도 일찍이 없었던 역사役事였다.

 토요일 오후인지라 자연스럽게 정치인들이 노인 학생들의 표를 겨냥하는 건 오히려 자연스러운 일이었다. 기초·광역 의원 후보자며 국회의원, 구청장 등이 자주 드나들었다. 더구나 게리맨더링인가 뭔가 하는 선거 제도 때문에, 희한한 현상이 벌어지기도 했다. 재적 학생이 2백 명이 훨씬 넘으니, 두 개 국회의원 선거구 입후보자들이 표를 위해 목을 매야 할 지경이었다 하자. 더 이상의 설명은 그 함수가 복잡 난해하니 여기서 포기.

 그러니 정말 있어서는 안 되는 일도 일어날밖에.
 어느 국회의원 후보자가 인사차 들른다는 전갈이었다. 남편과 아내는 1주일 동안의 피로도 잊은 채 노인학교로 나가 그 후보자를 맞을 준비를 하고 있었다. 이윽고 후보자와 보좌진이 학교 담벼락에, 두서너 대의 자동차를 바짝 갖다 대고는 내렸다.

 그들은 계단을 걸어 우르르 2층 강의실로 올라와서, Y 내외와 서로 손을 잡고 흔들며 반가워하고 있었다. 한데 새로 보직을 맡은 눈치 없는 여성 부장이, Y의 부인 손을 잡고 잽싸게 봉투를 하나 건넨 것이다. 그러면서 노인 학생들에게 요구르트 하나씩이라도 사 주라는 귓속말을 건네었다.

깜짝 놀란 아내가 뿌리치려 했으나, 봉투(10만 원임이 나중에 밝혀졌다)는 이미 아내의 바지 호주머니에 쑤셔 박힌 후였다. 그 끝은 그대로 하얗게 드러나 있어 부인할 수 없는 선거법 위반의 순간이었다. 그 선거 관리 위원회의 카메라 앵글에 잡힐 수밖에. 실로 아찔한 순간이었다. 그래서 어찌 되었느냐고? 카메라를 든 직원이 천만다행으로 어느 노인 학생의 조카라, 아내의 호주머니까지 수색할 수는 없어-예의상-없었던 일로 막을 내렸다. 남들은 까짓 정도의 일을 문제 삼는다는 건 오히려 언어도단이라 할지 모르지만, 당사자인 아내는 아직도 그날의 기억을 떠올리며 힘든 표정을 짓는다.

그런저런 방문객이 1년에 스무남은 명은 되리라. 그러니 그 둘이 승용차를 타고 주소지며 노인학교며 근무 학교(두 개다) 근처에 오가는 동안 그런 사람들을 여기저기서 만나게 된다. 그들이 둘에게 깍듯이 인사를 보내는 건 당연한 노릇이다. 표와 직결되는 인물 아니 부부니까.

한데 정말 기가 막히는 일을 한참 후에, 그것도 서울에서 겪은 것이다. 이야기의 순서가 뒤바뀐다 치더라도 그런 일도 있을 수 있나 하는 인식을 많은 사람에게 전하기 위해서라도 여기서 한번 전개해 보자. 시제時制를 모른 체하고 넘어가 달라는 화자의 부탁이다.

노래를 잘하고 못하고를 떠나서, 늦깎이 가수로 데뷔한 연유를 차치하고서라도 Y는 대한가수협회 행사에는 얼굴을 내밀어야만 직성이 풀렸다. 해서 말인데 회장 이취임식도 예외일 수가 없었다. 몇 년 전이다. 특유의 춤 몇 장면만 보이면 그가 누구인지 알, 신임 K 회장의 헤드테이블 곁에 전前 국회의원 다섯이 앉아 있었다. 전 국회부의장도…. Y는 성큼성큼 그들에게 다가가 인사를 건네었다. 부의장은 처음 만나는 사이라서 좀 서먹서먹했지만, 나머지 넷은 최소 두서너 번 이상 얼굴을 마주한 적이 있는 의원들이었다. 묘하게도 그들은 앞서 실시된 총선거에서 떨어진 전직 의원들이었다. 그래도 모두가 반가워했다. 하나 단 한 사람은 고개를 가로저었다, 생면부지인 것처럼! 자신의 노인학교에 대해 이것저것 너무나 잘 아는 전 의원. Y는 의원에게 일갈했다.

"나를 모르시다니…. 부산 북구에서 노인학교장과 초등학교장을 겸했던 사람입니다."

그제야 그 의원은 일어나 급하게 허릴 굽혀 인사 겸해 사죄하였다. 얼굴이 홍당무가 된 것은 강조하나 마나. 그래도 그를 미워할 수는 없는 까닭이 있다. 그의 선대인을 Y는 가끔 현충원 묘역에서 만나니까 말이다.

Y는 그 의원을 치명적인 결함의 정치인으로 치부한다. 사람을

못 알아보는…. 한데 근래에 이르러 Y 자신이 그런 증상에 시달리니 실로 답답하다 아니 하고 어찌 견디랴. 그래도 한마디 말은 해야만 직성이 풀린다. 내가 정치 안 하기 다행이지, 허허!

여기에서 감히 혹은 외람되게, 근래 입에서 입으로 전해지는 그 '안면인지장애'를 소환한다. 귀설다고? 아니지. 그러는 사람은 소수이고, 대부분 국민은 알고 있다. 그걸 고백한 장본인(?)이 누구인지조차 안다. 문인 단체 이사장을 지낸 어느 시인도 걸핏하면 그랬던 걸 생각하면 그 병의 환자는 예상외로 많다고 봐야 하리라.

Y 자신은 유명 인사가 아니어서 다행이지만, 누구에게 뒤질세라 몇 년 전부터 시작된 그 증상이 근래엔 자못 심각할 지경에 이르고고 말았다. 해서 수시로 이렇게 중얼거리는 게 버릇이다. 그 분야의 '삼총사'를 누가 뽑는다면 억지 고집을 피워서라도 내가 끼이리라! 거명은 생략해도 누구든 알겠지, 허허.

다시 Y 내외가 옛날에 겪었던 이야기.

그 둘은 말이 쉬워 부부 교사였어도, '정식'이란 전제를 붙이면 그 기간이 너무나 짧다. 부부로서 둘이 한 학교에 근무한 건, 실제로 3년이었으니까. 결혼 전 연애 시절의 같은 햇수를 빼면 말이다. 그 뒤 둘 다 학교를 옮겼지만, 아내는 몇 년을 더 채우지 못하고 사직한 건 앞에서 이야기한 바와 같다. 그래 통틀어도 '정식' 부부 교사 경력은 모두 10년 안쪽이다.

그러고서 우여곡절 끝에 아내가 임시 교사(계약직으로 바뀌었다.) 근무한 것까지 합하면 둘의 경력 총화總和가—부부 교사라는 소릴 듣는—엄청났으리라. 그도 그럴 수밖에 없는 것이 둘 다 스무 살에 교사로 첫 발령을 받았었으니까. Y는 사범학교라는 정식 교사 양성 기관이었지만, 고등학교 학력으로 인정하는 델 졸업했다. 아내 역시 가방끈이 길지 않다.

이런 가정을 한번 해 보자. 꿈에서도 실재實在할 수 없는 일이지만….

사교춤이나 가르치고 술 따위를 파는 이상한 노인학교가 수두룩한 시절이었다. 그따위 엉터리에 비하면, 그 둘의 노인학교는 '교육 기관'이었다. 민요나 건전 가요 동화, 한글 등을 가르쳤으니까. 그래 그 매주 토요 오후의 무료 노인학교만은 근무(?) 경력으로 합산해 준다면? 단연코 기네스북에 오르고도 남았으리라.

혜택(?)을 받아야 할 이는 또 있었으니, 노인학교(노인대학) 부학장으로 있었던 K 대학교 L 이과 대학장理科大學長과, 공군 5672 부대 부사관 H 중사 및 S 하사. 물론 경력을 인정하여 호봉에 반영하는 그런 조치야 못 하지만, 학계에서나 사회에서 어떤 걸맞은 예우는 해 줄 수 있었으리라. 하기야 공군부대 Y 중사는 그 공로로 말미암아 군인으로서는 처음으로 '북구 구민상'을 받았고, 나중에 '공군을 빛낸 인물'로 전군에 감동을 주었다.

어쨌거나 부부는 오직 초등학교와 노인학교에 모든 걸 바쳤다. 중언부언하지만, 자신의 노인학교만은 여가 시설이 아니라 교육 기관이라는 신념을 시작할 때부터 그만둘 때까지 줄곧 가진 둘이었다. 구청으로부터 쥐꼬리만 한 지원을 받은 걸로 모든 살림을 꾸려 나갔다. 물론 외국 여행이나 연 2회 야유회 경비는 학생 개개인이 자담했지만, 어떤 경우라도 외부로부터의 현금 따위 지원도 마다했다. 그 결산을 제대로 하는 데 있어서 학생 간부들로서는 역부족이어서다.

대신 후대에 남을 미담이나 기억해야 할 일화 등이 양산量産되는 건 순리였는지 모른다. 그 모두를 한꺼번에 적는다는 것은 몇 권의 '책'이 아니면 불가하다. Y가 쓴 논픽션 『이 몸이 죽어…』 정도로썬 겨우 십분의 일 정도 소화? 대략 맞아떨어지는 추정이리라.

몇 개만 들어 서술해도 그 끝자락까지 얼마나 많은 지면이 필요할지 모른다. 그래도 그 한 편린片鱗을 단편소설로 모습을 드러내게 할 수는 있으리라 여겨 그 제목을 졸작의 맨 앞에 내세웠다. '장기기증 실패기'. 아내가 임시 교사의 출발이 장기기증으로 말미암아 시작한 된 걸 감안하면 Y 자신이 묘한 정서에 젖는 건 당연하다.

아무리 노인이라 할지라도 '벼슬'에 대한 욕심은 쉬 떨치지 못

한다. 부부가 21년 동안에 직접 겪어온 사실이다.

조직도組織圖부터 보자. 아무 일 하는 것은 없어도 실장(혹은 학생장)이라는 직책을 정점으로 하여 그 아래에 총무도 있다. 나머지는 역할 부담. 노인 강령 선창·애국가 지휘 겸 선창·친목회 담당 등, 그들 중 그 둘이 실세(?)여서 외부에서 손님이 오든지 할라치면 대화도 나누고 식사 자리에 합류하기도 한다. 언론 기관에서 기자가 취재하러 들러도, 거기 응하는 제법 똑똑한 학생이어야 한다.

전두환 정권 시절 평화의 댐 건설을 위한 성금을 범국민적으로 모았다. 노인학교에서는 워낙 무료를 강조하는 터라, Y는 개개인이 자의自意로 얼마씩 내는 것조차 마다했다. 그래 궁여지책(?)으로 폐휴지를 모아서, 그걸 팔아 노인학교 전체 이름으로 신문사에 내기로 했다.

당시 실장과 총무의 사이가 좋지 않았다. 실장은 구區 노인학교에서도 간부를 맡아 있었고, 총무는 그저 Y의 노인학교 업무(출석 확인, 소풍 경비 정리 등)에 충실한 학생이었다. 초등학교 교실을 빌려 있던 터라 복도 끝에 학생들이 들고 온 박스며 책 신문지 등이 산더미처럼 쌓였다. 석 달 만엔가 고물상을 불러 매각했는데, 10만 원의 거금이 들어왔다. 상당액이어서 생색을 내고 싶어도 될 정도였다. 그런데 실장은 송두리째 구區 노인학교를 통해 기탁寄託하자는 쪽으로 고집을 한 대신, 총무는 독립된 노인

학교에서 왜 남 좋은 일을 하느냐며 반대했다. 학생들의 의견도 나뉘었다. 세勢는 총무 쪽이 약간 우위.

그런데 둘의 고집이 워낙 세다 보니, 언쟁으로 시작한 다툼 아니 싸움이 육탄전(?)으로까지 발전한 것이다. 욕지거리도 오갔다. Y가 지혜를 하나 내어 자기 호주머니에서 만 원짜리 열 장을 내어 반분하여 두 노인학교 성금에 보태는 것으로 유종의 미를 거두었으니 얼마나 다행인가? 일간지에도 크게 보도되었다.

그 사건을 계기로 두 학생 사이가 급속도로 가까워졌다. 해서 노인학교에서의 분위기는 환호작약! 그 이상도 이하도 아니라 할 정도로 기쁨이 넘쳤다. 특히 손인호의 '살아 있는 가로수'며 '청춘 등대' 등 두 곡을 대한항공 사우회 음악반장 K 색소포니스트의 반주에 맞추어 열창에 열창을 거듭하던 건 아직도 기억에 남는다. 별관이라서 그 정도의 소음은 서로의 이해가 있어 견딜 만했다. 그러기까지엔 상당 기간이 소요되었음도 밝히자. 학교 가까운 이웃 주민들의 항의가 만만찮았다는 뜻이다.

한데 누구라고 밝히는 게 예의가 아니라서 얼버무려 적지만 둘 중의 한 학생이, 신장 두 개가 망가진 상태로 오랜 시일 고생했던 사실이 밝혀진 건 몇 달 뒤였다. 이식을 하면 건강을 되찾을 수 있다는 진단이었다. 누가 학생들을 상대로 기증자가 있었으면 얼마나 좋겠느냐는 호소를 했는데, 단박에 앞서 두 간부 중의 어느 쪽이 손을 든 거다. 며느리와 손자 둘, 이렇게 단출하게 사는 가족이었다. 모든 동의와 검사 과정을 거쳐 이식은 성공리에 끝났다. 116살 제자가 투표권 행사했다는 기사를 쓴 구청 주재 지방지 기자가, 그 사실을 더욱 미화해 보도해 주었다. 둘은 향년 95세 전후로 하여 비슷한 수壽를 누리다가 기세하였다.

아내가 겪은, 어느 제자의 간 이식 경우도 극적劇的이고도 남았다. 아니 모든 이를 숙연하게 하게 하는 것이었다. 거의 죽을 힘으로 아내는 자동차를 몰고 멀리 양산梁山까지 통근하고 있었다. 8개월 계약직이라 방학 때 당직도 하였으니, 모든 교육 환경이며 근무 조건이나 적응 정도도 정식 교사와 거의 진배없었다. 그날은 일요일이었다.

담임하고 있던 쌍둥이 어린이가 있었는데, 사고를 당한 거다. 애들을 뒷좌석에 태운 어머니가 새로 산 승용차를 몰고, 그리 멀지 않은 폭포수에 소풍 삼아 나들이를 하다가 일어난…. 쌍둥이 아들은 계속해서 장난을 치고 있었다. 안전벨트를 둘 다 하지 않았더라나? 커브 길로 들어서 달리는데, 제대로 잠그지 않았던 문이 그대로 열리면서 큰애가 그만 도로 위로 나가떨어진 것! 급정거하였으나 이미 애는 숨을 제대로 쉬지 않았다. 학교로 연락이 왔길래 Y의 아내는 학교장에게 보고하고 급히 애가 옮겨진 대학병원으로 차를 몰았다. 웅성거리는 주위의 목소리로 들은 바로는 숨을 거두었다는 걸 짐작할 수 있었다. 아내는 어머니를 만나 위로를 건네다가 이윽고 정말 무겁게 입을 연다.

"어머니, 진심으로 위로합니다. 제가 드릴 말씀이 있습니다."

"말씀하세요, 흑흑."

"*식이 뇌사 상태에 빠졌다는데, 제자 벼락 맞을 말씀을 드리는지 모르겠습니다마는 장기기증…."

아내의 말이 끝나기도 전에, 어머니는 눈물을 감추고 입술을 깨물더니 동의를 하는 게 아닌가! 둘은 가톨릭 신자인데, 주님의 사랑을 실천하는 데 합의(?)를 한 것이다. 그 후문은 상술하지 않는 게 모두를 위한 일이리라. 아이의 아버지는? 연전에 암으로 세상을 떠났다고 했다.

제자와의 장기기증 미수기도 있다.

Y의 교직 생활은 제자의 죽음이 유달리 많은 40여 년이었다. 교사와 교감 시절 바깥에서 네 건, 교장실에서 한 건(실신한 지 몇 시간 뒤). 특히 마지막 경우는 교내에서 일어난 일이라 책임 문제가 심각하게 대두될 지경에 이르렀다. 엄청난 충격에 마침 그 자신이 거의 식물인간이 되고, 지역사회에 왼소리 즉 죽었다는 소문이 자자했을 정도였다. 그 무렵 그는 죽음 뒤에 세상에 남길 일이 뭔가를 고민하다가, 장기 및 사체 기증에다가 방점을 찍었다. 한마음 한몸 운동에 연락했더니 별 까다로운 절차 없이 증서를 보내 주었다. 그 뒤로 한 번도 그걸 지참하지 않고선 바깥에 나간 적이 없으니, 집착도 대단하다며 자신에게 푸념을 보내기도

한다.

한데 Y가 제자에게 신장 기증을 할 기회를 놓친 사건이 있었던 거다. 식물 교장으로 사경을 헤매며 종합병원에 입원했을 때, 문병 온 한의사 제자가 있었다. 진맥을 끝낸 제자가 걱정스러운 얼굴로 하는 말이 가히 충격적이다. 조현병(정신 분열증)이 올지도 모른다는 것이다. 그 순간 어떻게 천지가 아득함을 느끼지 않을 도리가 있었겠는가? 한데 '명재경각'은 제자에게 먼저 경고를 날렸다. 그의 신장이 망가진 거다. M은 흔쾌하게 제자에게 메시지를 날렸다, 자기 신장을 주겠다는…. 그러나 제자는 거절했다. 아마도 '조현병'이 찝찝했겠지. 전염(?)될지도 모르는 일이고 말이다.

아무튼 이제 늙었으니, 장기기증은 점점 힘들어지게 되어 안타깝다. 다른 건 몰라도 안구-각막角膜이겠지만-만은 죽은 뒤 남에게 주고 싶었는데…. 특히 베트남전에서 실명한 전우가 있다면 나이로 따져 봐서(표현이 이상하지만) '안성맞춤'이라 여기면서 살아왔다. 그 다짐을 거듭하기 위해서라도, 그는 현충원에 가서 노래로 기도한 것이다.

그런데 뜻밖의 장애물이 그의 애타는 선행을 가로막았다. 앞서 거론한 정치가와 마찬가지로 M 자신마저 '안면인지장애'라는 증상에 시달리고 있으니 말이다. 그가 죽어 각막을 전우에게 준다 치자. 설사 시력은 회복한다손 치더라도 사람 얼굴을 못 알아볼 바에야 무슨 소용이 있겠는가? 그래서 그는 유서를 고쳐 쓴다.

이미 내가 늙어서 모든 장기는 그 기능이 쇠해졌으니 남에게 기증한들 유익하지 못하리라. 각막도 '포기'하기로 한다. 다만 사체만은 의대에서 실험용으로 쓸모가 있을 터, 내 소원이니 가톨릭 의대로 급히 옮기도록 해야 할 것이니라.

돌아온 이李 하사의 한

 사나흘 동안 끙끙 앓았다. 온몸에 열이 오르고, 구석 구석마다 통증이 파고들어 견디기 힘들 정도였다. 무엇보다 난 심한 현기증에 시달렸다.
 하지만 아내를 비롯한 가족들에게 내색할 수 없었다는 게 문제였다. 나는 철저하게 비밀을 지키면서, 남을 속인다는 게 정말 힘들다는 사실을 다시 한번 깨달았다. 그래 마치 컨디션이 최고로 좋기라도 한 듯 짐짓 큰 소리로 떠들기도 했고, 이런저런 우스갯소리도 쏟아 내었다.
 그러다가 노래도 평소보다 더 열심히 불렀다. 전후 사정을 모르는 아내가 한몫 거들었다. 아내는 마치 내가 큰일이라도 한 듯, 평소보다 더 나를 이래저래 응원해 준 것이다. 아내는 연거푸 박장拍掌에다 대소大笑를 보태는 게 아닌가?
 난 그러는 아내가 한없이 고마워, 하릴없는 사람처럼 누웠다가 일어나 컴퓨터 앞에 앉아 자판 두드리는 짓을 계속했다. 다음 케이블 방송 혹은 내 유튜브 녹화錄畫를 위해 Do not forsake me oh my darling(High Noon 주제가) 연습에 주력하는 척도 했고…. 일부러 어색한 미소도 지어 보이려니 힘들기는 했다. 이윽고 가볍게 차려입은 채 밖으로 나와 보니, 의식하지도 않았던 혼잣말이 입에서 새어 나오는 게 아닌가!

"이건 정상이 아니다. 진작에 고백하고 응급실에 실려 갔다 왔으면 모두가 편했으련만, 쯧쯧. 하기야 그랬다면 한바탕 큰 소란을 겪었겠지."

한참 그렇게 걷다가 길가의 카페에 들어가 앉아 손으로 입을 가리고 억지로 고소苦笑를 날렸다. 한데 문득 그 옛날 노인 학생들 앞에서 예사롭게 던지던 말이 생각났다.

"모래밭에 혀를 박고 있어도 저승보다는 이승이 좋습니데이."

대개 호호백발 할머니들인 그들은 나이에 어울리지 않게 손뼉을 치며 깔깔대었지. 상당수는 비녀를 꽂고 있었으며 그들 중 1/3이 한글을 몰랐다. 오늘 같은 염천에도 스무 평 교실에 120명 안팎이 들어앉아 옴짝달싹조차 못 하던 그들이었다.

또다시 난 착각에 빠질 수밖에. 이어서 튀어나오는 이 말은 남이 들으면 이해하기 힘드리라.

"그리워서 어떻게 배기냐?"

자문自問에 대한 자답自畓이 입 안에서 맴돌다가 가볍게 새어

나온다. 아니 차라리 신음에 가깝다고 하자. 이어지는 내 말에 이승과 저승의 묘한 함수 관계가 몰래 탑승한 느낌이다.
"그들의 체취! 언젠가는 맡게 되겠지."
아무튼 다시 살아 숨 쉬다니 좋긴 하다. '저승과 이승'의 함수를 묘하게 잘 표현한 말이다 싶어 고개를 계속해서 끄덕였다. 옆자리에서 노트북으로 부지런히 작업을 하던 젊은이가 그런 나를 흘낏 바라다보더니 이상한 노인이라는 듯한 표정을 짓는다. 하나 난 그런 주위의 시선 따위에 아랑곳없이 크게 기지개를 켰다. 신음呻吟까지 자연히 터져 나온다.

돌이켜보자. 여태껏 말이다. 늘 자중자애自重自愛하라는 충고를 건네고 이승을 떠난 어느 교수(시인)의 유언(?)마저, 무지막지하기만 한 나는 잊기 일쑤였지 않았나? 40대 이후 나의 일상은 죽음을 화두로 여겨야 할 만큼, 처절한 몸부림으로 점철되었다. 그게 지나친 표현이 아니라는 데에 문제가 도사리고 있다. 문학을 한답시고 설쳐대 왔고 지금도 그러지만, '가치 있는 체험의 기록' 그 정의定意가 자체가 아리송하게 느껴진다. **아니 에르노의 설파**를 억지로 붙잡는다. 나는 내가 경험하지 않은 걸 소설로 쓴 적이 없다는…. 이 순간 수십 년 세월을 되돌아볼 여유를 갖는 것도 **아니 에르노**의 덕분이다. 그래 거기 또 침잠되어 보자.
스무 살에 교사로 임용된 나는 정말 우여곡절을 겪을 대로 겪다가, 교감을 거쳐 말도 많고 탈도 많은 교장 경력을 마지막으로 정년 퇴임했다. 주위의 말마따나 기적에 가까운 일임을 자인하지 않으면 나는 사람이 아니다. 총 경력 42년임을 전제해 놓고 본다. 교육에 열정을 갖고 거기에 전념했다 쳐도 내 능력으로써 징계 한 번 안 받고 옷을 벗는다는 자체가 '하늘의 별 따기'에 가까운 기적 같은 일로 치부할 수 있다.

그런데 누가 시키지도 않은 일을 20년 동안 계속해 온 '토요일 오후마다 운영해 온 무료 노인대학 운영'은 무수한 일화를 탄생시키기고도 남았다. 그 동기가 불순(?)하고 단순하기 이를 데 없었지만, 아무튼 시종始終이 나의 일상을 좌지우지했다. 아니 모든 일거수일투족의 초점이 거기에 맞춰져 있었다. 내가 아직 그걸 '현재진행형'이라 우기는 것도, 단순한 물리적 연장선상이라 폄훼할 수 없는 까닭이다? 모르겠다.

천천히 한 번 풀어보기나 하자. 아 참, 그 시절(올림픽이 열리기 직전)에 우후죽순처럼 생겼던 노인학교의 장長은 사회적으로 저명인사로 예우받을 수 있었다. 나도 그 시류에 편승했으니, 초등학교 교사 주제에 가관이었던 셈이라 하자. 노인학교만 제대로 운영하면 구청장 정도를 꿰차는 게 예사였던 시절이었다.

노래라면 어떤 장르에서든 누구에게도 뒤지지 않던 나는, 그 '수요자' 노인들 앞에서 민요라는 카드를 내밀어 거기에 데뷔한 거다. 그러면서 보낸 세월에 강산이 두 번이나 변했다. 그동안에

생성生成된 일화를 책으로 묶어도 대여섯 권은 넘으리라.

대표적인 예 몇 개. 우선 군부대 6·25 기념식에 참석한 일이 있었다. 육군 향토사단과 공군 전투비행단에서 거행된….

특히 후자의 경우는 평생 그 감격이 잊히지 않는다. 김영* 장군의 배려가 워낙 파격적이어서 그런다. 당일 참석한 구의회 의장이나 다른 기관장들의 예例를 들어 보자. 단장은 그들에게 지휘대 위에 자리를 마련해 주지 않았다. 한데 단장은 탁자 하나를 사이에 두고 자신과 내가 나란히 앉도록 좌석을 배치한 거다. 단장이 왼쪽 내가 오른쪽…. 얼른 보니 내 옆과 뒤로도 영관 및 위관 장교들의 모습이 보였다. 나는 너무나 황감한 나머지 단장에게 물었다.

"단장님, 이거 좌불안석座不安席입니다."

"너무나 당연한 일인데 걱정하지 마십시오. 교장 선생님이기도 하고 노인 대학장님 아니십니까? 저기 도열堵列해 선 장병들과 어린이들에겐 하나의 메시지가 될 겁니다."

"…."

내친김에 적어 보자. 내가 인연을 맺은 네 분 공군부대 단장들로부터 받은 지원. 말이 민군의 유대 강화지, 실제는 전적으로 노인학교에서 공군부대에 폐를 끼친 결과로만 남았다. 걸핏하면 무슨 큰 의로운 일이나 하는 것처럼 '생색'으로 포장하고, 나는 단장들에게 수시로 부탁편지를 내었다. 글씨는 어느 정도 쓰는 편이라 그걸 받은 상대는 정말 최선을 다해 도와주었다.

특히 차량(장병 출퇴근 차량) 지원은 거의 전폭적이었다. 동남아 여행을 떠나는 노인 학생들(延 5개국, 3회, 매 4박5일, 연 188명)들을 공항까지 실어다 준 게, 나로선 잊히지 않을 감동이다. 귀국 후엔 또 역逆으로 노인 학생들을 모셔 주었다. 헤드라이트를 켠 백차 등이 선도하는 가운데였으니 학생들은 얼마나 신이 났겠는가? 그러니 단장들은 한결같이 노인 학생들을 부모처럼 섬겼다고 한들 틀린 말이 아니다.

내가 할 수 있는 일은 거의 없었다. 몇백 권의 양서良書를 모아 부대 도서관에 보내 준 것, 공참총장에게 붓으로 쓴 편지를 보내 그들의 미담을 알리면서 격려를 부탁한 것, 초등학교장과 노인 대학장의 직명에다 내 이름을 적고 '직인'을 찍어 그들에게 감사패를 증정한 것 등등이 고작이다. 아 참, 언론 기관에도 연락했고, 보도 자료를 미리 준비한 것 등등도 들먹일까?

그러면 그럴수록 그들 단장은 당장에 무언가를 반대급부로 되돌려 주는 일을 했다. 대형 선풍기를 두 대 사서 보내 준 것은 약과다. 120명 노인 학생을 초청하여 그들에게 부대 식당에서 점심을 대접한 것은 창군 이래 처음이었을 거다. 노인학교 학예회 등에 참석, 축사를 하고 애창곡을 선보이기도 했다. 행사장 내빈석에 나란히 앉아 교육위원회 의장이며 구청장 등 기관장, 유네스코 부산협회 임원들과 환담하는 모습! 마침내 어느 단장은 내가 교장으로 근무하는 학교의 체육 시설의 페인트 도색 및 제초 작업, 옹벽擁壁에 벽화 그리기 등까지를 도맡아 해 주었다. 스승의 날 1일 교사로 5년 동안에 연延 수십 명을 보내 준 것도 단장들이었다.

그래서인가? 그로부터 20년이 훨씬 넘었지만, 육군 출신인 내가 '공군가'를 공군 현역보다 더 정확하게 부를 수 있다. 거짓말 같지만, 이런 허풍도 가끔은 나온다.

"공군 예비역 장군들과 '공군가'를 목청에 실으면 내가 더 정확하게 부른다. 그중에는 합참의장 출신이나 참모총장 출신도 있다. 나는 '육군가', '해군가' '해병대가'도 다 소화하고 있지만, 4대 군가 중에서 '공군가'를 으뜸으로 여긴다."

이어서 속사포처럼 튀어나오는 말!

"예비역 부사관으로서 4대 군가를 혼자서 메들리로 군가를 부르는 대회가 있다면 내가 나간다. 압도적인 점수로 내가 우승할 자신이 있다."

내 소리가 점점 커진다.

"떼놓은 당상! 그럴 수밖에 없는 게 군가 성악병은 하사가 못되어 제대한다. 나처럼 군가에 미친 예비역 부사관이 상대적으로 극소수이다. 게다가 평생 노래와 함께 살아온 나 아니던가, 마치 미치기라도 한 듯이 말이야. 성악병이 부사관(전문하사)으로 제대할 수 있지만, 그들의 일천日淺한 경험으론 나를 따를 수 없음은 명약관화하다!"

 그 모든 걸 기록으로 남기면 읽는 이들이 혀를 내두르리라. 존재할 수 없는 기적으로 여겨질 것이기 때문이다. 아닌 게 아니라 내가 쓴 논픽션 『이 몸이 죽어 학이나 되어』를 책으로 묶어 내고 B 신문사 대강당에서 출판기념회를 열었더니, 대다수가 있을 수 없는 일이라고 입을 모으더라. 대만에 노인 학생들과 첫 외국 여행을 할 때까지 이야기다. 영사관 직원이 만류하던 모습이며 사후(귀국 후) 그곳 아동문학가의 한탄 소리를 간접으로 듣던 기억은 지금도 내 뇌리에 깊이 박혀 있다. 특히 아동문학가의 그 전언은 국경을 넘은 질책이었다.

 "당신의 주장, '분단 민족의 동질성 회복을 위한 민요 부르기'를 위해 3개 공영방송국과 절충해 뒀는데, 까닭 없이 펑크를 냈으니 내 체면이 뭐가 됩니까? 사과하세요."

 어찌 별다른 조치를 하지 않을 수 있으랴. 그에 상응하는 사과 글을 방송국 담당 PD에 보낼 수밖에. 논픽션 표사表辭에도 언급했고…. 그로 말미암아 그토록 친하게 지냈던 부산 아동문학가 태두 S 선생과의 관계가 서먹서먹해졌다가 근래 회복되었다.

 그런데 여기서 불가사의 혹은 수수께끼로 여길 수밖에 없는 게, 노인학교 역사 21년 동안의 외형상의 무탈無頉 기록이다. 그토록 나라 밖까지 강행군이 이어지고 국내에서는 매년 두 번씩의 소풍 혹은 야유회를 갔고, 별도로 2박 3일의 여행을 다녔는데ー 참여 인원 연延 8천여 명ー, 누구도 큰 사고를 당하지 않았다는 점! 나 자신도 믿을 수 없는 하나의 사실이다. 다만 대만으로 떠나다가 김포 공항으로 나가면서 어느 여학생이 바리케이드에 걸려 넘어져 오른쪽 팔목에 골절상을 입은 것, 그게 유일唯一하다.

기상천외의 사실 하나를 들먹일 차례다.

제자 중에 굿을 할 정도의 무당이 넷이 있었다. 그중에서 일자무식一字無識, 제 이름 석 자를 제대로 쓸 줄도 모르는 학생이 제일 용하다는 소문이 자자했다. 관상까지 잘 보았는데, 아흔 살이 넘은 동료들의 수명을 잘 알아맞힘으로써 나를 감탄에 빠지게 했으니,

"한韓 언니는 백열여섯 살까지 살낍니더. 구具 언니는 백 살 되면 돌아가시겠고예. 권權 오빠와 양梁 언니는 구십일곱 살까지네예."

워낙 진지한 표정의 학생에게 정말이냐고 되물으려 했으나, 그 전에 학생은 내게 말했다. 자기 말을 믿으라고. 한데 기적 같은 일이 일어났으니, 네 노인 학생들이 마치 약속이나 한 듯이 '그 때'가 되니 학생의 예언대로 저승으로 떠나는 것이었다. 특히 한韓 학생은 지방 신문 지면을 크게 크게 장식하고 열반에 들었으니 그 여학생의 예언이 섬뜩하리만큼 폐부를 찌른다.

학생은 우리 집에 자주 찾아왔다. 비가 부슬부슬 내리는 어느 날 학생이 뿌리에서 지렁이가 몇 마리 떨어져 내리는 상추를 한 줌 쥐고, 아파트 현관문을 열고 들어선 거다. 학생이 딸하고 사는데, 다른 가족은 없다는 것쯤 나도 알고 있었다. 내가 관리하던 '생활기록부'에 그 정도는 적혀 있었으니까. 학생은 방 안에 들어와서 이런저런 간섭(?)도 했다. 기르는 개를 보고 뭐라 이야기도 했다.

내가 예순 살을 넘겨 얼마 지나지 않은 날이었다. 학생은 여든에다 셋을 더했고. 만면에 웃음을 짓고 우리 집에 찾아왔다. 예의 그 상추 묶음이 손에 쥐어져 있었다. 학생은 대뜸 '노랫가락'을 한 곡 뽑았으니 놀랄밖에. ♬**무량수각 집을 짓고 만수무강의 현판 달아/ 삼신산 불로초를 여기저기에 심어 놓고/북당의 학발양친을 모셔다가 인년익수**

한글 한 자도 모르는 학생이 '무량수전無量壽殿'이며 '학발양친鶴髮兩親'을 알 턱이 없다. 하물며 연년익수年年益壽이랴! 내가 감탄사를 연발했더니 학생은 더욱 진지한 표정을 짓더니

"'노랫가락'은 점쟁이들의 민요입니다. 내가 장담합니데이 선상님은 백 살까지 사십니더."

라고 하는 게 아닌가? 장수한다는데 기쁘지 않을 사람이 어디 있겠는가. 그러나 믿기지 않아 당황해하고 있으려니 학생은 자기 말을 믿으라는 거다.

내가 예순 살을 넘긴 지 얼마 안 된 그날도 학생은 우리 집에 와서 두어 시간 앉았다가 갔다. 30분쯤 앉아 거의 침묵을 지키고 있던 학생이 뜬금없이 던지는 말이었다.

"선상님, 학교 어린이가 하나 죽어 선상님도 병원 신세를 자주 지지예? 얼굴이 많이 상했습니데이. 그래서 할마시들이 모이면 이야기하는 기라예. 우리 선상님 그러다가 죽겠다고 예."

'할마시'라 불리는 학생들은 그렇게 내 걱정을 했지만, 학생은 호통을 쳤다고 했다. 자기가 보기에 우선은 선생님이 건강이 많이 그르쳐졌어도 한 십 년 지나 노인학교로부터도 벗어나고 초등학교장 정년퇴임도 하면 모든 병이 나아 장수長壽한다고 말이다. 그런 점괘占卦가 나온다는 것! 학생은 교실에서 그런다고 했다.

"내 말 잘 들어주소이. 시간 문제지 선생님은 다시 하고 싶은 일을 하게 됩니데이. 노인학교보다 더 정을 들일 수 있는…."

나는 커피가 너무 식은 것 같아 따끈한 것으로 한 잔 더 시켰다. 아르바이트 학생은 언제나처럼 이내 미소를 짓고 주문대로 따랐다. 나는 다시 생각에 잠긴다.

죽음의 고비를 수십 번 넘기다가 겨우 여든을 넘기기 무섭게 저승으로 떠날 뻔했다? 아무리 수천 명의 노인 학생들이 거기서 내가 오기를 학수고대하고 있다 한들 말이다. 나는 잠시 혼란에 빠졌다. 어쩌면 살 만큼 살았고, 이쯤에서 내가 삶을 마감한다 해도 그렇게 아쉬워할 사람도 없을 터인데, 쯧쯧. 하기야 근래 내가 그 노인 학생들을 만나는 꿈을 너무나 자주 꾼다. 이틀에 한번 꼴이다. 물론 내가 숨을 거둔 뒤의 시제다. 현충원에서의 이번 체험도 그것과 상관없지는 않으리라.

나는 취재 수첩을 꺼내 들어 탁자 위에 얹었다. 그리고 메모를 시작한다.

5월 말쯤 되었을 즈음 나는 가족들에게 현충원에 가야 하는 까닭을 몇 번이나 설명했다. 아니 '까닭'이 아니라 당위성이라는 게 좋겠다. 하여튼 몇 번이나 실패한 '현충일 노래'며 '6·25 노래' 녹화는 반드시 해야 했고, 옛 사단장의 유택 앞에 새로 만든 감사패를 놓아드리고 '사단가師團歌'를 부르는 모습도 영상에 담아야만 했다.

나는 자처해 온 지 오래다. '현충원 전속 가수'라고 말이다. 이어진 앞뒤 정황이 공인의 성격을 띠고 있다면, 그걸 증명하기 위해서라도 반드시 이번 기회에 매듭지어야 할 일이었는 것도 결코 강변이 아니다.

하지만 호사다마라 했다. 당일 집을 나서려는데, 강아지가 지난밤 비닐 뭉치를 삼킨 탓에, 낮 동안 수술해야 한단다. 아내 혼자 뒷바라지를 할 수 없지 않은가? 나는 현충원행을 포기할 수밖에. 다시 열흘쯤 지났다. 그날을 D-데이로 잡고 집을 나설 계획이었는데, 새벽부터 아내와 딸이 하는 말이다.

"오늘 낮 서울 기온이 35도를 웃돈다고 해요. 게다가 현충원엔 관목灌木조차 없고 끝없이 이어진 잔디는 열기를 흡수하지 못할 거 아니에요? 큰일날 일이니 다시 미루도록 하세요."

나는 그 만류를 뿌리칠 수밖에 없었다. 이미 인터넷 신문 기자와 열두 시에 현충원 입구에서 만나기로 한 약속을 어길 수가 없어서다. 다시 연기한다면 그가 화를 낼 것이 불 보듯 뻔하다. 그래서 나는 군복과 군화 군모를 착용하고 몇 가지 참고 자료며 감사패가 든 쇼핑백을 들고 집을 나섰다. 혹시나 뭐가 잘 못 되나 싶어 마음이 조마조마하는 가운데…

서둘렀던 때문인가? 열한 시 조금 넘어 동작역에 도착했다. 지하도를 걸어가는 도중 안면 있는 아주머니가 파는 꽃다발을 세 개 샀다. 3만 원, 현충원 안 매점보다는 훨씬 싸서 나는 아주머니와 자주 '거래'한다. 뜻밖에도 아주머니는 누구누구 것이냐며 묻는다. 나는 대답했다. 채명신 장군과 문중섭 사단장, 박순유 중령 유택을 참배할 계획이라고.

휴게실에 들어갔더니, 여느 때와는 달리 그 안이 붐비지 않는다. 얼핏 머리에 떠오르는 생각을 혼잣말로 바꾸어 나지막이 흘렸다. 아, 역시 오늘 날씨가 워낙 더워서 그렇구나!

선객先客은 딱 둘뿐이었다. 갓 결혼한 듯한 젊은 내외가 창가에 자리 잡고 있었던 거다. 그들에게 목례目禮 비슷한 걸 던진 건 '싱거운 동네' 반장 비슷한 내 정체성(?)의 발로다. 아니 그렇게만 폄훼해서는 안 되겠지, 난 현충원이라는 울타리 안에서의 모든 이는 생사를 떠나서 내 전우라는 생각에 젖은 지 오래 아니던가?

나 또한 구석에 자리잡았다. 한데, 약속한 기자가 반 시간이 지나도 오지 않는다. 난 동향인이긴 하지만 생면부지인 B 전우에게 전화를 걸었다. 마침 그가 근처에 살고 있어서 행여나 오늘 현충원에 들를 수 있을는지 타진해 본 거다. 전우의 부모님 내외분이 현충원 내의 위패만 모신 공간에서, 영면에 들어 있었음을 나는 알고 있었다. 그가 이윽고 도착했다. 모기 드물게 그는 해군 출신이다. 유복자로 태어난 아들이라 군에 안 가도 되는데, 고집하여 입대했었다는 거다. 같은 밀양시 출신 L 제독을 아느냐고 물었는데, 그는 고개를 가로저었다.

가만히 생각해 보니 해군 출신 전우와는 너무 교류가 없었던 것 같다. 그런 까닭으로 그에게 특별한 애정을 갖지 않을 수 없었다. 해서, 열 살이나 아래인 그를 깍듯이 대했고 그도 나를 말씨부터 선배로 대접했다. 아버지의 유해를 못 찾았다는 사연은 들을 때마다 가슴을 저몄다. 둘은 마치 십년지기라도 되는 듯 이런저런 이야기를 나누었다.

한데 기자로부터는 감감무소식이 아닌가? 신호를 보냈는데도 반응이 없다. 은근히 부아가 치밀어올랐지만 어쩔 수 없었다. 그동안에 중령 계급장을 단 장교와, 그보다 나이가 약간 많아 보이는 초로의 남자가 들어왔다. 내 괴팍한 성격이 또 발동했으니 그 둘에게 손을 들어 알은체를 한 거다. 무척이나 반가워서다. 미심쩍은 표정을 짓던 둘도, 이내 그걸 풀고 반색을 했다. 내가 입은 군복 덕분이겠지. 초로의 남자와 명함을 주고받았는데 국립유해발굴단의 팀장이 아닌가.

나는 얼떨결에 오래전 예편한 Y 단장을 아느냐고 물었다. 그가 대답하기를 직접 모셨으니 그럴 수밖에 없단다. 나는 당장 Y 단장(豫 대령)에게 전화를 걸어 안부를 묻고 나서 스마트폰을 팀장에게 건네 주었다.

그러구러 한 시가 넘었다. 그제야 기자가 휴게실 문을 열고 들어서는 게 아닌가! 부아가 났지만, 그에게 일언반구도 항변할 수 없었다. 나는 '을乙'의 입장이고 그는 갑甲의 위치에 선 지 이미 오래이기 때문이다. 여차하면 그는 되돌아서 나갈 만한 친구다.

나는 애써 반갑다는 얼굴로 그에게 손을 내밀었다. B 향우와 인사도 시켰고…. 한데 기자도 별로 반색을 보이지 않는다. 컨디션이 좋지 않은 모양이로구나, 나는 짐작하고 그의 눈치를 살피기에 바빴다. 어중간한 시간이라 점심은 녹화를 마치고 하기로 하고, 다시 커피 한 잔씩을 시켜 마셨다. 에어컨이 켜져 있지만, 휴게실 안도 후텁지근했다.

한 시가 넘어서 우리는 자리에서 일어났다. 나와 기자의 짐이 만만찮아서 땀이 비오듯 쏟아져 내린다. 그 정도라면 내 엄살 아니 허풍이 심하다는 걸 감안해도 수은주가 38도쯤 오르내리라 짐작했다. 2백 미터쯤 떨어진 곳에 현충문懸忠門이 있다. 워낙 많이 드나들던 곳이라 그 앞에서 애국가 4절까지를 녹화하리라 맘먹었는데, 뜻밖에도 둘이 완강히(?) 반대하는 게 아닌가? 위병들이 제지할 것은 불을 보듯 뻔하다는 게 이유였다. 나는 자신이 있었는데….

나는 그만 버럭 소리를 내지르고 말았다.

"오히려 여기가 좋은데, 쯧쯧. 하는 수 없지 뭐. 옮깁시다."

그래도 끝내 생략해야 할 말이 있었다. 당신 둘이 이 순간만은 마음에 안 들어!

거기서 나도 고집을 꺾을 수밖에. '을'이 '갑'의 성질을 잘못 건드렸다가는 오늘 모든 일정이 와르르 무너지리라는 건 내가 잘 알아서다. 얼른 보아 기자의 컨디션이 좋지 않은 것만은 사실 같았다. 꼬치꼬치 캐묻지 않아도…. 기자가 연방 투덜거렸으니까.

여느 때처럼 채명신 장군 묘역부터 들렀다. 꽃다발 하나를 놓고 거수경례를 올려붙이니, 생면부지인 장군이지만 나는 노병으로서 할 일을 한다는 자부심이 생겼다. 수십 번 참배라, 낯섦은 느끼지 않았다. 하기야 기자만 나무랄 일이 아니다. 나는 오래만 부르면 되지만 기자는 장비 설치, 촬영, 녹음한 음원과 입 움직임의 강제 일치 등을 해내야 하니까.

그러는 가운데 애국가 4절까지 부르는 영상을 녹화했다. 그 복잡한 함수를 모르는 나는 연신 자세를 낮추면서 기자의 '지시'를 따를 수밖에. 무선 이어폰이 자꾸 귀에서 빠져 떨어지는 바람에 수도 없이 곤욕을 치렀고말고. 그러는 중 어느 성당에서 온 듯한 버스에서, 사람들이 내려 바로 위 묘역에 있는 듯한 유택을 찾아 걸어 올라갔다. 그들 외는 아무도 못 만났으니 그 시간대의 날씨를 새삼 들먹일 필요가 없겠지

다음으로 우리는 '6·25 노래' 녹화에 매달렸다. 기력이 점점 빠진다는 것을 느끼면서도 나는 포기할 수가 없었다. 이미 각 분야에서 나름대로 활동하는 전우들과의 약속들 저버린다? 나는 고개를 가로저었다. 몇 군데 단체 카톡 방에다 보름 남짓 늦은 '현충원에서의 녹화', 다시 미룰 수는 없다는 강박 관념이 나를 휘감았다. 나는 이를 악물었다. 머리가 어질어질했다.

한데 엎친 데 덮친 격으로 빈맥頻脈의 증상이 나타나는 게 아닌가! 스마트폰으로 특정을 해보니 1분에 120회, 이쪽저쪽! 나는 느꼈다. 신음 소릴 뱉었다. 아, 오랫동안 괜찮았던 공황장애가 오는구나 싶어, 비상용으로 갖고 다니던 우황청심원을 몰래 마시지 않을 수 없었다. 인데놀이라는 성분이 비슷한 알약도 동시에 털어 넣었고.

그래도 내색을 할 수 없었다. 애써 괜찮은 척하고서는 마이크를 잡았다. 이어폰을 꽂고 기자가 시키는 대로 '6·25 노래'를 목청에 싣는다. 한데 워낙 이래저래 지친 탓인지 아무리 기억을 더듬어 봐도 3절 가사가 떠오르지 않는 것이다. 몇 번 NG를 내도

마찬가지…. 나는 그 시점에서 결심한다. 2절까지로 끝내기로. 속이 상했지만, 별도리가 없었다.

'설상가상'이 세상에 존재한다는 것을 다음 순간 나는 체험하였다. 도무지 서 있을 수 없는 것이다. 어지러워서 말이다. 일이 묘하게 되려고 해서 그런지 휴게실에서 나올 때, 생수 한 병도 챙겨 나오지 못한 게 결정적인 실수임을 깨달았다. 하지만 지금 그게 무슨 소용이겠는가?

게다가 말이다. 엉뚱한 말이 '갑' 즉 기자의 입에서 튀어나왔으니 자기 준비 소홀로 배터리가 다 소모되었다는 게 아닌가? 내가 쓰러지는 한이 있어도 두 군데는 더 참배해야 하는데…. 지척에 있는 박순유 중령 묘역에서 '현충일 노래'를, 장군 묘역에서 '문중섭 사단장'에게 감사패를 증정한다는 뜻이다. 남은 꽃다발 두 개를 내가 들고 있지 않은가? 불난 집에 부채질한다더니 B 향우마저 넌지시 권하는(?) 눈치다. 국가 원수 묘역까지 한번 들러보라고…. 너무나 뜻밖의 말에 나는 잠시 당황했지만 결단코 그럴 수는 없다고 잘라 말했다. 고개를 가로저으면서 내가 중얼거리듯 한 혼잣말이다.

"천하없어도 나는 어떤 국가 원수의 묘역에도 갈 수 없어요. 내가 무슨 공인도, 유명인사도 아닌 처지에 그건 어불성설이지요. 노무현의 생전이며 사후에 온갖 인연을 맺었어도 봉하 마을엔 안 들렀어요. 부엉이바위 위에는 수도 없이 올라가 봤지만…."

노무현과 얽히고설킨 인연을 조금 밝히고 나자, B 향우는 뜻밖에 강한 저항(?)에라도 부딪힌 느낌이듯 얼굴색이 변하는 것 같더니, 승용차로 귀가하고 말았다. 기자에게 던지는 내 말.

"그래 사단장님 유택엔 다음에 들르더라도, 박순유 중령 유택엔 오늘 아니면 의미가 없어요. 현충일이 지난 지 열사흘인데, 전에도 어떤 장군 묘역에서 '현충일 노래'를 부르면서 강조했던 일이 있어요. 전 국민에게 강조한다면서…. '현충일 노래' 만은 1년 내내 우리가 불러야 한다고. 선배인 L 중령이 녹화한 건데, 영상이 사라져 버렸잖아?"

"선배님, 제 체력이 한계가 왔어요. 오늘 선배님보다 더 컨디션이 안 좋습니다."

"……."

"게다가 말씀드린 대로 배터리가 방전입니다."

"그래도 어쩌겠어? 내 스마트폰으로 라이브 녹화를 하지. 서당개 삼 년이면 풍월 읊는다고 했잖아? 내가 스마트폰에서 '현충일 노래 MR'을 찾아 맞춰 부를 테니…."

이미 그때쯤에 둘 다 거의 조추검이 되어 있었다. 게다가 말이다. 박순유 중령의 유택을 묘지 번호로 찾는 것도, 서울서 김 서방 찾는 것만큼이나 힘들어 갈팡질팡할 수밖에. 내가 다시 안내실까지 내려가야만 했다, 한참이나 걸어서. 거기 봉사원 보람이 아주머니가 친절하게 안내해 주어서 겨우 고인의 묘소 앞에 설

수 있었다. 눈시울이 젖었다. 오랫동안 만나고(?) 싶었던 전우여서다. 부산 살 때 노인회 노인학교에서 그의 부인과 시간을 보낸 적이 있었고, 현 정무직 공무원인 그의 아들이 국회의원으로 있을 즈음 겪은 애증의 역사 때문이기도 하리라.

어쨌거나 그 와중에 결정적 실수를 저질렀으니 갈증을 해소할 물을 구하지 못한 것! 몇 모금 마실 것은 안내실에 있어도 병째 마실 물은 없었던 탓이다.

그야말로 억지 녹화를 했다. 다행히 '현충일 노래'는 1절뿐이고 내가 곡 전체를 다 외고 있었으므로 한 번 시도로 성공했으니 그나마 다행이다. 그쯤에서 사단장 묘소 참배는 아무리 강행군을 해도 불가하다는 결론을 둘이서 내리고 있었다.

드디어 녹화 일정을 끝났다. 이제 휴게실로 가서 실컷 물이나 마시고 벤치에 비스듬히 앉아 땀을 식힌 뒤 내려가는 일만 남았다 싶어서 어느 정도 안심이 되었다. 그런데 긴장이 풀려서 그런지 다리가 후들거리기 시작하는 것이다. 게다가 우황청심환의 약효가 떨어졌는지, 맥박이 여전히 100회를 상회하는 게 아닌가?

위기에 전우애가 생기는지 둘은 비로소 어깨동무하다시피 하여 발길을 돌렸다. 한데 목이 타고 어지럽다. 손으로 훔쳐보니 이마에 소금 알갱이 같은 게 묻어난다. 특히 난 군복이 온통 땀에 젖어 물에 빠진 생쥐가 따로 없다.

가까스로 휴게실 가까이 왔다. 한데 그런 가운데서도 어디 누워야겠다는 생각뿐이었다. 안에 들어왔더니 가까운 데 60대의 남자가 앉아 있었다. 양해를 얻고 소파에 잠시 누우려는데 남자가 하는 말이다.

"아, 전형적인 일사병 증상 같아요. 119에 연락해야겠습니다."

기자는 자신보다 내가 더 위험하다는 걸 알고 그러라고 남자에게 이야기하려는데, 나는 한사코 말렸다. 창피하기 이를 데 없다는 느낌에서였다. 대신 애써 태연한 표정을 짓고 누워서 휴식을 취하자고 했다. 30분 정도면 될 거 같았다. 둘은 자신들도 모르게 눈을 감고 잠에 빠진 모양이었다. 얼마나 지났을까? 기자가 나를 깨웠다. 형님 일어나시지요, 너무 늦었습니다!

나는 그 말을 들을 수가 없었다. 무의식중에 기자에게 먼저 가라고 손짓을 하고는 다시 눈을 감았다. 계속 혼란스러운 상태가 이어졌다. 그러다가 그만 의식을 송두리째 잃어버리고 마는 것 같았는데….

어쩌다가 다시 염라대왕을 만난 것이다. 한데 나도 여유가 생겼다. 20여 년 전, 페니실린 쇼크로 그 염라대왕을 만난 걸 시작으로 명재경각命在頃刻에 이른 게 열 번을 넘겼다. 내 정신이 온전치 못해서 그런지, 그때마다 현실인 듯 환각인 듯 그 양반과의 조우가 그렇게 계속돼왔던 거다. 염라대왕은 말했다.

"무리하면 목이 탈이 나고 그래서 노래를 못 부를 땐 즉시 소환하기로 한 거 기억하느냐?"

"예, 대왕마마."

"과유불급이니라. 여든 넘어 현충원에 드나드는 건 좋다마는, 오늘 같은 날 네 노래는 그래서 엉망이었다. 지금 심경이 어떠냐?"

"후회스럽기도 하지만, 제가 실신해 현충원에서 숨을 거둔다면 그것도 행복한 일이지요."

"저 자者가 못 하는 말이 없구먼. 아직 널 필요로 하는 군 장병들과 호국 영령들을 어찌하려느냐? 몇 번째인지 나도 기억이 희미하다만, 네게 기회를 다시 주마. 대신 요구 조건이 있다."

"뭣이온지요?"

"노래 한 곡 만들어라. 내 뜻을 네가 조금 헤아리고, 너희 나라 장병들 삶을 예찬하고 현충원 호국 영령들의 넋을 기리는 내용으로…. 시간은 없으니, 찰나다. 네가 깨어날 때까지 내 앞에서 노랫말도 짓고 곡도 붙여라. 그리고 불러 보기도 하고…. 두려워하지 말거라."

그건 참 이상한 일이었다. 아직 몇 번 그 양반 앞에 불려갈 기회가 있을지 모르지만, 그런 건 차치하고라도 입을 열고 중얼거리니 뭣인지 노래 같은 게 만들어져 나오는 것이었다. 나는 그때까지 옆에 있던 남자가 깨우는 소릴 어렴풋이 듣고 눈을 떴다.

"할아버지, 잠꼬대하시는군요. 정신 차리세요."

나는 소스라치게 놀라 일어나 앉았다. 고맙다며 인사를 건네는데, 그는 미소를 보였다.

주섬주섬 짐을 챙겨서 나서는데 몸이 가쁘지는 않아도 견딜 만은 하다. 그길로 나는 지하철로 귀가하여 시치미를 뚝 떼고 여태 견뎌온 거다. 물론 아직 컨디션 회복은 덜 됐다. 하지만 어렴풋이나마 염라대왕 앞에서 창작했던 가사가 생각난다. 곧 곡을 붙이고 노래도 부를 거다.

〈돌아온 이 하사〉

1절: 제대한 지 오십 년 뒤 돌아온 이 하사는/ 손자뻘 전우들과 어깨동무하고서/ 다짐하고 또 다짐을 하네/ 필승의 신념으로 적과 싸워 이기자고/ 우리 모두는 나라 위해서/ 오늘을 살아간다

2절: 이 하사와 전우들은 서로를 격려하고/ 한 치의 빈틈없이 혼연일체 되어서/ 다짐하고 또 다짐을 하네/ 애국의 충심으로 남북통일 이루자고/ 우리 모두는 나라 위해서/ 오늘을 살아간다

3절: 돌아온 이李 하사가 따로 하는 일/ 현충원 임들 찾아 고개 숙이고/ 숭고한 넋을 기려 눈물 흘린다/ 이 하사 이 세상 마지막 다짐/ 이 영광 이어가자 백 살까지다!

그 옛날 무당 제자가 내게 백 살은 살 거라는 언질을 준 게 얼핏 떠올랐다. 자리에서 일어서면서 중얼거린다. 배터리 방전放電이 나를 살렸구나, 이 또한 기적 아니고 무어랴!

현충원, 그리고 '비목'

지금 그는 수시로 자신의 모습이 고스란히 드러난 어떤 영상 하나를 유튜브로 시청하고 있다. 몇 년이 지난 거지만, 갈수록 새로운 느낌이 든다. 아니 그 정도로는 부족하겠다. 한술 더 떠서, 삶의 의욕을 느낀다고 하자.

야구장, 그가 첫 번째 애국가 선창先唱을 한 현장이다. 시즌이 상당히 지난 뒤라 관중은 그리 많지 않았지만, 그들의 환호성에 귀청이 떨어져 나갈 정도였다! 그 이상도 이하도 아니라 강변(?)한다. 거기 마운드 위에서 마이크를 잡은 그는, 애국가를 '사장조'로 정확하게 그리고 우렁차게 부른 것이다. 그를 따라 1만여 관중은 오랜만에(?) '애국가 제창' 대열에 합류했다.

'오랜만에'라는 까닭을 적어보자. 그동안 어느 야구장에서든지 가수歌手라는 사람들이, 자기 혼자 애국가의 음정이며 박자를 뜯어고쳐 불러왔다. '오랜만에'는 말하자면 콘서트장에서의 독창 흉내를 내왔다는 사실을 꼬집는 부사副詞다. 특히 고음 처리를 자기 마음대로 하는 몇몇 가수들에게 그는 가끔 욕설까지 내뱉는다. 내친김에 그는 그 현상을 가끔은 망국의 징조라 폄훼까지 하고…. 그런다면 그 가수 본인을 제외하고는 나머지 전 관중은 허수아비가 될 수밖에. 오죽하면 부화뇌동附和雷同한다며 그가 한탄할까?

그런데 그날 그 덕분에 몇 달 만에 많은 관중뿐만 아니라 시청자들도 애국가를 중심으로 혼연일체가 된 거다. 그러니 스스로 취醉한들 어찌 그를 나무랄 것인가 말이다.

그날 캐스터와 해설위원이 실황 중계를 하면서, 여간해서는 하지 않던 발언을 했으니….

"오늘의 애국가는 가수 서전트리 씨가 불렀습니다. 경기도 서울 근교에서 내려 온 롯데의 열혈 팬입니다. 본래 부산 시민이었답니다."

"대단한 노래 솜씨가 돋보였습니다."

"쉽지 않은 미션인데요. 노래를 정식으로 공부하신 분 같아요."

"맞습니다. 성악을 공부(전공)하셨음이 틀림없습니다. 이건 사뭇 감동입니다."

자신의 목소리가 빚어낸 애국가 독창(해설위원 혹은 캐스터의 발언)을 여러 수천 번을 들어도, 아닌 게 아니라 그들의 말이 맞는 것 같다. 딱 하나 결점이라고 꼽으라면 '하느님'인지 '하나님'인지 아리송하게 소릴 냈다는 사실이다. 그에겐 두고두고 후회의 빌미가 되리라.

그 영상이 8년이 지난 지금 클릭 수가 1만 회를 넘겼다. 정식(?) 유튜브가 아니고, 딸이 자기 이름으로 어떻게 올린 건데···. 방송국 이름은 곁들여 표시되어 있어도, 어쨌든 대단한 결과가 아닐 수 없다. 하기야 그의 소설 몇 편이 '오디오북'을 통해 널리 퍼뜨러진 게 삽시간에 각 2만~4만을 돌파한 것과 비교하면, 약과지만···. 아직 힘써 홍보하지 않은 탓도 있음을 아는 그는 친구와 동료 문인은 물론, 가수 및 군軍 장병들의 전화번호를 점검 중이다.

어디 그것뿐인가. 심지어는 지휘까지 겸한 애국가 선창의 영상이 남아 있으니 그 또한 그에겐 자긍심이다. 상당히 큰 문학 단체에서 행사를 치를 때였다. 4년 전이다. 누가 그에게 사인을 보냈다. 그는 불감청이언정 고소원의 심경으로 단상에 올랐다.

항상 지휘봉을 들고 다니는 터라, 별로 거리낄 것은 없었다. 하지만 음악을 전공한 회원들도 상당수 있는 데서, 만용 비슷한 짓을 했으니 우세였는지도 모른다. 그런데도 꾸지람보다 칭찬의 소리가 더 많이 들렸다. 평상복에 하사 모자를 쓴 그의 차림새를 보고선 더러는 고개를 갸웃거렸지만, 그게 뭐 대수이랴. 어쨌든 그 영상 또한 5천 회 돌파가 목전目前에 있다.

한데 애국가가 그의 전매특허이듯 자타가 더러는 인정하는 틈

바구니에서 소홀히 한 점이 있어 가끔은 한숨을 쉰다. 창군 이래 처음이어서 『국방일보』의 한 페이지 전체를 장식한 '제대 50주년 기념 모부대母部隊 장병 초청 콘서트' 영상이 송두리째 사라져버린 거다. 우리나라에서 독자 수며 발행 부수 1위인 중앙지에서도 보도했던 행사였다. Daum이 그를 '오늘의 인물'로 뽑아 주기도 한…. 물론 거기서도 주인공인 그가 애국가 선창과 지휘를 자신이 맡았다. 그게 그대로 있었다면 아마도 1만 회는 되었으리라. 애써 준 제자에게 미안할 따름이다.

그러나 어찌 애국가와 관련된 영상만 영상이라 하겠는가! 그의 스마트폰에 저장된 갖가지의 수많은 노래 영상이 그를 위로해 준다. 그중에서도 가장 비중이 있는 건 국방 TV의 '우리는 전우'다. 30분 분량에서 노래하는 시간이 제법 길다. 애국가도 있고 사단가師團歌도 있다. 2만 회의 고지를 밟고 서 있으니, 그의 입에서 자연히 함성이 터질밖에, 야호!

이래저래 약 3만의 조회 수—애국가—가 너끈히 확보되어 있어, 그의 마음은 넉넉하다. 그런데도 그가 어금니를 깨물고 결심하면서 부르짖는 말이 이거다.

"그래, 10년을 더 산다고 보고, 어떤 노래든 내가 부른 영상을 확보하자. 그 조회 수의 총화가 20만에 이를 때까지. 애국가가 3만이니, 나머진 17만. 만만찮을걸?"

그는 지금 열심히 스마트폰을 들여다보며 실시간으로 애국가 조회수부터 확인하고 있다. 때로는 남들에게 서투르게 소위 '퍼 나르기'를 한다. 그래 봤자 하루에 10명 미만이다.

한데 며칠 전에 정확하게 말해 3년여 만에 TKBN-TV에 출연하여 녹화한 '부산노래' 3곡 영상 조회 수가 만만찮게 증가하고 있어 쾌재를 부르짖는다. '잘 있거라 부산항' 609회, '돌아와요 부산항에' 904회, '부산갈매기' 580회!

만족할 수는 없지만, 아직 세월이 많이 남았다. 머지않아 '부산노래 열아홉 곡+진중가요 및 군가 스무 곡'을 콘서트 형식으로 나누어 소화시키면, 그 결과가 그를 허풍쟁이라는 불명예를 벗겨주리라. TKBN-TV에서의 몇 가지 사연을 적어보자.

지금도 그는 아찔한 느낌에 빠지기 예사다. 몇 년 전이다.

단도직입單刀直入이란 사자성어를 앞세우고 서술해 보자. 그가 서울에 와서 지하철 타는 법(?)을 익히는 도중이었다. 한데, 큰 봉변을 당한 것이다. 거듭 강조하지만, '아찔'을 수십 번 되뇌어도 모자라지 않으리라, 그날의 상황은!

그는 일찍이 죽다가 산 사람이다. 손가락으로 셀 수 없을 정도로 수도 없이 사선死線을 넘나들었으니까. 그를 아는 사람 중 더러는, '오호통재라'를 입속에서 굴리다가 밖으로 중얼거릴 준비를 했으리라.

그에게는 '삼분三分'이 하나의 대명사라 해도 과언이 아니다.

풀어서 이야기해 보자.

그는 약관의 나이에 교편을 잡기 시작해서 초등학교 어린이들을 가르친 게 42년이었다. 교사 교감 교장을 거쳤다. 첫째 제자들이다.

20년여를 약간 넘긴 뒤, 부산이라는 넓은 고장의 노인들을 모이게 해서 이것저것을 가르쳤다, 21년 동안이다. 그들 또한 그의 제자들이다.

비슷한 기간 인근의 공군부대 장병들과 인연을 맺어 그들과 교류 혹은 교유했다. 해서 그는 주말이라는 개념을 일요일에만 적용한 셈이다. 토요일 오후마다 노인 및 군 장병들과 한 공간空間에서 지냈으니까. 그러다 일흔이 넘어 군부대를 드나들었다. 26사단 사령부의 본부대 및 직할 중대와 76기계화여단旅團과 예하 대대 등이다. 또 다른 1사단까지 12연대까지 걸음했으니, 강연이라는 명목으로 보낸 게 마흔 시간 남짓이나, 햇수로는 3년이다. 공군부대와 26사단 및 1사단에서의 세월을 합하면 25년에 가깝다. 그들이 제자 아니라면 오히려 모순이다.

초등학생, 노인 학생, 군 병사 등 세 집단은 그 자신의 삶 자체였다. 어쩌겠는가? 우격다짐으로라도 '삼분'을 가끔은 입에 달고 사는 그를 이해하는 수밖에.

며칠 전, 26사단 출신 부사관 몇몇과 종로 3가에서 녹차를 마시는 중이었다. 아예 군복을 입은 그를 보고 그들은 혀를 내둘렀다.

"와, 선배님! 그런 복장으로 서울을 오르내립니까?"

"왜 어떤가? 잘못이라도 저지른 것처럼 말하다니…. 자네들은 직업 군인이었지만, 난 하사 계급을 다섯 달 달았다가 제대한 일반병일세. 내가 귀관들처럼 중사를 거쳐 상사(원사 포함)까지 진급했었더라면 모르지만 말일세. 내가 군복을 그만큼 사랑하는 까닭을 귀관들이 이해해 주게."

"하여튼 선배님은 대단하십니다, 공격!"

"난 그날 군복 혹은 평상복 대신 좀체 하지 않던 정장 차림으로 서울에 갔었다네. 물어물어 지하철을 타고 불광동에 내렸지. 새로 임명을 받은 인터넷 신문 기자 일로 본부에 들렀다가 돌아나오는 길이었네. 귀관들 포복절도할 준비나 하게. 그러지 않고는 못 배길 걸세."

"우리 부대원들의 영원한 스승인 선배님의 말씀이니 기대를 해야지요."

그는 녹차 마시는 법을 잘 모르는 부사관들에게 일일이 시범을 보이면서 이야기 문을 열었다.

그날 하도 어처구니가 없는 일을 당한 그날을 되새겨보면, 자다가도 웃음이 나온다. 그래서인가? 가끔 우울한 기분이 들 때가 있다 치자. 일부러 그는 그 한두 시간씩 거기 천착하기 예사란다.

그러니까 자신을 극히 정상이라고 생각하는 까닭 중 하나가 그 사건이었다고 해도 과언이 아니다. 그때까지 몇 번이나 그 일화(?)를 들먹일 기회가 있었는데, 듣는 이는 물론 자신조차 파안대소할 수밖에 없었으니까. 그가 입에 적당히 거품을 물어야 더욱 재미있어진다.

그렇다. 다시 예서 들먹이면 싱거운 사람 다 보겠다며 면박을 주든지 나무랄지 모르겠다. 하지만 아직은 멀었다. 몇십 번 더 떠들어도 듣는 이는 박수를 보내리라. 해서 눈 질끈 감고 여기에서 그를 한 번 더 화자話者로 내세운다.

그게 오후 두 시쯤이었으리라.

사무실에서 기자들과 떠들썩하게 이야기 나누다가 공적 지침과 업무 연락을 받고 승강기를 탔다. 한데, 구두에서 이상한 소리가 나는 게 아닌가? 어쩐지 불안한 느낌이 들었다. 건물 밖으로 나와 몇 걸음 떼면서 슬쩍 밑을 내려다보는데, 아 이걸 어쩐단 말인가? 구두 밑창이 송두리째 떨어져 나가는 순간이었던 거다. 뒷굽이라면 그 행색을 감출 수 있을지 모르겠는데, 행인들이 그 치부(?)를 보고 수군덕거리기 시작하는 데에야 식은땀이 등줄기를 타고 흐르지 않을 수 없다.

털썩 주저앉고 싶은 심정이었다. 환자 흉내라도 내서 가까운 응급실로 가보자고 할까? 그건 그러는 사이에 위기 수습을 어쩌면 할 수 있을지 모르겠다는 막연한 기대에서 우러나온 궁여지책

(?)이었다. 뭐 그 정도로 하자. 행인들의 발걸음은 바빴고, 그들의 시선은 드러난 양말까지 훑는 것 같았다. 혹자는 말하리라.

"원, 고지식하긴! 아니 융통성이 그 정도로 없다는 말인가? 바로 택시를 잡아타고 집에까지 오면 될걸, 쯧쯧."

먼 거리라 택시 요금은 한 3만 원쯤 되리라. 그게 뭔 대수인가? 해서 그렇게만 한다면 제삼자의 입장에선, 그게 '신의 한 수'이고도 남는다. 한데 그날 그는 아주 중요한 약속이 있었던 거다. 불광동에서 봉천동까지 천하없어도 이동해야 했으니, 케이블 방송 TKBN-TV에서의 '부산노래' 세 곡 녹화였다. '잘 있거라 부산항'과 '돌아와요 부산항에'에 이어 '부산 갈매기' 등등.

이 지저분한 표현은 쓰기 싫지만, 그는 '빼도 박도 못하는' 처지에 있었던 거다. 아 참, 그리고 그가 세 곡을 택한 데에는 그럴싸한 명분도 있었다. '잘 있거라…'는 부산을 눈물로 떠나야만 했었던 명분(?)을 담은 가사歌詞가 사이사이에 섞여 있다. '돌아와요 부산항에'는, 그러나 언젠가는 되돌아갈 귀향歸鄕에의 의지가 마지막 소절에 담겼고. 돌아왔다 부산항에 그리운 내 형제여!

그럼으로써 다시 서야 할 사직 야구장! 그리 머지않은 장래에 말이다. 거기서 선창한 바 있었던 애국가 대신에 '부산 갈매기'를 2만여 관중 앞에서 거침없이 쏟아내, 그들의 뜨거운 박수와 환호를 이끌어내야 하겠다는 소명 의식 혹은 강박관념에 젖어 있었던 거다.

다시 그 불광동의 현장.

하여튼 창이 떨어져 나간 구두를 신고 거리를 걷는다는 건 고문拷問이나 진배없었다. 누구든 상상해 보라. 정신이 온전하지 못한 노인이라고 여겨 행인들은 그를 향해 손가락질하고 있다. 쯧쯧 혀를 차는 이들인들 왜 없었을까? 더러는 고개를 갸웃거리기도 하고. 그렇다고 해서 줄행랑을 칠 여유도 그에겐 없다. 통곡할 노릇이다.

그래도 사람은 죽으란 법은 없는 모양, 차례로 은인(?)을 만났으니, 길가의 노점상, 신기료 장수, 택시 기사, 운동화 가게 주인 등이다. 노점상 주인에게서 비닐봉지를 하나 얻어 덧신고, 신기료장수의 가게에 뛰어들었다가 해결책을 못 찾고서 허둥대다가 마침 가까이 정차해 있는 택시를 발견하고 불문곡직 승차한 거다. 학교 앞 문방구에 가면 실내화가 있을 거라는 기사의 말을 따라 상당 시간 헤맸으나 학교의 학學도 눈에 띄지 않는다. 그거야말로 천신만고였다. 거의 30분이나 그런 소란을 피운 끝에 찾아낸 운동화 가게에 들어가서 비싼 돈 주고 고급 제품을 한 켤레 사서 신었다. 그제야 체면치레의 외관은 되는 것 같아 어느 정도 안심이 되었다. 하지만 그는 지하철을 타고 나서도 자꾸 바지 끝단과 운동화를 내려다볼 수밖에. 불광역에서 봉천역까지의 45분 동안 내내⋯.

TKBN 방송국 스튜디오에서도 시침과 분침은 돌아가고 있었다. 이미 출연을 마친 가수 중 더러는 나갔고, 나머지는 자기 노래가 어땠느니 하며 동료들과 이야기를 나누고 있었다. 대기하는 가수가 일고여덟 명 되었을까? 그들 중 누가 한마디 던진다.

"그 별난 노병 서전트리(Sergeant Rhee) 차례가 다 되어가는데, 아직 얼굴을 내밀지 않는군요."

"글쎄요, 평소 같으면 지금 이때쯤 별실에서 발성 연습을 한창 할 때인데…."

"누가 아니랍니까? 한데 그 양반, 여든에 가까운 나이면서 목소리 하나만은 우렁차단 말이에요."

"근래 군부대에서 장병들에게 노래를 지도했다 합디다."

"잘하고 못하고를 떠나서 노래를 사랑하는 그 열정만은, 타의 귀감이 되는 선배로 우리가 모셔야지요. 대중가요면 대중가요, 팝송이면 팝송, 심지어는 민요까지 못 부르는 노래도 없고. 레이 찰스의 I Can't Stop Loving You를 부르는 현장에도 있었는데, 청중들의 반응이 썩 괜찮습디다. 어느 인터넷 신문 기자 송년회 때 그가 MR 반주에 맞춰 그걸 열창했거든요. 영어 전공한 학자도 감탄하지 뭡니까?"

"한데 그가 조금은 떠버리라는 건 자타가 공인해야 할 사실입니다. 언젠가 그가 오케스트라와 협연하는 영상을 보여주었어요, '도라지꽃', '떠나가는 배'를 부릅디다. 하지만 역시 대중가요 냄새가 조금 났어요. 어느 원로 기자가 이미자의 애국가를 극찬하는 이야기를 하던데, 비슷한 경우라고 보아야지요."

"그래도 대중가요—흘러간 옛 노래지만—를 수백 곡 이상 외워 부른다는 건 대단하지요. 그에게 얽히고설킨 일화가 수두룩합니다. 특히 노인들과 동남아를 여행하면서 버스 안에서 5백 곡 보따리를 풀어 놓았다는 건 교민 사회에서도 널리 회자되었답디다."

"대중가요 콘서트만 열다섯 번 넘게 열었답디다. 그가, 특히 제대 50주년 기념 모부대母部隊 장병 초청 콘서트 및 자기 소설집 출판 기념회에서 군복 차림으로 쟈니리와 함께 '뜨거운 안녕', '허무한 마음'을 부른 건 언론에서도 취급해 주었답디다. 어쨌거나 민요 열 곡을 갖고 장구 반주에만 맞추어 콘서트를 여기에서 열 계획이 있답디다."

전동차 안에서는 그(Sergeant Lee)가 마음을 졸이고 있었는데, 혹시나 약속 시각 전에 도착하지 못하면 어쩌나 싶던 것은 기우였다. 방송국 문을 여니 그가 무대에 오르기까지 25분이나 남아 있었으니까. 그때까지 그를 두고 이러쿵저러쿵해대던 가수들도 입을 닫았다.

그는 별실로 직행했지만, 여느 때처럼 연습을 제대로 할 수가 없었다. 거기 보관해 놓은 멜로디언을 선반에서 내려 테이블 위에 얹어 놓고 건반을 누르면서 발성 연습을 했다. '도'에서 한 옥

타브 올린 '라'까지다. 그리고 거꾸로 내려오면서는 원래의 '도'를 지나 '솔'에 이르기까지. 두어 번 그러고 난 뒤에 스마트폰을 내놓고, 유튜브에서 '부산노래' 세 곡의 MR을 찾아 따라 부르는 것으로 만족해야만 했다.

옆의 커피포트에서 물을 종이컵에 따라 커피를 타 마시려는데, 남인수 사업 기념회 소속 여자 가수가-나이 지긋하다. 아코디언 연주도 잘한다-황급히 제지한다.

"아니 서전트리 가수님, 노래하시기 직전인데, 카페인은 해롭습니다. 수분을 앗아가요. 그럼 목청이 건조해지지요."

"…."

"선생님은 노래는 빼어나게 잘하시지만, 아무래도 방송 출연이 저희보다 뜸하시니, 카페인에 둔감하신 것 같아요. 저흰 공연을 하러 가면 호텔에서 커피를 찾지 않습니다. 아마추어 가수들이지만 말입니다. 선생님은 여기 와서 자주 커피를 입에 대시던데, 오늘은 제가 드리는 말씀대로 차라리 인삼차로 대신하시지요."

하긴 그 여가수의 말에 일리가 있는 것 같았다. 평생 노래를 부르며 살았고, 마치 반려자처럼 녹차를 가까이했는데, 아무리 카페인의 질이 다르다 해도 수분을 앗아가긴 매한가지 아니겠는가? 프로와 아마추어의 차이가 거기에도 있는가 싶어서 고소를 날렸다. 차이의 기준은 KBS 가요무대 출연 여부를 두고 하는 말이다.

무대 밑에서 매무새를 고치려고 거울을 들여다보았다. 별 이상이 없다. 시간이 5분 정도 남아 있어 접수대 근처로 가서 가수들과 인사를 나누었다.

사회자의 사인을 받고, 일어서서 무대로 걸어 나가려는데, 다른 여가수가 하는 말이다.

"서전트리 가수님, 모자(베레모)를 잘못 쓰셨습니다. 하사 계급장이 눈썹 위에 오도록 하셔야지요. 몇 번 말씀드리려다 그만 두었는데…."

서전트리는 얼굴이 붉어졌다. 지하철 안에서 포병 출신 예비역 여군 중사한테서 한번 지적을 받았었는데, 잊음이 헐하다더니 그 맞잡이라 계급장이 눈썹 한가운데인 줄로 착각하기 예사였으니…. 하여튼 희한한 복장으로 그는 무대에 올라선다. 정장에 흰 운동화, 하사 베레모, 선글라스, 기자 신분증(목에 걸었다), 군번 인식줄 등등. 게다가 온통 하얀 머리카락이 귀를 덮어 어깨까지 내려올 정도다.

모니터를 바라보면서 세 곡의 '부산노래'를 차례로 불렀다. 선글라스 탓으로 자막이 희미하게 보였지만, 워낙 잘 아는 것들이라 순조롭게 녹화는 이어졌다. 만약에 말이다. 도사道士가 있어 서전트리의 오른손을 유심히 쳐다보았다면 회심의 미소를 지었으리라. 그는 시종일관 손 아니면 손가락으로 뭔가를 허공에다 그리고 있었으니까. 그는 노래만 목청에 실으면 그 습관은 자동으로 튀어나오니, 그걸로 박자를 맞추는 것이다. 예를 들어 4/4박자라면 '강·약·중강·약'의 박자감을 그렇게 드러냄으로써 나름대로 노래의 생명을 살리려는 의도다.

거기까지는 좋다. 그런데 여기저기서 '아'나 '어', 혹은 '오', '에' 등 대신 '하', '허', '호', '헤' 등의 엉뚱한 ㅎ이 튀어나오는 거다. 그건 워낙 민요를 많이 부른 그의 몸에 밴 고질(?)이나 다름없다. 예를 들어보자. '청춘가'다.

청춘 홍안을 네 자랑 말아라/ 덧없는 세월에 백발이 되누나

고 부르는 것보다

청추훈 홍아하느흐을/ 니 자랑 말어허라하하하/ 덧없는 세월에 헤헤헤 백발이히 되누후나하하

쪽이 훨씬 더 맛깔스럽다는 국악 이론에 근거한다. 그런데 긴장해서 그런지, 괴상한 차림에서 비롯된 자격지심에서 그런지, 그 민요 버릇이 튀어나왔던 거다. 낭패 아니고 뭐랴.

아무튼 결과를 봐선 그날의 녹화는 실패였다. 자신의 복장이나 매너, 민요를 닮은 대중가요 등이 도무지 방송용으로는 불합격이라는 판단을 한 거다. 감독도 그에 동의했다. 그는 혀를 찼다. 쯧쯧, 구두가 모든 걸 그르쳤는지도 모르지!

봉천역에서 용인 동백역까지 오려면 한 시간 십 분 넘게 걸린다. 하도 피로하여 내심으론 제발 경로석이 하나라도 비었으면 하는 바람으로 승차했다. 그는 베레모를 그대로 쓴 채 승객들을 비집고 앞으로 나아갔다. 한데 말이다. 일단의 젊은이들이 그를 보고 웃지 않는가? 얼른 보아 시시덕거리는 것 같기도 하다. 부아가 약간 났지만, 시치미를 떼고 부드럽게 말을 걸었다.

"어이 젊은이들, 왜 날 보고 웃는 거 같으이. 뭐가 좀 이상해?"

그러자 그중 리더인 듯한 친구가 대답한다.

"선배님, 그게 아닙니다. 저희가 오늘 봉천동에서 모임을 가졌는데, 승차하고 나서도 군대 시절까지 이야기가 이어졌습니다. 한데 마침 선배님이 들어오시지 뭡니까?"

"그래? 그렇다면 내가 착각한 걸세. 하지만 자네들 병장兵長으로 제대했을 거 아닌가? 난 하사! 간부에게 병이 거수경례를 붙인다는 건 기본 상식일세."

"선배님, 연세로 따진다면 그게 맞지만, 저희는 공군 중위 출신입니다. 그래도…. 예 알겠습니다."

그러더니 그가 동료 -네 명이다- 에게 눈치를 주곤,

"일동 차려, 선배님께 경례!"

"필승!"

"필승!"

서전트리의 구호 소리가 더 우렁차게 객실 안을 흔들었다. 그는 무슨 상관이나 된 듯 답례를 하고, 80년대 후반기에서 90년대 초반까지의 5전투비행단장 이름을 들먹였다. 김*삼, 김*곤, 김영*, *창성 장군 등. 그들에게 진 빚이 있음을 털어놓고 보니, 모두가 어안이 벙벙한 표정을 지을밖에. 그의 말이다.

"우리 다음 역에 도착할 때까지만 '공군가'를 제창하기로 하세, 귀관들 어떤가?"

"아니 선배님, '공군가'도 아십니까?"

"물론일세, 아들이 공군 출신이야. 그리고 나는 진중가요와 군가를 워낙 좋아하는 가수일세."

이래서 좁은 객실 안을 '공군가'가 지배하는 기이한 현상이 일어난 거다. **하늘을 달리는 우리 꿈을 보아라/ 하늘을 지키는 우리 힘을 믿으라/ 죽어도 또 죽어도 겨레와 나라/ 가슴 속 끓는 피를 저 하늘에 뿌린다// 하늘은 우리의 일터요 싸움터/ 하늘은 우리의 고향이요 또 무덤/살아도 되살아도 정의와 자유….**

공군가는 여기서 끝내야 했다. 전동차가 멎기 직전이었기 때문이다. 한데 말이다. 승객들은 일흔이 넘은 육군 예비역 노병과 여러 명의 예비역 공군 중위들의 어울림에 제지는커녕 박수를 보냈으니, 누가 우리 군의 아름다운 전우애를 예찬하지 않고 배기랴!

리더에게 그는 명함을 한 장 건네주었다. 봉천동에서 매월 모임을 갖는다는 언질을 받았었으니, 다음에 만날 기회가 있으면 좋겠다는 말도 잊지 않았다.

다시 해후를 할 수 있을지는 모르지만, 그런 기회가 있다면 그가 끄집어낼 화두는 이거다. 혀가 닳도록 강조하는, 장병을 사랑하는 그의 마음을 그대로 드러내는 확신에 찬 주장이다.

'육군가', '해군가', '공군가', '해병대가' 등 4대 군가 중에서 장병들이 나라를 위해 '죽는다는' 결심이 들어가는 데가 없는 건 육군가뿐이다. 왜 죽는가? 이기고 돌아가는 게 개선凱旋 아닌가? 합참의장한테 장문의 편지를 내봤다는 얘기도 덧붙인다. 해군가는 이렇다. 우리는 해군이다 바다의 방패/ **죽어도 또 죽어도** 겨레와 나라/ 바다를 지켜야만 강토가 있고/ 강토가 있는 곳에 조국이 있다/ 우리는 해군이다 바다가 고향/ 가슴속 **끓는 피를 고이 바치자**.

그는 묻고 싶은 거다. 왜 죽으며 피를 바치는가? 살아야 하며 적군이 되레 피를 흘리게 해야 하지 않을까?

아무튼 어렵사리 '육군가'를 녹화하는 데에는 성공했다. 그 뒤로도 두서너 번 방송국에 드나들었다. '해군가', '공군가', '해병대가' MR이 반주기에 입력되지 않은 걸 확인하고 오히려 그는 안도의 숨을 쉬었다. 진짜 자기 입에다 장병들의 '죽음'을 노래로지만 올리기 싫은 거다. '높은 사람들'의 인식부터 바꾸겠다는 게 그의 각오다. 여태 그가 대통령에게 다른 탄원의 글을 올린 적이 세 번이다. 내용은 생략하자. 워낙 개인 문제에 가까운 안건이니까. 하지만 '육군가'를 제외한 3대 군가는 '장병의 목숨을 담보로 하기 때문에 그에게는 용납이 안 된다. 해서, 다시 육필 편지를 쓰기 위하여 그는 필기구와 4백 자 원고지를 챙겨 책상 위에 얹어 두고 있다. 낙관落款과 인주까지.

희대의(?) 괴짜인 Sergeant Lee, 그가 왜 방송이라는 매체에 매달리는지 궁금하긴 할 거다. 친구인 내가 잘 아니 이 이야기의 끝 맺음도 내가 해야 한다. 참, 사범학교를 졸업할 때 천재들이 모였다는 거기 120명 중에 내가 3위, 그가 5위로 졸업했다. 그때도 그는 노래, 특히 대중가요를 잘 불렀다. 하지만, 가곡 '달밤'을 무리 없이 소화하는 그이기도 했다. 몇 년 전 그는 내게 이렇게 말했다.

"유튜브라는 데에 말일세. 거기 내가 얼굴을 내민 게 14년 전 일세. 중학교 후배인 유명한 언론인이 매월 마지막 주 토요일 오후에 부산일보 대강당에서 강연을 했다네. 거기서 개막 전 분위기 조성을 위해 내가 노래를 불렀지."

"그가 누군가? 나도 아는 사람인가?"

"알다마다. 월간 『조선』에 깊이 관여했었던 친구 말일세."

매회 4백 명 이상의 원로들이 발 디딜 틈조차 없는 데서 그는 '황상 옛터'며 'Oh Danny Boy', '전선 야곡', '전우야 잘 자라', '이별의 부산 정거장'들을 반주 없이 열창했더란다. 반응이 굉장히 좋았다. 그 모습을 카메라로 열심히 촬영하는 걸 보았지만, 그냥 예사롭게 생각했더란다. 그런데 수년이 흘러 그가 낯선 타관에 올라와 우연히 유튜브라는 걸 들여다보다가, 자신의 영상을 발견하고 소스라치게 놀랄 수밖에. 네댓 개나 되었는데, 조회 수라는 게 전부 2천 회 이상!

그게 성취동기였던 셈일까? 지리地理도 모르는 그가 인사동의 여러 케이블방송국을 찾아, 만 원짜리 지폐 한 장을 들고 여자 가수에게 팁을 못 주어 안달인 노인들을 상대로 그야말로 신나는 노랠 선사한다. 아니 그가 명명한 치료 음악 – 폭스트롯 – 이 아니라도 힘차게 열창을 딛고 절창을 한 거다. 어느새 그는 유명 인사가 되고, 제자인 군 병사들도 소설가보다 더 알아주는 가수로 데뷔한다. 하지만 유튜브 촬영은 거기선(케이블 방송) 잘 안 해 줬다. 아니 그런 게 있는 줄도 몰랐다.

그러다 TKBN-TV에 발을 들여놓은 것은 우리나라 어느 불교 종파의 종정 스님 덕분이었다. 하지만 천려일실千慮一失! 첫 녹화로 '목포의 눈물'을 선보였는데, '부두의 새아씨'에서 '씨'가 도무지 소리로 변환되지 않는 게 아닌가? 몸부림쳐 봐야 헛일이었다. 저음低音에서 책잡힌 거다. 그래도 연습으로 극복할 수 있다는 충언은 여기저기서 듣고 있다, 어쨌든 세월이 흐르다 보니 그 '목포의 눈물'이 9백 회를 찍는 게 아닌가? 7년이 넘어서다. 방송 출연과 조회 수 증가는 그에게 마치 마약 같았다. 2주 만에 1천 2백 회를 기록하는 경우엔 환호작약했다.

그의 주무대는 아무래도 TKBN이다. 까짓 5만 원만 투자하면, 며칠 전처럼 부산노래 세 곡에다 군가나 진중가요, 팝송 두어 곡도 부를 수 있다. 예쁜 여자 MC가 소개하는 가운데…. 여태껏 그렇게 해서 유튜브에 뜬 게 50곡은 되리라. 최고 인기는 '한강'이다. 3천 회!

그러나 자신의 저서 출판 기념회에서 부른 Oh Danny Boy, 부끄럽게도 50회도 못 넘겼다. 같은 공간 자니리와 듀엣으로 소화시킨 '허무한 마음'은 2천 회에 가까운데 말이다. 또 하나 있다. TKBN에서 연달아 녹화한 '진짜 사나이'와 '전우가 남긴 한마디'가 바닥을 헤맨다. 두 곡은 극과 극처럼 대비된다. '진짜 사나이'는 자신이 보아도 군 성악병 정도의 실력보다 상위일 것 같은데, '전우가 남긴 한마디'는 '조국을 위해 목숨을 바친'에서 '친'을 계명 '레'가 아닌 '미'로 소리 낸 것. 이건 정말 전군全軍의 문젠데, 탓하던 자신이 큰 실수를 저지른 셈이다. 하지만 열 손가락 깨물어 안 아픈 손가락 없다 했으니, '전우가 남긴 한마디'는 새롭게 선보일 결심이다.

여기저기 많은 곳에서 녹화한 영상이 적지 않다. 양주楊州 소재 '새로워 TV'의 영상 두 개며, 어느 대학교 수원 캠퍼스에서 녹화한 'I Cant Stop Loving You' 및 '노란 샤쓰의 사나이'(한명숙과 순간 녹화)도 오랫동안 기록으로 남겨지리라. 부천시의 경찰방송 출연도 하나의 역사다. 가톨릭 신자이면서 기독교 방송국인 거기 드나들면서 복음 성가를 부르는 것은 나름의 소신이 있어서다. 하니 불교 방송에서 '찬불가'를 부르는 걸 왜 그가 마다하랴.

참 '살아 계신 주'는 1천 회에 가깝고, 경찰 방송에서 스무 곡 이상 녹화했다.

그러나 뭐니 뭐니 해도 TKBN 다음에는 국립 현충원이다. 채명신 장군 묘역 근처에서 부른 2회의 '전선 야곡'은 2천 회를 넘겼다. 55년 전에 헤어진 옛 사단장 유택 앞에서 부른 '사단가'도 한 달 만에 8백여 회! 자신의 촬영 기술을 향상시켜서, 혼자서라도 녹화가 가능하다 치자. TKBN에 버금갈 정도로 현충원에 그는 걸음하리라. 특히, 임실 호국원에 가서 금사향 선생의 '임 계신 전선'을 녹화한다. 내년이다. 향토 사단의 군악 대원 반주가 약속돼 있다.

압권은 따로 있으니 소개하자. 한명희 선생을 한 달 뒤에 만나기로 했다. 그분 앞에서 직접 '비목'을 독창하기로 한 거다. 그런 일은 처음이라고들 한다. 3년 동안 기다린 것은, 코로나 탓이다. MR반주가 준비되어 있음은 두말하나 마나.

목표는 거듭 밝히건대 총 20만이다. 모자라는 횟수가 3만 남짓 될까? 조금은 급박하니, 그는 자신의 카톡 친구를 현재의 1천 명에서 두 배 가까이 확보하려 한다. 효과의 극대화! 그걸 노리는 거다.

저승으로 가는 감사패感謝牌

고생이란 고생은 다 한 끝에 옛 전우를 만나게 되었다. 하여튼 그가 여기저기 묻고 온갖 통신 수단 등을 동원하는 등 발버둥을 쳐 왔는데, 엉뚱한 데서 실마리를 찾은 것이다. 그는 부르짖었다. 아, 드디어 난제 중의 난제를 해결했다. 등잔 밑이 어둡다는 속담이 거짓 아니었어!

제대 반세기에 네댓 해를 보탠 예비역인 그가, 오래전 이승을 떠난 사단장에게 감사패를 직접(?) 전하려 하는 것이다. 일찍이 유례를 찾을 수 없었음은 물론, 실로 기가 막히는 일이다. 그런데 실은 동행해야 할 단 한 명의 옛 전우의 연락처를 모른 채 헤맸었던 거다.

이 이야기의 주인공은 '촌로' 이건풍이다. 촌로! 마을 촌村 자를 써 버릇하다 보니 얼떨결에 튀어나오는 말버릇이다. 참, 그의 나이를 정확하게 밝히자. 공교롭게도 12월 마지막 날이 생일이라

연말에 만으로 일흔아홉이다. 그도 이제 여생이 쥐꼬리만 하다는 이야기가 제법 귀에 익어 있다. 그래도 그는 어느 정도 건강이 괜찮아, 이런저런 일로 가끔 서울을 찾는다.

이건풍은 영등포 구청 근처의 초등학교 앞에서 서예 학원을 운영하고 있다. '불무리'란 현판이 붙어 있는…. 논설도 겸해 가르친다. 20년이 가까워지고 있으니, 지역사회에서도 어느 정도 그 존재가 알려져 있을 수밖에. 그의 실력? 성급하게 언급하지 말고 뒤로 미루자.

서예에 일가를 이루고 있는 사람은, 고故 우죽 양진니楊鎭尼 선생은 알 것이다. 수십 년 전 어느 해, 국전에서 대통령상을 받은 적이 있는 대가大家다. 그가 5·16 직후 삼랑진 초등학교에 잠시 몸을 담고 있을 때, 이건풍의 집에 자주 들렀다. 이건풍의 백형伯兄과 친구 사이여서다. 그게 인연이 되어 고등학교 재학 중이던 이건풍이 서예를 시작하게 되었다. 말하자면 그는 양진니 선생을 사사私事한 것이다. 그렇게 열심히 붓과 먹, 화선지에 매달린 결과, 그는 나중 국전에 특선을 두 번 했다. 한데, 예서 우죽 선생의 유명한 말을 떠올리면 어떨까? 자기가 앞으로 오직 궁체에만 매달린다고 쳐도 일중一中 김충현 선생 흉내조차 못 낸다는….

물론 우죽 선생은 한글이 전문이 아니었다. 그만큼 일중 선생의 궁체는 타의 추종을 불허할 정도였다는 뜻을 에둘러 말한 거다. 여기서 꼭 덧붙여야 하는 사실 하나. 노무현의 모교 진영 대창초등학교 맞은편 진영노인대학 2층 계단 벽면에 양진니 선생의 세필細筆 붓글씨 액자가 걸려 있다. 한글과 한자를 섞어서 쓴…. 이건풍은 그 앞에서 수도 없이 옷깃을 여몄다.

또 하나, 우죽 선생이 건풍의 선대인先大人 휘자諱字 이종탁 한 학자께 써서 선물한 '경서각耕書閣' 현판은 이건풍이 아직 소중하게 보관해 있다. 낮에 밭에서 일하고 밤엔 학문과 벗한다는 당신의 아호 '경서'를, 피나무 널빤지에 양각陽刻한 말하자면 소중한 유품이다,

이건풍의 학원은 전체가 60평 안팎의 공간인데, 적당한 크기로 나누었다.

두 번째 15평은 대학에서 성악을 전공한 아내가 초등과 중학교 학생들에게 노래(교과서 위주)를 지도하는 '불무리(건풍의 서예 학원 이름과 같다.)음악학원'이다. 참 그의 아내는 중등학교 교사 출신임을 밝히자. 실용 음악이 하나의 대세여서 그런지, 학원을 찾는 문하생 중에는 대중가요 공부를 하는 친구도 있는 모양이더라. 건풍과 나이 차이가 많다. 일곱 살, 어쨌든 사람들은 입을 모아 부부에게 노익장 운운이라며 치켜세운다.

여기서 밝히자. 불무리? 붉은색 원과 노랑색 원이 교집합을 이루는 마크다. 해와 달을 형상화한 거다. 이건풍이 처남과 잠시 같이 복무한 부대는 보병제26사단사령부 본부중대(부관참모부와

경리참모부)였다. 이건풍은 거기서 사단장 표창장을 붓으로 쓰는 일을 하다 제대했다.

나머지 27-28평은 태권도를 가르치는, 처남 하청식의 '불무리 Jhonson태권도학원'이다.

하청식은 우리나라에서 열 손가락 안에 들어가는 고단자(명예)다. 그의 아들이 그를 돕는다. 각기 명예관장과 관장으로 역할 분담(?)을 하고. 공간이 조금 좁긴 하지만, 처남은 보병사단에서 태권도 시범조로 활약했고, 월남에까지 가서 실력을 떨친 바 있어 주위로부터 인정을 받는다. 그에게도 '노익장'은 떼려야 뗄 수 없는 수식어다.

존슨 대통령이 방한했을 때, 그는 빨간 벽돌 두 장을 보조자의 손바닥 위에 세워 놓고 수도手刀로 두 동강을 냄으로써, 우방 국가 원수로 하여금 탄성을 자아내게 한 주인공이다. 때는 1966년 10월 25일이었다. 많은 다른 격파도 있었지만 존슨은 하청식의 묘기와 괴력에 매료된 나머지, 그를 지휘대 위로 불러 올려 포옹까지 해 주었다는 얘기! 그 존슨 덕분에 26사단 태권도는 세계에 그 명성을 자자하게 할 수밖에.

존슨이 출국하고 난 뒤 사단장 문중섭 장군은, 태권도 시범 단원 중 특히 활약을 많이 한 부사관과 병사들에게 표창을 하게 된다. 그 중에 하청식이 끼었음은 물어보나마나. 이건풍이 직접 그 원안原案을 잡고 붓으로 일곱 장 모두를 써냈으니 어찌 기쁘지 아니했으랴.

이윽고 이건풍의 사수(선임)가 제대를 하게 되었다. 그 자리를 이건풍이 이어받게 되었음은 물어보나마나. 혼자서 너무나 바빠 그야말로 밤낮으로 땀을 흘리는 중 희소식이 날아들었다. 그날도 허탕칠 생각을 하고 보충 중대에 올라갔더니, 연세대학교에 재학 중이라는 병사 하나가 전입해 있었다. 그를 데리고 내려와 시험 삼아 몇 자를 써 보게 했다. 뜻밖에도 합격 수준의 붓글씨를 선보이는 게 아닌가? 정통으로 서예 공부를 하다가 입대했다는 그의 말에 신뢰감이 갔다. 결점(?)이라면 너무 전통(?)에 천착해 있었다는 점. 말이 나왔으니 말이지만, 표창장은 예술로 빚어내는 게 아니다. 어찌하겠는가? 그도 점점 속칭 '사무 글씨'에 익숙해져 갈밖에.

문중섭 사단장은 정말 신사였다. 문무를 겸했다는 말은 그에게서 떠나지 않았다. 그 무렵 이미 그는 한국 문단에서 중진의 자리에 있다는 소문도 자연히 날 수밖에. 한국전쟁문학회를 이끌고 있다는 소문도 들렸다. 그는 벌보다 상을 질책보다 칭찬으로 부대를 지휘 통솔했다. 누가 '견책' 처분을 받을 만한 일을 했다 치자. 징계위원회에서의 회의록 등을 첨부해서 결재를 올려도 그는 곧잘 '불문不問'이라 쓰곤 글월 '文'이란 사인을 해서 서류를 부관 참모부로 내려 보냈다. '개관 천선'하라는 당부를 잊지 않았고.

그 극적인 예가 어느 대위의 미제美製 다이얼 세숫비누 사건이었다. 대위는 군대 내에서도 유명한 스님 장교였는데 물론 미혼未婚. 그가 어느 날 지프차로 그 비누 몇 상자를 운반하다가 헌병대에 적발된 것. 징계위원회에 회부되어 '근신' 처분으로 결정이 났으나, 사단장은 그 사건도 역시 눈감아 주었다. 요컨대 그 비누는 대위가 부대 근처에서 돌봐 주고 있는, 한센인들을 위해 미군 장교에게서 얻었다는 증언이 오히려 사단장을 감동시킨 것.

이제 이건풍李健風과 하청식河淸植이 어떻게 맺어진 인연인지 샅샅이 알아보아야 할 것 같다. 서두를 이렇게 장식해 보자. 1966년 6월 어느 날, 두 병사가 보병제26사단 사령부 본부 중대에 전입한다. 형제처럼 가까이 지내던 이건풍 (부관참모부), 하청식 (경리참모부) 일병이었다. 둘은 처음 적응하느라 엄청나게 고생했다. 워낙 표창장 많이 주기로 이름난 문중섭 사단장이어서 이건풍도 격무에 시달렸는데, 하청식이 오히려 더 심했다 해야 할 것 같았다. 말하자면 본 업무는 경리부 병사지만, 태권도 시범이라는 가외 업무에 시달려야 했으니까.

둘은 나이 차이가 두 살이었다. 동향同鄕은 아니라도, 가까운 데서 태어났다. 이건풍은 삼랑진, 하청식은 김해 한림정이 안태 고향이었다. 초등학교는 다르지만 B 중학교과 B 고등학교는 동창이었다. 동기同期는 아니었고.

하청식을 기준으로 이야기하면 이렇다. 한림정역에서 경전남부선 통근 열차를 타면, 삼랑진역에서 기다리던 이건풍이 승차한다. 기차 통학을 하는 B 중고등학교 학생이 더러 있었지만, 유달리 둘이 친했다. 이건풍의 외가가 한림정에 있었기 때문이기도 했고. 이건풍은 B 대학으로 진학했고, 하청식은 서울로 유학을 했다. 한동안 서로 소식이 거의 단절된 이유다.

그러다 둘이 해후邂逅한 것은 창원 훈련소에서였다. 졸업 후 중학교 교사로 임용되기 전에 결핵을 앓았기 때문에, 2년 늦게 군복을 입게 된 이건풍이었다. 일이 공교롭게 되려다 보니 하청식도 같은 날짜에 입대한 것이다. 이건풍 군번이 51021281, 하청식은 그보다 35번 뒤다. 훈련 수료 후 한림정을 거쳐 삼랑진역에서 서울행 완행열차에 환승하여 동대구역 앞 허름한 여인숙에서 일박을 했다. 이튿날 각기 영천 부관학교와 경리학교로 가게 되었다.

거기서 소정의 교육을 거친 뒤 101보충대 경유하고 26사단에 전입한 거다. 사단사령부 부관참모부와 경리참모부에 배치를 받았던 둘은, 서로 의지를 하면서 고된 졸병 생활을 했다.

하청식이 태권도 4단이라는 소문이 퍼지고 나서, 그를 탐내는 이가 있었으니 한국 최고의 격파 실력자라는 태권도 시범 단 선임하사 손삼孫三 중사였다. 국내 일반 선수 어느 누구도 그를 따라잡지 못한다는 소문이 날 정도의 실력자! 그가 꾸준히 본부대장(당시는 본부중대장이라 불렸음.) 김영학 소령을 경유 경리참모들 설득한 거다. 드디어 결론이 났다. 하청식이 훈련에 합류하기로 말이다. 물론 소속은 경리참모부에 그대로 두고⋯.

이건풍의 아내 하차숙은 하청식 동생이다. 하차숙이 26사단에 등장하는 데까지는 세월이 좀 걸리지만. 사단사령부 본부 중대 소속 병사들은 아침저녁은 물론 점심때도 만나기 마련이다. 같은 식당에서 식사를 하기 때문이다. 부관참모부의 이건풍이 먼저 업무를 덮어 놓고, 일어서 5분쯤 걸으면 하청식이 경리참모부 앞에서 기다린다. 확실히 약속을 한 것도 아닌데 말이다. '이심전심'은 단순한 사자성어가 아니라 만고불변의 진리? 그쯤 해 두자.

여자 친구가 없는 두 병사는 그럴수록 우정을 쌓아가고 있었다. 그런데 얼마 지나지 않아 하차숙이 가끔 면회를 온 것이다. 의정부에 사는 이모와 함께였다. 하차숙은 그때에 중학교 재학하고 있었다. 하청식의 어머니는 그때 이미 이 세상 사람이 아니었고.

잠깐! 반세기 뒤인 지금 당시의 사령부 진입로에서 부관 참모부까지의 지형이나 구조물을 증언할 사람은 없다. 이건풍의 입을 빌려 보자. 위병소를 지나 영내에 들어서서 한참을 걸어오면 휴게실이 있었다. 음료수를 주로 팔지만 라면과 국수도 파는 곳이었다. 물론 빵이나 다른 대용 식품도 진열해 두었고⋯. 5분 거리에 경리참모부가 있었으며, 거기서 왼쪽으로 꺾으면 부관참모부가 자리잡았던 것. 그 옛날 그 휴게실에서 넷이 만나 이야기꽃을 피웠던 거다.

휴게실 바로 뒤에 인공으로 만든 연못에 연을 심어 놓았기에, 넷은 가끔 그 꽃을 감상하며 시간을 보내기도 했다. 하차숙과 이모가 마련해 온 통닭이며 빵 등을 난간에 기대서서 먹는 즐거움은 결코 만만치 않았고 말고. 참, 연못 위로 목조木造 다리가 하나 놓여 있었는데 이름하여 세심교洗心橋! 사단장이 짓고 이건풍이 붓으로 쓴….

하차숙은 일찍, 그러니까 어머니를 암으로 여의어서 그런지 어딘지 모르게 얼굴에 그늘이 져 있었다. 그래서 이모 집에서 중학교에 다니고 있었던 것이다. 한림정의 자두 농장에서는 아버지 혼자 일한다는 얘기도 가끔 건풍은 들었다.

사실 사단장 문중섭 장군은 굉장한 매력이 넘치는 군인이자 문인(시인)이었다. 특히 대민 지원 사업에 혼신의 힘을 쏟았다. 그야말로 물심양면에 걸쳐서…. 주민들의 칭찬이 자자할밖에. 그는 그들 앞에 최대한 겸손한 자세를 취했다. 공병 대대에서 어떤 마을에 다리를 하나 놓아 준다 치자. 그는 지프차를 먼 거리에 세워 놓고 뚜벅뚜벅 걸어간다. 지휘봉은 등 뒤에 감추는가 하면, 모자를 벗어 옆구리에 끼고는 주민들에게 깍듯이 예를 표했다. 그는 입만 열면,

"민군의 유대 강화는 군 전투력의 근간이야."

하는 말을 강조했다. 그러면서 행주산성 승리 이야기를 들먹이기 일쑤였고.

사단에는 일반참모부가 다섯 개 있었다. 인사참모처, 정보참모처, 작전참모처, 군수참모처, 민사民事참모처 등. 마지막 민사참모는 유일하게 소령이었는데도, 사단장은 그를 중용重用했다. 그래서 이건풍도 자연스럽게 아니 일 때문에 민사참모처에 들락거려야만 했다. 물론 그가 하는 일은 민간인에게 증정하는 감사장 업무였다. 사단장이 어느 민간 단체장(동장이나 학교장) 혹은 개인(병사들에게 친절한 식당 주인 등)에게 감사장을 증정한다 치자. 공적조서란 말이 어색하지만 어쨌든 그 서류를 이건풍이 만들어야 했다. 그리고 감사장 원안도 작성하고 결재를 얻은 다음 다시 표창장 용지에다 붓글씨로 옮겨 쓴다.

지금까지 그의 머리에 남아 있는 대상자는 '과거를 묻지 마세요'의 나애심 가수였다. 나애심이 위문단을 이끌고 와서 저녁에 공연을 한 것. 여담 하나, 정작 이건풍은 연병장에 나가지도 못하고 감사장 만드느라 여념이 없었다. 사단장실로 올라가는 언덕길 아래에 부관참모부(참모실)가 있었다. 한참 붓을 잡고 땀을 흘리는데, 왁자지껄 떠드는 소리가 나서 잠시 밖으로 나와 봤더니 일단의 장교들이 장교 식당으로 실로 올라가는 모습이 보였다. 운전교육대장이란 친구(대위)가 으스대는 게 가관이었다. 여자

단원들과 함께 움직이면서. 그가 큰소리치는데….

"내가 이래봬도 우리 사단 달구지 사령관이오. 차량 편의는 내가 책임지겠습니다."

낮말은 새가 듣고 밤 말은 쥐가 듣는다 했으렷다? 새파란 대위의 허풍에 건풍은 차라리 연민의 정을 보냈다 하자. 어쨌든 장교식당에서 증정을 했는데, 나애심이 글씨가 참 좋다고 해서 이건풍은 자기도 모르게 어깨가 으쓱해질밖에. 사단장은 이건풍에게 나애심의 '과거를 묻지 마세요'를 한번 불러 보라고 시키는 게 아닌가! 사단장은 그런 사람이었다.

이건풍은 문중섭 사단장에게서 그만큼 많은 걸 배웠다. 특히 표창장(상장 포함)이나 감사장을 두고서는 의기가 투합 되었다 할 정도였다 해도 과언이 아니었다. 왜 척하면 삼척이라는 말이 있지 않은가? 그 맞잡이라 해 두자. 표창장(상장)이나 감사장의 권위자(?) 사단장과 그걸 처음부터 혼을 넣듯 작업하는 둘은, 같은 장인匠人 정신으로 통했다 해도 괜찮으리라. 둘의 대화를 엿들어보자.

"이 상병, 감사장 말이야."

"예, 상병 이건풍! 각하 말씀 하십시오."

"타이틀을 제일 큰 글씨로 써야 하지? 그 다음엔 뭐야?"

"예, '공로표창장'이고, 다음이 각하의 함자銜字입니다. 그리고 그보다 약간 작은 글씨로 함자 앞에 보병제26사단장 육군소장이라 하구요. 수상자의 소속과 계급 및 이름의 크기는 조금 작아야 합니다. 본문은 또 더 작아야 하지요. 다만 감사장은, 각하와 받는 사람의 직함 소속 등의 글씨 크기가 같도록 씁니다. '섭'자가 한복판에 오도록 관인도 잘 찍어야 합니다."

"그래 맞지. 어때? 새로 온 조수助手는 일 제대로 배우고 있나?"

"예 각하. 저보다 훨씬 더 각하의 기대에 부응할 겁니다."

국방부 시계는 그래도 돌아간다는 말이 있듯이, 세월은 그렇게 흘러갔다. 그런데 월남전이 발발하고 국군 파병이 결정되었다. 이건풍은 부관참모부 필수 요원이라 미리부터 '해당사항 무'로 안도하고 있었지만, 하청식은 그 태권도 실력이 화근(?)이 되었다. 주월 한국군 사령부에서 그를 필요로 했던 것이다. 그는 오히려 반색을 하면서 건풍에게 말했다.

"형, 외국 바람도 쐴 겸, 자의반타의반으로 지원한 셈입니다. 가세가 기울었으니 차숙이도 걱정되고, 나도 학비 마련이란 목적이 있으니 갔다 올게요."

마침 그해 수도 사단 1연대 10중대장 강재구 대위의 장렬한 산화 소식이 있었다. 수류탄 투척 훈련을 지도하던 강재구 대위가 부하 병사가 잘못 던진 수류탄을 온 몸으로 덮쳐 자기는 산산조각이 나서 즉사하고, 다른 전우들을 전부 살린, 실로 온 국민의 가슴을 적신…. 그에게는 일계급 특진과 함께 무공훈장이 추서되었다. 그 당시의 대대장이 박경석 중령(생도 2기)이었고, 초대 재구대장으로 명명되어 월남에 가서 혁혁한 무공을 세웠다. 우여곡절 끝에 하청식은 박경석 대대장의 휘하에 들어가서 비록 큰 전공은 못 세웠으나 최고로 존경하는 군인으로 박경석 장군과 채명신 장군을 가슴에 새기게 된다. 문중섭 장군인들 어찌 예외이랴!

이건풍은 68년 2월말에 드디어 군복을 벗게 된다. 김신조 일당의 청와대 습격 사건으로 말미암아 몇 개월 늦어진 셈이다. 다행히 하청식도 그보다 조금 늦었지만 월남에서의 임무를 마치고 귀국하여 제대하게 되었고. 그 사이에 차숙도 서너 달에 한 번씩 이건풍 면회를 왔었기 때문에 하청식의 소식은 더러 듣던 참이었다.

어느 일요일 하차숙이 친구과 함께 얼굴을 내밀곤 이런 이야기를 전해 준 거다.

"건풍 오빠, 청식 오빠의 대대장은 정말 대단한 분이시래요. 그분은 나이가 너무 어려 힘들게 생도 2기로 입학했답디다. 그런데 6·25가 발발했대요. 부산에서 단기 교육을 받고 임관을 했는데, 열일곱 살. 소대장으로 40명의 소대원을 지휘하였나요? 선임하사가 열일곱 살 많아 그의 도움을 받았는데, 소대장이 포천 전투에서 중공군 수류탄 파편을 맞고 중상을 입었다는 거예요. 북한군 병사가 낌새를 차리고, 그를 끌고 북괴군 사단장한테 갔다고 합디다."

"그러자 적군 사단장이 미소년 아니 앳된 군관을 보고 설득을 한 거야. 자기 수하에 들어오면 치료도 해 주고 좋은 자리에서 승 승장구하도록 보장할 테니 어떻게 생각하느냐고 물었지."

"아니 오빠, 오빠는 그걸 어떻게 알아요?"

"박경석 장군은 워낙 유명한 분이시지. 적 사단장의 유혹을 한 사코 뿌리치고 박 소위는 급한 치료를 대충 받고 남으로 발길을 돌려 부대에 복귀한 거야. 그런데 부대에서는 이미 부하들의 증 언을 토대로 전사한 걸로 간주, 동작동 국립현충원에 묘지를 조 성하고 비석을 세운 거야."

"저는 보기에 그 북괴군 사단장의 휴머니티도 대단한 것 같아 요."

"누가 아니라나? 창식이 귀국하면 같이 한 번 안 가 볼래?"

"당연하지요. 살아 있는 장군의 묘지와 비석 앞에 선다니 어쩐 지 이상한 느낌이 들어요."

어쨌거나 제대를 한 이건풍은 곧 입대 전에 근무했었던 중학 교로 복직했다. 부끄러운 이야기일지 모르지만, 국민교육헌장을 전지에다 붓글씨로 쓰는 걸 몇 년이나 계속한 일도 하나의 기록 으로 남는다. 초등학교에 비슷한 친구가 하나 있어 둘이서 심심 하면 그 작업을 계속하여 각급학교에 나눠 주기도 하였고, 그 덕 분에 일찌감치 둘은 교육감 표창도 받았다. 이념이나 사상을 떠나서 누구나가 인정하듯이 국민교육헌장은 명문이다. 그는 자부한다. 그 명문이 자신의 문학 생활에도 영향을 끼쳤다고.

이윽고 하청식도 학업을 마친 뒤 세무 공무원으로서 세상에 첫발을 내디뎠다. 발령을 받은 곳이 영등포 세무서. 세월이 흘러 이건풍은 그동안 알게 모르게 사랑의 감정을 싹을 틔우던 차숙에게 면사포를 씌워 새 가정을 이루었다.

이건풍은 정말 열심히 노력한 덕분에 남보다 조금 일찍부터 승진의 꿈을 키워나간다. 당시만 해도 드문 석사 학위도 얻었고, 교원대학교에 파견 나가는 등 몸부림을 쳐서 기반을 닦은 것. 국전 특선한 것도 연구 실적에 포함되었으니, 그의 출세(?)는 떼놓은 당상이었다 하자.

마흔 여섯에 교감이 되었다. 그야말로 파격이라는 소문이 회자되었다. 결실은 못 봤지만, 박사 학위 과정도 1학기까지 마쳤다. 그리고 쉰다섯에 교장 자격 연수를 받는다. 한데 이해찬이 교육부 장관이 되는 바람에 정년이 단축되어 자칫하면 예순 살을 넘기자마자 퇴임할 뻔했다. 도중에 다시 교육청 과장과 국장을 거침으로써 62세 정년퇴임이 가능했지만.

자 여기서 이건풍이 문중섭 장군의 철학을 학교 현장에서 접목시킨 일화 하나.

이건풍 교장은 학생들을 회초리로 다루지 않았다. 여간해서는 학생들을 처벌하지 않았고, 사랑의 매는 존재하지 않는다는 생각이었다. 모두 문중섭 장군의 영향이었음은 물어보나마나.

수학여행은 항상 폭탄을 안고 떠나는 행사라 교감 교장은 지레 겁을 먹었다. 사고가 잦았던 거다. 교감과 교장이 인솔 책임을 번갈아 지며 경주 불국사며 합천 해인사를 둘러보고 오는데 대개 2박3일 일정이었다. 그런데 버스 운전기사들이 난폭 운전을 일삼았다. 아찔아찔한 순간을 속절없이 보고 있어야만 했다.

그래서 이건풍은 시즌이 되면 반드시 왕복 코스의 근처에 위치한 경찰서장에게 공문을 띄웠다. 붓으로 두루마리 화선지에 쓴 편지를 동봉해서…. 백차로 어디서 어디까지 에스코트해 달라는 간청이었다. 공문보다 편지가 경찰서장에게 감동을 주는 것 같았다.

일은 거기서 그치지 않았다. 떠나기 전 자신이 직접 표창장 용지에다 학생들의 안전을 위하여 어디에서 어디까지 최선을 다해 에스코트한 점을 높이 평가하고 공복公僕으로서의 그 정신을 기린다는 감사장을 써서 지니고 갔다. 호수號數 부여를 하고, 직인까지 찍은…. 물론 전 경찰관에게 다 증정하는 것은 아니다. 정말 소명 의식으로 자기 아들딸처럼 학생들을 지켜 주는 모범 경찰관이 그 대상이었다. 경위에서 순경에 이르기까지! 한 가지 결점이 있긴 했다. 받는 경찰관의 소속과 계급 성명을 선 채로 붓펜으로 써야 한다는 사실. 그래도 학생들의 우렁찬 박수를 보내는 모습을 보면서 보람을 만끽하던 이건풍 교장이었다.

그 덕분에 승진한 경찰관이 더러 있다. 세 명? 그도 그럴 것이 경찰서장과 교장은 서기관 예우로 직급상 동일하다. 하지만, 이럴 때의 감사장은 경찰국장의 표창장보다 위력(?)이 있다 하자. 마침 『부산매일』에서 이를 기사화해 줌으로써 아직 우수 사례로 전해져 내려온다.

이건풍은 슬하의 2남 1녀 자식들이 전부 타처에 나가 사는 터였다. 장남은 전북 전주全州시 공무원이고 둘째는 일산의 중견 기업 사원이다. 막내(딸)이 처남의 중매로 영등포 구청 6급 주사와 결혼하는 바람에 부부가 막내와 합가해서 살게 된 것이다.

어느 날 성당에 갔다가 참으로 반가운 사람을 만났다. 전투복 어깨에 불무리 마크를 단 병사! 건풍은 돌아서 있는 병사를 불렀다.

"어이, 병사! 나 좀 보세."

당황한 병사가 얼떨결에 경례를 올려붙였다.

다음 순간 건풍은 기절할 뻔했다. 가슴에 붙어 있는 '군종병사 軍宗兵士' 마크! 죄송하다는 말이 바로 튀어 나왔다. 군종 병사는 26사단 불무리 성당에서 복무한다고 했다. 외출했다가 미사 참예 參詣 차 들렀다는 것. 이건풍이 제대할 무렵 터를 닦고 있었다는 말을 건넸더니 군종 병사는 성당 건물이 근사하게 지어진 지 반세기가 지났다고 했다. 부산에서 교직에 있다가 정년퇴임하고 지금은 딸집에 와 있다고 덧붙였고. 그러자 군종 병사는 "선생님, 저희 성당에 한 번 들러 주셨으면 좋겠습니다. 옛날 군 시절 이야기해 주시고요. 부활절에 '내 발을 씻기신 예수' 그 성가 아시면 좀 불러 주셨으면 합니다."

해서 이건풍은 청식과 함께 50년 만에 26사단 앞 백석 마을을 찾게 된다. 물론 목적지는 불무리 성당. 실로 만감이 교차하는 순간이었다. 그는 제대하던 그해 말에 세숫비누 몇 상자를 부관참모부 전우들에게 보낸 적이 있어 그걸 나름 아름다운 추억으로 삼았다. 12*기보대대장과 군수참모와 부대에 들어가 부관참모부 인사과 사무실을 창으로 들여다볼 때 눈물이 났다.

부끄러운 고백이지만, 몇 년 동안 박경석 장군의 묘소에 가보지 못했었던 게 늘 마음에 걸리던 참이었다. 내친걸음이라 유성온천에 있는 박경석 장군 댁의 주소를 알아 불원천리 거기 다녀왔다. 그분은 존경받는 군인이자 소설가다. 세종시 청사 곁을 스쳐 지나가서 그분 댁에서 두 시간 넘게 머물다가 왔다. 그분은 채명신 장군과의 인연이며 자신의 묘소 이야기를 들먹였다. 참 유익한 시간이었다. '한국전쟁문학상' '한글문학상' 등이 진열대를 장식하고 있었다.

다음 주에 이건풍과 한창식 둘은 서울역에서 합류하여 지하철을 타고 동작동 국립현충원까지 갔다. 지하도 밑에서 꽃을 사면 훨씬 싸다는 소문도 들었던 터, 마음씨 착해 보이는 아주머니한테 화환 세 개를 샀다. 채명신 장군 묘역에서 '전선 야곡'을 부르고 동영상으로 찍었다.

이윽고 박경석 장군 묘 앞에 섰다. 두 번째이지만 좀 찾기가 힘들었는데 사진을 찍고 그걸 스마트폰으로 박경석 장군에게 보냈더니, 그의 호탕한 목소리가 터졌다.

"허허, 이 하사가 내 심중心中을 아는구려. 하청식 전우랑 정말 고맙소."

그리고 돌아서 지하철역으로 오는 길,

"처남, 내 조수가 참 그립소이다. 권홍규라고…. 한 번 만나는 게 소원이오. 문중섭 장군 다음 한무협 장군이 사단장이었는데, 권홍규 그 친구가 그분을 모셨고…."

"제가 찾을 수 있는데…. 개인 정보라 무리일지 모르지만 그만한 이유와 명분이 있으니까."

하여튼 어쨌든 간에 며칠 안에 하청식은 이건풍에게 권홍규의 전화번호와 주소를 일러 주는 게 아닌가! 귀신이 곡할 노릇이었다. 인사동에서 필방을 열고 서예학원도 운영한단다. 건풍은 권홍규에게 편지를 냈다. 지난 50년간의 기나긴 개인사를 붓이 아닌 네임카드 펜으로 궁체 흉내를 내면서 쓴….

우체국으로 떠나기 전, 그가 정말 존경하는 예비역 육군 대령 H 선배에게 전화를 내었던 사실을 빠뜨릴 수 없다. 다음 날 시간을 좀 내주면 국립현충원에 같이 가고 싶다고 했다. 무슨 사연이 있느냐는 물음에 그는 대답했다.

"제가 모시던 사단장님 두 분이 거기 장군 묘역에 누워 계실 겁니다. 두 분께 엎드려 인사를 드리고 싶습니다."

H 대령은 좋다고 화답했다. 이튿날 도중에 만나서 점심 식사를 하고 곧장 현충원으로 갔다. 휴게실에서 꽃다발 세 개를 샀다. 지하도의 그 아주머니가 없어서였다. 역시 비쌌다. 안내실에 들러 문중섭 장군과 한무협 장군의 묘소 참배를 왔다고 했더니, 친절하게 안내를 해 주었다. 약도를 보고 장군 묘역을 찾으라고 덧붙였다.

둘은 채명신 장군 묘소와 박경석 장군의 묘소(아주 가깝다)에 발걸음을 하고 거수경례로 예를 표한 뒤 한참 걸어 올라갔다. 도중에 건풍은 전설의 포병 김풍익 중령의 묘를 알아보려고 여기저기 전화를 해 봤으나 불가했다. 그분의 유해를 찾지 못했다는 게 아닌가! 대신 까마득히 올려다보이는 위패 밑에 서서 인증샷만 찍고 발걸음을 재촉했다.

드디어 장군 묘역에 들어섰다. 하지만 생각보다 두 분 묘소를 찾기 힘들었다. 안내하는 직원의 도움을 받아 마침내 문중섭 사단장의 묘소 앞에 설 수 있었다. 눈시울이 젖어왔다.

그도 그럴 것이 이건풍 자신의 일생에 가장 큰 영향을 끼친 은인과 50여 년 만의 해후였으니까 말이다. 그분이 가톨릭 신자이었다는 사실도 묘비명을 통해서 알았다. 고맙게도 H 대령은 여러 번 서터를 눌러 주었다. 50년 세월이 주마등이 되어 스쳐 지나갔다. 한참이나 그 자리에 그릴 듯이 서 있다가 발길을 돌려서 봉안당으로 내려왔다.

한무협 사단장의 유해는 너무나 높은 곳에 위치해 있었다. 부사관의 봉안당도 바로 눈높이에 있는데, 장군이 저렇게 푸대접(?)을 받나 싶어 의아해 한 것도 잠시뿐, 세상을 떠난 차례대로 모신다는 설명에 고개를 끄덕여야 했다. 꽃다발을 들고 사진만 찍고 뒤돌아 나와야만 했다.

입구로 걸어 내려오면서 이건풍은 H 대령에게 말을 건넸다.

"형님!"

"왜 그러오?"

"며칠 새에 저는 다시 두 분을 찾아뵈어야겠습니다."

그게 무슨 뜻이냐고 H 대령은 반문했다. 건풍은 두 사단장에게 감사패를 드리고 싶다는 대답을 했다.

"생각해 보십시오. 제게는 은인인 두 분이십니다. 특히 문중섭 장군님은…. 저승이 멀다 한들 제 가슴에서 우러나는 감사의 마음을 새겨 묘비명 밑에 둠으로써 제 마음을 전하고 싶은 겁니다. 후손들이 온들 그걸 치우기야 하겠습니까?"

"아하, 과연 이 하사다운 생각이구려."

"제 조수助手 권흥규의 주소와 전번을 일러 주었습니다. 그를 만나 의견 접근을 봐야지요."

"그 친구가 별로 달갑지 않게 생각한다면?"

"그럴 리가요. 만약 그렇다면 한무협 장군님 화환값 5만 원 제가 다 부담하지요. 그리고 또 하나 우리 둘이서 각기 붓으로 감사패 글씨를 써서 국방부 앞 가게에 들러 맡기면, 멋진 감사패를 만들어 주겠지요. 비나 눈에도 견딜 테고 영원히 그 자리에 있을 겁니다."

귀가하는 발걸음이 가벼웠다. 나지막한 건풍의 부르짖음에 되레 힘이 실렸다.

"저승으로 가는 감사패!"

돌아온 이 하사 — 노무현이 남긴 부등호

초판 1쇄 인쇄 2025년 6월 17일
초판 1쇄 발행 2025년 6월 20일
저　자　이원우
발행인　박지연
발행처　도서출판 도화
등　록　2013년 11월 19일 제2013-000124호
주　소　서울시 송파구 중대로34길 9-3
전　화　02) 3012-1030
팩　스　02) 3012-1031
전자우편　dohwa1030@daum.net
인　쇄　유진보라
ISBN 979-11-92828-84-8 *03810
정가 15,000원

잘못 만들어진 책은 교환해 드립니다.
저자와 출판사의 허락 없이 책의 전부 또는 일부 내용을 사용할 수 없습니다.

도화;道化, fool는
고정적인 질서에 대한 익살맞은 비판자,
고정화된 사고의 틀을 해체한다는 뜻입니다.